春风暖山海

马非白 著

浙江人民出版社

图书在版编目（CIP）数据

春风暖山海 / 马非白著. — 杭州 ：浙江人民
出版社，2024. 9. — ISBN 978-7-213-11657-5

Ⅰ. I267

中国国家版本馆CIP数据核字第2024FW8488号

春风暖山海

马非白　著

出版发行	浙江人民出版社（杭州市环城北路177号　邮编　310006）
	市场部电话：(0571)85061682　85176516
责任编辑	莫莹萍
责任校对	汪景芬
责任印务	程　琳
封面设计	王　芸
电脑制版	杭州天一图文制作有限公司
印　　刷	杭州富春印务有限公司
开　　本	880毫米×1230毫米　1/32
印　　张	11.75
字　　数	248千字
插　　页	4
版　　次	2024年9月第1版
印　　次	2024年9月第1次印刷
书　　号	ISBN 978-7-213-11657-5
定　　价	78.00元

如发现印装质量问题，影响阅读，请与市场部联系调换。

写不完的故乡（自序）

　　我时常觉得宇宙浩瀚，天地浩渺，人如一孤独星球悬浮其间。但，倘若知晓自己的来处，知晓滋养自己成长的山水草木人情，人的心魂便有了安放之处，自我的孤独也有了寄托之所。这一方土地被人称作故乡。

　　我的故乡：浙江省台州市玉环市干江镇。

　　写作是从怀旧开始的。

　　当我在都市的高楼眺望远处的群山，很难不想起童年的自己站在山岗之上眺望远处大海的情景，城市闪烁的霓虹、川流的汽车，都抵不过太阳奋力一跃，阳光铺满山海的璀璨。当人家谈论自己的小学、初中同学，自己的左邻右舍时，我也很难接口，一毕业，我就脱离了那些群体，窝在自己的世界里，几乎不向外面探出触角。但是当我辗转在家乡村落的废墟上，漫步于废弃的学校里时，那些人和记忆便都走了进来，重新充盈我的世界，于是有了一本《重构的村庄》。用回忆和文字来重新构建三十年前的村庄，是缅怀，是留恋，是对行将消失的一切的交代，是最初写作的一个契机。

　　怀旧是因为离开，因为失去，因为不可再得。人是需要着陆感，需要根的，城市里的人会频繁地更换房子，有统计说城市里的人，一般情况下换房的频率是五年一次。五年的生活能让人留住什么？城里人是盆栽，换一次房就是一次连盆端走的迁移，走在城市的街道，总让人感觉熟悉又陌生。乡下是不同的，房子一盖起来，就如一棵树被种下，是要一直在这个地方扎根生长的。我从乡下走出来了，但离得再远，这双脚还是被拴在土地上，只有不时回去才能保证我怀旧的意义。

想起去读大学，（现在看来）临海那么点远的地方，母亲也让我带了一矿泉水瓶的土——是在山上老屋那里挖的，她说去了不舒服可以用土泡点水喝。以前觉得好笑，现在才明白什么叫水土不服，什么叫乡情难舍。我当然没有用它泡水喝过，但却带在身边许多年，因此，离开，回来，又离开，又回来。离开是为了生活，回来是因为情感，在这无数次的往返中，看到时间在这个镇子行走的痕迹。直白，可观可感。比如多了一座坝，多了一条路，多了许多屋子，多了许多车子，多了一些民宿，多了几处景点，"新时代山乡巨变""美丽乡村建设"等很多宏大的字词都落在这些肉眼可见的变化上。

它们带着我的目光，戳破我现在单一世界的壁垒。很长一段时间，我在生长的村庄晃荡——那些年像是一个承上启下的过渡段，看得见一切都在变好，但似乎又没有期待的那么好。有些人、有些事、有些观念在过去和当下的夹缝里，左转和右转，就是两个结局，把我从怀旧推到当下。环视当下是一种不同于怀旧的美好。

那些记忆里熟悉、现实中陌生的人在小镇里的日子，像被水冲走了掩盖其上的泥沙的石块一样，慢慢露了出来，他们从孩童变成了父母，从父母变成了祖父母，从农民变成了工人，从工人变成了老板，从渔民变成了渔老大，但也有人一直是农民，是工人，是渔民……所以，又有了《一个村庄里的时代》。

本以为这样就够了，可是最近五年，小镇的样貌比以往任何时候都变得还快，还大。不仅仅是那些多出来的坝、路，是他们在走的；多出来的屋子，是他们花钱造的、买的、住的；多起来的车子是他们在开的；多起来的景点是他们建的；多了一所幼儿园、一所小学，是他们的孩子上学用的；多了一座康复中心，将来也是他们用的……这些东西背后增加的是一种理念和信心，镇子在时间里翻动，就像春天的田野泥土被翻新，吐露着新时代的影子。我被时间推着走进镇子深处，看着崭新的家园一处一处建起来；被推着走到各个村子里，看着全镇的景区建设热火朝天；被推着走进企业，了解他们的发展壮大；被推着走到海边，看那一架长桥跨海而来……人们生活的细节跟着小镇的变化而充实、饱满——忠实地记录时代，于是每一件事情的发生，都让我感觉自己的书写有了意义。

30年时间，与地球漫长的生命、人类久远的进化过程，与中国几千年悠久的历史相比都不值一提，但是对于干江镇上的每一个人来说，就是一段不可忽视的发展进程，一段似刻骨铭心又似熟视无睹的生活历程。刻骨铭心是因为记忆和现实的对比，熟视无睹是因为人们已经习惯世界变化的快速和翻天覆地。在这30年里，折射出的是生活的真诚和时代的真实，我亲历了这一切，所以又决心写下这一本《春风暖山海》。但我知道这是一本写不完的书，因为每当我以为可以结束时，回乡，就会发现那片土地又有了新的发展。

过去，衍生了当下，当下自然也会延展到未来，而"过去会热情地注视着未来"，让每一个时代的记录都富有意义。

目　录

第三辑　｜　未来在前

附 录 |

第一辑

人世行走

一个好运气的人

周庆良熟练地洗茶，烫盏，泡茶。当年龄比他小、比他大的同伴都还在为生计奔波、为生意拼搏时，他已经过上了听音乐、打太极的养生日子，再就是呼朋引伴的烧烤、吃饭、喝茶、喝酒……

他重新买下了花明村老屋的屋基，翻新、装修。四间两层的石头屋，里面全部有实木贴墙。三间打通，放了茶桌、牌桌、大餐桌。茶桌后面靠墙的博古架上放满了名茶、好酒，茶有龙井、普洱、大红袍，酒有茅台，也有自酿的杨梅酒。茶桌上的"茶道六君子"放在顺手处，煮茶的坡璃壶都已有了深深的褐色，不是经年累月的使用形不成这种颜色的茶垢。另一间隔开的屋子作厨房兼餐厅，边上放了两大收纳箱的碗盘，一看就是为了聚会准备的。而且聚会的人数必定不少，一次一桌也得有七八人，餐桌有好几张，大概多的时候招待三四十人也是没有问题的。如有客人留宿，楼上还有两个房间，不够住，也可以去往镇上的房子，开车不过几分钟。

他说自己是个有好运气的人，他的好运气是一点一点来的。确实，17岁之前的周庆良，家里是真穷。他9岁开始给生产队放牛，放到17岁。"你们看电视上的西北农村下雨天屋子嗒嗒漏水，床上连个草席也没有，一摊破破烂烂的被褥，被套也没有，就是赤裸的棉絮。出门，一条破裤子兄弟轮流穿。真是一点也不夸张。我小时候家里就这样，十六七岁了，连口饱饭也没吃过，经常靠番薯叶填肚子。"他不带一丝玩笑地说。

18岁成人了，不再放牛，就去生产队做一些农活，担鱼粉，到冲担屿倒笼。20世纪70年代的冲担屿外面是一片海涂，人们在上面敲"雀嘴"，抓蛤蜊、蛏子、跳跳鱼，放网笼，养紫菜……潮汐涨落带来的鱼蟹总会落到放置的网笼中，是可以换钱的鱼货，也是饭桌上的菜肴。可是这日子仍然有些无望。

冲担屿是有故事的，据说是神仙挑了两座小山去堵漩门，当挑到下礁门边上，鸡叫了。鸡一叫，人们就要起床，一起床就会发现他的踪迹。神仙一慌，撂下担子就跑，留下的两座小山跌到海里，就成了两个相距不远的小小岛屿，一个叫冲担屿，一个叫小屿。

18岁的周庆良坐在海边勒着腰带的时候，大约也在想，当初扔下两座小岛屿的神仙，会不会也在某个时刻扔下一点点运气给他。目光从冲担屿移到小屿，再跨过长长的一湾海水，过去就是坎门了。在海的这边，人们只有日复一日的日出而作、日落而息，那边是否已有不一样的生活了呢？村里有人说坎门有了工厂，厂里有机器，那么那些在机器上劳作着的人，过的是不是不一样的日子？

周庆良要去看看。看着只是窄窄的一湾海水，真要过去，其实要绕上一大圈，走上小一天。19岁，他开始到坎门打工。逼仄的空间，昏天黑地，与其说是工厂，不如说是作坊，还因为电力不稳，灯光经常忽明忽暗。老板说生意不好，只包饭，不发工资。他稀里糊涂做了两年，吃了两年饱饭，学了一点手艺，却没攒下一分钱，就拎着包回了家，运气似乎还没有降临。

21岁时，周庆良借钱开了当时干江乡的第一家钟表店，卖钟表也修理钟表。20世纪80年代开始，干江乡、栈台乡即使极为偏僻，人们也开始添置钟表，是赶时髦，也是需求。借钱开了店，同时也跟人合伙卖树。周庆良大字不识一个，胆子却大——那时的人们胆子都大，穷得只剩下一条命，还怕其他什么。周庆良说，自己当时就一个念头，挣钱，拼命挣钱。

打工的两年开了他的眼界，长了他的见识。眼界多大、见识多广且不说，但他总归知道，世界在改变，好日子就裹在这正在变化的世界里。要吃苦，要拼搏，就算抓不住变化的大头，抓住了尾巴，自己的生活也绝不会如过去那般样子了。

他不懂什么生意经，但知道一张嘴上下嘴唇一碰，与人天南地北地多聊聊，多问问，多学学，生意就能来。只要不亏本，让一点利，少赚一点，也不是什么事。店开了五六年，卖树的生意也不错，好运气似乎开始找上门了。周庆良的口袋充实起来，他又转行去卖海鲜。

周庆良卖海鲜与别人不同，他是一心两用的。他知晓乡下人家（可能城里人也不例外）到了秋收后，手里才有点闲钱，因此家里的喜事宴请都要留在秋冬时节或者正月举办。所以他秋冬卖海鲜，炎炎夏日，他就卖棒冰，既批发也零售。卖海鲜也好，卖棒冰也好，都是只赚不亏。卖了近十年，也算有了一定的积蓄。

他真正的好运是在32岁时来临的，花了30元摸奖，先后摸到凤凰牌自行车4辆。这个时候已经是20世纪90年代了，村里有点能耐、有点闲钱的人都开始跃跃欲试，准备扑进个人办厂的大潮流中淘金。周庆良没有这个实力也没有这个心思，他只觉得这一年他干什么都顺利，他并不知道这仅仅是一个好开头。

他33岁时（他记不清时间，只记得他当时是33岁，我推算是1993年），在玉环县城摸奖，两块钱一次，他摸到了一辆桑塔纳轿车。当时就有人出钱买走了——十多万元，他说他这辈子还没见过那么多钱呢，说是一夜暴富都不为过。签字时名字不会写，只顾按手印。更神奇的是，第二年同一个地方，他又抽中了一辆红旗轿车，轰动一时。他说，现在，民政局都还有当时拍的领奖照片呢。

这辆车他也卖了，加起来手里一下子有了几十万元。这时干江已经和栈台合并为干江镇，镇里许多人都办起了小厂，比如上礁门村的阿旺、兴金等兄弟连襟五人就办了齿轮厂，有人办了阀门厂，有人办了电气厂，白马岙还有人办了冷冻厂，人人都以为周庆良也要加入其中了，毕竟他开的店做的生意也是镇上独一份的。但周庆良只在新街口（干江人将繁江路和麦莎大道统称为新街，两路交叉口被称为新街口）转角处批了两间地基，盖了一幢四层楼的房子，一楼的店面，继续冬卖海鲜，夏卖棒冰，二楼自己住，三楼、四楼开宾馆，这大概是干江镇第一个有点像样的宾馆了。一年多后，他不卖海鲜、棒冰了，改卖玻璃，又和别人合股在码头卖沙子，接着又跟着入股买了石仓卖石子，虽是小股东，怕也要投入不少钱。

20世纪90年代孕育着无限的生机与活力，仿佛一块无比肥沃的土壤，只要你勤劳、吃苦、聪明，不管种下什么都会有收获。

周庆良没文化，而他娶的妻子，却是高中毕业的，但是夫妻俩都不觉得自己是办厂做企业的料，没有高超的游泳技术，很理智地不入海扑腾。不过蓬勃发展的大地上到处在建住房、厂房，在修筑公路，到处需要玻璃、沙子、石子。这个点，他们牢牢踩准了。

卖玻璃、沙子、石子赚钱了，又开始卖水管，买了五六台搅拌机租给别人。他们用最实在的想法去分配自己的财富：鸡蛋不能放在一个篮子里。我开玩笑，是不是那个时期干江镇上所有的房子，都有他卖的玻璃、石子、沙子、水管呢。他哈哈大笑，说这个不知道，但是他从未亏过。干江人从来低调，没亏就是赚了。

不过他在38岁到39岁期间，买了一艘载沙船倒是亏了。为什么亏了，他不说，只说亏了17万元。那时大约在1998年到1999年吧，17万元可谓一笔巨款了，但他说得轻描淡写，不知是那时的他就已经财力充足，还是他为人豁达，亏了就亏了，也不沮丧。我知道那时他已入股他兄弟办的东南机械厂（现为东南塑胶机电有限公司，是干江镇数得着的龙头企业），后来又和他家里其他亲戚一起合股建了厂房出租。这期间宾馆倒一直开着，十来年后才停业。2009年，大女儿毕业考上了公务员，又认回了小女儿，似乎人生颇为圆满。若一定要说他有什么不满足，就是没有儿子。当年他为了生儿子，把生下不久的小女儿送人了，逃生的事情也干过，但终究还是没有如愿。周庆良并不掩饰自己当初的鄙陋，乡下人嘛，总是想要儿子，但是命中注定没有的也不强求。

镇上开展高山移民政策后，小女儿的养父母家与他家只隔了几间屋子，明眼人都看得出，小女儿与他大女儿的眉眼如出一辙。等两个孩子都大了，他就去挑破了窗户纸，把小女儿认了回来。找工作、买房、买车都是他的事情，但他说，生娘不如养娘亲，说小女儿是她养父母的女儿，她要给他们养老送终，自己的养老送终以后靠的是大女儿。

两个女儿都结婚生了孩子，周庆良回了花明村，翻建了老屋，用灰砖，把破败的院子重新铺得跟花园一样，买了邻居屋边的一些零碎地，浇了水泥路，车子可以直接开到家门口。他算是在50来岁的时候，过上了财务自由、悠闲自在的生活。

"我想得开，现在的钱也够花了，再去拼命挣干什么呢？我得承认，我挣钱主要也是靠社会发展的机遇，但我也自始至终觉得自己是个有好运气的人，这就够够的了。"说着，他举起茶杯喝了一口，手机里古琴的声音在空旷的屋子里回荡。

老张的身份

1978年那一年，上礁门村里有了第一家厂子，是一家修船厂，而次年老张也有了第一个孩子，是个女儿。对于多出来的这一张嘴，作为一个纯粹的农民，自家四分两厘水田和山上十五垄山地的收入怕是远远不够了。老张纠结是去帮人家种地，还是帮人家去捕鱼，或者干脆跑到县城去找生活。结果想了半年，他还是留在村子里，忙乎着插秧、种番薯。

促使他下定决心的是秋天时，他给村里的老冯割稻，一亩多的田，说好五块钱。割完了，人家还得让你帮他挑完，否则不给钱。两只脚箩装满近200斤，一担簟筐装满约120斤，主人家挑了簟筐，老张被迫选了脚箩。

秋天的黄昏，夕阳想必把老张上山的身影拉得很细、很长，脚箩的影子像巨大的岩石晃荡在山野中。脚下的卵石路变为一条湍急的河流，他一步一步小心地逆流而上。大脚趾从破了洞的袜子里钻出来，粘着鞋子，被磨薄的袜后跟也开始粘着鞋垫，或许也破了。

他上上下下好几趟，上山的汗湿透了衣服，又在下山时被秋风吹干。落日的余晖已带了凉意，把他剪成轻飘飘的黑影，似乎一阵微弱的风都能吹走他。而他只是把扁担换了一个肩膀，挑的是谷子，是一家人的生计呀。当最后接过五块钱时，他的小腿肚已开始打颤。一张陈旧的卷起了边角的纸币是他一天的报酬，而整个下午他没歇过，人家连口水也不曾给过。转身离开的老张，终于下了决心去谋一点别的生路。村里的修船厂在招人，他就去了。

他是个聪明手巧的人，没学过木工，但做个凳子、柜子不在话下；没学过泥水活，自己砌个墙、贴个瓷砖也可以；没干过厨师，但给朋友邻居家红白喜事烧个十桌八桌也不成问题。到了修船厂，好像也没他干不了的活。

大女儿三四岁时，他常带她去上班。冬天的海边，上面天空灰黑，下面滩涂漆黑，窝棚里炉火跳跃，老张搬木头，锯板，上桐油……偶尔过来看看坐在小板凳上的女儿是否老实。饭点，他掏出铝制的饭盒和装菜的搪瓷罐，把饭分一点到搪瓷罐，把菜拨一点到饭盒，他捧着饭盒，女儿抱着搪瓷罐，他蹲着，女儿在小板凳上坐着，一起吃。木头干燥的气味、桐油腻鼻的油气、饭菜的香气，混合着填满了逼仄的空间。炉火照耀出周边一圈昏暗的光亮，冬天远去，凛冽的海风消失。这种感觉，就像杰克·伦敦写的寒风肆虐、雪花飞舞的黑夜中，有一座亮着昏黄的灯的木屋，住在里面的人，有着喷香的饭菜和熊熊燃烧的壁炉所带来的安定和幸福。

那一刹，老张应该也是快乐满足的。他希望这样的日子能长长久久的。但是这个小厂子在没有通电只能靠柴油机发电的村庄里注定要亏本，老张待了好几年，没拿到什么工资，而家里早又添了一张嘴，小女儿只比大女儿小两岁。

他和老婆商量后，决定去楚门。20世纪80年代初，栈台乡连电也没有，但老婆娘家所在的楚门镇已有了许多家庭作坊般的小厂子。老婆去小厂子上班，老张帮大舅子烧蛎壳灰。他们把小女儿带走了，大女儿被留下，四岁半，被他老婆托关系塞进村小上学，由奶奶照料。

等老张几个月后从楚门回来接大女儿，她已经从一个梳羊角辫、扎粉绢头、穿粉底碎花罩衫的小姑娘，变成了一个头上长满虱子，脖子、手腕、手肘一圈老泥的烂污娃。老张把女儿从学校领出来，下午的课也没让她上完，就直接带去了楚门。第二年，他们又托大姨子把大女儿送进了他们龙王村的村小。

老张一家住在老丈人家，大女儿上学，老张和老婆上班。老婆的兄弟姐妹关系都很亲厚[1]，三个舅子和两个小姨子都还不曾婚嫁，晚上回来经常一大家子十多口人挤满一桌子吃饭。有时大姨子家的外甥、外甥女们过来，小孩还得另外坐一桌。四间两层小楼，天一亮就开始闹闹哄哄的，大人唤、小孩吵，猪圈的猪哼哼，母鸡、公鸡、鸭子也凑一块叫。

这是老张家有史以来最安定、温馨的日子了吧。老张已很习惯自然地说自己去上班了，下班了。大概只有在屋后老丈人家的水田上开始出现平得像镜子一样的水或者冒出金子一样的穗子

---

[1]亲厚：当地方言，这里是"亲近、要好"的意思。

时，他才会意识到自己也有土地在另一个地方。他会回去几天，收拾好，又回来上班。

老张老婆做工的小厂子在楚门南兴街后面的一个小弄堂里，老张大舅子负责的村里的蛎壳灰窑就在路旁，两个圆圆的砖窑，里面先一层蛎壳一层谷稻壳地装满，然后铺上厚厚的一层谷壳。火烧起，谷壳猩红之后迅速变成灰黑，浓白的烟就飞起来。所以他们都戴着一种能遮住口鼻的蓝色卡其帽，类似于现在包头包脸的防晒帽。女儿每天上学下学都能看到他，有时他和大舅子一起在蛎壳里埋几个鸡蛋，熟得很快，但经常找不到，找到了，他会等女儿放学时塞一个给她。可惜一年半后，考虑到小女儿也要上学了，老张和老婆只能带着两个女儿回家。

老张用烧蛎壳灰挣的钱入股了堂兄弟们的渔船，但他晕船，到披山洋就要吐。去不了远洋，他就考了一个大副证，在船上挂着，但其实他只能在岸上接货、卖货，温岭、乐清都经常跑，农忙时候才待在家里。老婆这时去村小当了代课老师。

土地是家里的粮食来源，但不是经济收入。老张也算是当了几年的渔民，但最后却是亏了，怎么亏已无从说起。又因为堂兄弟之间的各种小龃龉，他不愿意掺和进去，就退股了。而老婆在村小没能转正，被辞退了。

有些时日，老张似乎无处可去，无事可干，就只围着家里那几块番薯大的山地转，似乎精耕细作之下就能翻出黄金来。在这些日子里，家里主要靠老婆挑着担子卖花生、炒豆、石莲豆腐十里八村地转，贴补着家用。这个楚门镇上的姑娘，高中毕业当了好多年的代课老师、民办教师，最后被生活磨去了光泽，她在别人异样的眼光中坚强地把担子放在村里小学的廊下，在许多叫着她"老师"的学生中卖出一把两把的炒豆、花生，三分、五分地收着钱。也在许多乡人的"老师"声中，不卑不亢地舀着一玻璃杯两玻璃杯的石莲豆腐，积攒着五分、一角的收入。

所幸这样的日子并不久，村里要造机耕路，老张和他的三弟一起包了一段路，早出晚归地又忙起来，他再不忙，两个女儿的学费都要没有着落了。90年代了，老张在十多年里，围着土地兜兜转转，土地像一个圆心，他走得再远，似乎也只是围着它在打转。路很快修好了，意味着老张将再次失业。在许多年轻人出去打工做车床、学技术的时候，他和老婆决定再去楚门，向老丈人的邻居学了做馒头的手艺。

1992年，干江乡和栈台乡合并了，村里的土地通过流转、置换，有些变成了宅基地，有些变成了综合市场。老张家借钱买了宅基地，从山上搬到了山下。老张失去了四分二厘的水田，也远离了山上的十五垄山地。他开始成为一家早餐店的老板。一开始，他还经常回山上去，侍弄那些地，种些豆角、青菜。当家里的生意随着边上各种小厂子的冒出变得忙碌时，他把那些地也放弃了。让两个堂兄弟去种，他们的收获会有一部分送到他家。

早餐店一开，就是20多年。边上原来窝在小房子里的小厂子，好些都变成了像模像样的工厂，比如对面阿林的柏思达、中富的富方、对面的南氏、隔壁的东宏。当然也有从小到大，大了又亏，最后甚至不办了的厂子。老张靠着做馒头的手艺和这间店，供两个女儿大学毕业，直到2006年因家里决定建房子，他老婆又要帮大女儿带孩子，才停业。

等房子建好，小女儿也生孩子了，就在还没装修好的房子里坐月子。房子虽然简陋，但也掏空了老张这么多年的积蓄。然而他很高兴，农村人的大事，建新房，儿女婚嫁、生孩子，他都完成了。

他和他老婆给两个女儿带孩子，一带就是好几年，收入就是两个女儿每月交给他们日常开支的两千元钱。老张空闲时，又会去地头摆弄些蔬菜，一上桌，省下的就是钱。有一年，老张和二堂弟一起在山腰的地里种了西瓜。在全家都盼着瓜熟蒂落，吃上一顿时，野猪把西瓜拱得一个不剩。

等两个小外孙长大，上了幼儿园，忙碌惯的老两口又重新开起了早餐店。一开又是三四年，最后是他老婆的身体熬不住了，才歇业。老婆的四妹看他们空了，让他们去她家的小厂子上班，工资不错，还管饭。老张负责一些重活，他老婆每天坐在车床前的凳子上做工。他老婆说她妹子总是想着多给他们一些钱，这叫她过意不去。而整天坐着，她的腰和腿也受不了，时不时腿脚肿。

他们每天早上坐车去龙溪，下午有时坐车回来，更多的时候是老婆四妹送回来。老了老了，又过上了上班的日子。老张似乎是喜欢这种日子的，他那顶烧蛎壳灰时的帽子被他一直放着，坏了也不见得扔。

做了近一年，他老婆的腰和腿着实受不了，加上小舅子做手术，要她去照顾，一去就一两个月。上班这事最后就不了了之了。后来村里人在小屿门办了蜡烛厂，叫他们去。他们就去蜡烛厂上班，两个人慢慢走过去，午饭在厂里的食堂自己烧，下午下班了，经常又走回来。近，可以省车钱，他们是这么说的。那时，老张总有一种没钱的焦虑。后来投了失地保险，房子租出去一间店面，算是有了一点稳定的收入，他才安心一点。

在蜡烛厂做了半年多，老张因为腿动了手术在家休息，厂里的外地工人下班后没有关好电闸，结果起火了，损失虽然不大，但老板已没了办下去的心思。好么，又失业了。在老张成为外祖父的十年里，他断断续续地干过各种活，但也一直坚持在山腰的地上种菜、种土豆、种番薯，除了自己吃，还可以满足他的两个外孙挖地如挖宝一般的乐趣。

在他们"失业"的时间里，两个女儿先后怀了二胎，老张决定跟自己最小的弟弟去做泥水小工，他老婆又去她四妹家里做工。等小女儿的小儿子出生，老张老婆又开始了带娃的"职业生涯"，而老张一直跟着他的小弟四处做小工。"一日能有两百到两百五十（元）呢"，他挺稀罕这笔收入。而山腰的地，在种的番薯又被野猪拱得颗粒无收时，他放弃了。再说做小工，干的是体力活，每天累得汗湿一身地回家，他也实在没有多少气力去侍弄土地了。唯一剩下的是家里后院一块半间屋子大小的地。老婆在上面种些豆角、青菜，他会在边上指点一下。

老张曾说，"城里人65岁退休，我乡下人干到70岁吧"。他做小工回家，衣服湿得可以拧得出水，脸和手臂黑得像刷了一层黑漆一般，女儿们忍不住叫他不用干了，"我们给你钱"。老张说："手心向上向你们要，你们不供车供房供小孩啊。我自己攒点钱，自己快活，以后也向你们少要一点。"

老张做小工，跟他年轻时给人家挑担一样，不惜力气。可毕竟 60 来岁的人了，累了总会这里痛那里痛，尤其是腰，经常疼得让他叫"哎哟"。但他开心，早上哄小外孙说"外公上班了，下班回来带你去超市买好吃的"。又说，"年纪大了，有痛有病不是很正常嘛"。

等小外孙回城里念幼儿园了，老张似乎一下子失去了奋斗的动力，感觉那些泥水桶、砖头，变重了，有点挑不动了。老婆四妹再叫他去上班，他也不愿意去。他说他现在不喜欢上班了，一整天都得待着不动，他宁愿辛苦一些也要做自由一些的事。

可他又经常叫痛，叫不舒服，女儿们就拦着他，让他歇着，以前她们竭力反对他打麻将，现在竭力劝他去搓麻将。但他拿起了锄头。河边他的小弟、四堂弟都还有一点地，不大，每人大概两三垄，他们都匀出一点给他。他就种地去了。几十年里，老张身份不停变换，最后他说自己还是一个农民。2020 年，这一年，他 70 岁（虚岁），到了自己给自己定的退休年龄。

第一年种了番薯，买的番薯秧不对，种了很多紫薯，家里人都吃不惯，就晒了很多番薯丝。老张说自己一直在种地，但显然他对土地已经生疏了。

第二年，老张又种了番薯，还种了番茄、四季豆、玉米，一块 30 平方米的地被他分成了好几个区块。这次种的番薯很好，玉米、豆子也很好，番茄却全不像样子。不过他已经满意了，每个周末，都会问女儿们回来吗，带一点蔬菜回去。家里的四亲八戚都吃到了他种的番薯、玉米、四季豆。后来家里剩余的实在太多，女儿的朋友们也吃到了。到了周末，女儿们就化身送菜大使，开着车，替他四处送菜。

第三年上半年，四堂弟上船出海帮人家捕鱼去了，地就全给了他。他拿来种了一点西瓜，竟然还不错。这一年，亲戚朋友们都吃上了他种的西瓜。没经验，摘西瓜感觉不准，有一次摘的瓜，送给人家，切开是浅粉的，人家开玩笑说满满青春的味道。女儿叫他们不要吃，可人家说清甜啊，好吃得很，早吃光了。为此，老张颇得意了一番。

后来，一个朋友要去外面种西瓜，就把家里一块搭了大棚的地给了老张。突然一下子多了大半亩地，老张富足了，他开始种各种瓜，西瓜、白瓜、黄金瓜、香瓜。跟着他种瓜多年的大妹学，天天泡在大棚里，掐花、授粉、施肥、捉虫，回家吃个饭就走。经常一裤腿泥巴，衣服又能拧出水。

蔬菜、瓜果太多了，有时送都来不及送，大妹说帮他卖，可他很随缘。他老婆雄心勃勃地让大女儿帮她办了收款码，结果一次也没用上。倒是有一次，摘西瓜回来，隔壁村的人追着三轮车要买，拿了两个，他们说送他，那人不依，扔下了十几块钱走了。有一次，邻居出摊子卖豆角，老张也放了一点在边上，自己走了，邻居帮着卖了20元。

现在老张仍热衷奔走在地头，但老张是不承认自己老了的。他说自己是70岁的老后生[1]，种地就是退休生活。土地现在又成为他生活的重心。土地是老张一辈子绕不开的依靠，过去是生活的依靠、日子的基础，现在，土地是他精神的依靠，是他晚年的乐趣。

[1]后生：当地方言，作名词意为"年轻人"，作形容词意为"年轻"。

　　老张听说楚门有一位资产上亿的大老板，在干江包了一块地，每个周末都要跑过来刨地。他以前肯定也是一个农民，老张笃定。也许人家以前未必就是农民，但一个人返璞归真的原点应该就是回到土地吧。

七十二变

　　小王是我的同学，但按辈分我得叫他"阿叔"。本来没什么交集，小学三年级下学期搬新教室后，我们就成了同桌。他家在后山岭头，我家在半山腰，现在也是很近的邻居，中间就隔了七户人家。

　　我们坐一起，他实在没叔的样子，我也绝无对长辈的尊敬，我们两个都是淘气孩子，上课经常互相恶作剧。我们坐最后一桌，老师叫他起来回答问题，我就悄悄移开凳子。我们坐的是长板凳，我只要稍稍抬起屁股，就可以把凳子移开。他不提防，一坐下就直接坐到了地上，我趴在桌上捂着嘴笑得肚疼。他也不生气，瞪我一眼，站起来，拍拍裤子，坐回去。次数多了，他只要一站起就拿眼角盯着，我一有什么动作他就转头看我和凳子，坐下时更是特意看清楚了才坐。

　　即便如此，他还是时有中招，凳子看似还在身后，等坐下的那一刹却被挪开了，所以他的屁股还是落在了地上。他哭笑不得地看着我，我拼命忍住笑，充好人拉他一把。他故作老气地说：

"你啊，这样顽皮，对阿叔老人家一点也不尊重，小心我向你爸告状，打得你满地爬。"

"阿叔老人家，你别讲，别讲，我吓死了，消消气，消消气……"我很配合地演着。

"嗯，还算有药可救，下次不准哦，晓得哦？"

"晓得，晓得，阿叔大人有大量……"

当然，他并没有去告状，向我父母没有，向老师也没有，只是在不断的战斗中积累了经验，只要一站起，他就用脚勾着凳子脚，我再也没有下手的机会。

但是我没想到他竟然向我下手。有几次他故意摆出动手脚的样子，我很警觉，他动了一下，我就赶紧扭头瞪他，他压着笑，摆摆手。一次，我以为他住手了，就坐下，结果一下子坐到地上。我不由气恼了，叫道："老师，你看王某某……"他吓了一跳，丢过一个不满的眼神，一本正经地坐着装作看书。我也马上意识到不妥，赶紧闭了嘴，坐好。老师抬头，没看见什么，就又把头低下了。

下课后，我责怪他捉弄我。他说："你捉弄我次数还少？还向老师告状——差点没把你阿叔老人家吓死。"我哈哈大笑，自己觉得理亏，就约定今后互不侵犯。此后，他言而有信，我说到做到。

初中时，我们竟然又做了一年多的同桌。小孩子的把戏不做了，上课时互相打掩护的时候多了起来。我们其实都还算用功，但是上课偶尔跑神、做点小动作仍是免不了的，老师的"探照灯"过来，我们就相互推推手肘、踢踢脚。我经常给同学背后贴小字条，他就帮我弄胶布，转移人家注意力，然后两个人一起躲在一边偷笑不已。被人家发现，十次九次都是他担责任，他说："谁叫我是你阿叔呢？"

他成绩中上，我仍是班级前列。不过几何他就比我好，在我对着那几根线条绞尽脑汁时，他在边上吹口哨。我就拿铅笔去画他的书，他就边用手护着书，边叫又欺负你阿叔，也并不真的生气。

有一次上课，我到黑板上做题去了，他竟然偷看了我小饭盒里的菜。等我下来，他就一直捂着嘴贼笑，说："萝卜菜头当菜蔬。"我莫名其妙，等中午吃饭才明白，母亲给我带的菜是胡萝卜炒盘菜（我们把盘菜都叫作菜头或盘菜头）。我赖他偷吃，也不理他叫冤，硬是打开他的小饭盒分了他的菜——黄豆炖肉（肉就两片）。他哀嚎不已，我白他一眼：没吃你的肉，几颗黄豆已经是很客气了……

到老师开始实施男男、女女同桌时，我们才分开，后来他个高坐后面，我坐前面，就不大联络了。初二分班后，我在一班，他在二班，几乎就没说过话。一班周末是必须补课的，不回家的时候，母亲就会托他帮我带一点咸菜、鱼鲞当下饭菜。次数多了，有同学开我们玩笑，我就很理直气壮地说："这是我阿叔。"他很配合地说："是阿叔，所以特地照顾一下侄女，知道不？"

初三，全年级开始夜自修，周末也要补课。一次我回家去，他姐姐叫我带东西给他，在走廊里，无意中听到他同学问他，怎么和一班的女生搞到一起。他很生气地说："什么搞到一起，她老实[1]是我侄女，在家里她都叫我阿叔的，在学校她不好意思叫，知道不？我们小学就是同桌，初一也是同桌，多讲几句话就被你们这帮人讲成什么样子。"他同学明显不相信的样子，他赌咒说："不相信下次你去我家，问问我娘和我爸。"接着他又半开玩笑地说："你们不要乱讲了，读一班以后都是要读高中考大学的，你们不要耽误我侄女的前途。"我叫他，他过来，我把东西递给他。他接了，很威严地说："叫阿叔，没礼貌。"我直翻白眼，但是也知道他为什么这么说。于是装作很恭敬的样子，叫了声"阿叔"，又说阿娘（姑姑）叫你这个星期回去，阿婆和阿公说杀鸡炖给你吃。他"嗯"了一声，说"我晓得了"，然后把右手举过头顶，向外掸着，"你走吧"。我转身走了，身后他同学说"你这阿叔煞甲"。他说："我和你讲老实的，现在相信了吧？"后来就没了闲话，但是我们都没有再给对方带东西了，不知道他回家有没讲什么，我是回家和母亲说了的。

初中毕业后，我读了高中，他没有，我们就几乎没了联系。村里高山移民后，他家房子和我家相邻，因此才经常碰面。我经常戏称他"小王"。

我读大学时，一次回家碰见他，他很羡慕地说："读大学赞不？"我不知道怎么回答，就随口说："反正也是整日读书、读书的。"他"哦"了一声，又问："像我们这样的要一个文凭有没有可能？"我说："好像可以自考，成人高考好像也可以？"他点点头不再问。我追问："你是不是要考一个文凭？"他有些不好意思

---

[1] 老实：当地方言，这里是"真的"的意思。

地说："我们这样的，怎么考得出来，我随便问问的。"

我就有些遗憾，和母亲说起来。母亲说他读书的时候，家里盖房子的钱还没还完，他妈又生了癌，拖了一年多，钞票花了不知道多少，"他哪来读书的心思，可惜啊"。我想了一下说，"怪不得，我记得他以前读书好像也可以的"。母亲说他兄弟姊妹两个都懂事，他初中读完，好像就去给人家当徒弟学做车床了。我们那个时候，念书念到一半不念了，隔了十天半个月突然又回来的经常有，当然不回去的比回去的更多，比如我的堂姑姑、堂姐、堂哥、堂妹。初一时满满两个班，到初三经常只剩一个班，我们这届已经算好了，至少还剩一个半班。但一毕业，我和许多初中同学都断了联系，自然也就没有关注他，更不知道他失学背后的许多隐情。

我工作了，看他在自己家里办了一个小厂，招了三四个工人，加上他姐姐和老婆，他自己既是老板，又是技术指导，经常穿着一套油腻腻的工作服进进出出，忙忙碌碌的，似乎生意不错。我说："你厉害啊，自己当老板了。"他说："厉害什么啊，都是在人家手下讨饭吃。"我说："不是挺好的，自己有技术还怕什么？"他说："现在不比以前了，小厂的风险也大了。"我只当他谦虚，可有几次听他来家里吃早饭的本家谈起，才知道他的小厂就是依附着他本家的业务。后来村里另外的人以及我的本家也把一些加工业务给他，他的工人增加到十几个，这在村里一干小厂里算中等偏上了。我就常看他笑眯眯地把儿子架在脖子上来买早餐，跟他开玩笑，他能回一堆俏皮话。我说他和读小学的时候一样顽皮，他说越活越年轻嘛。

两年不到，他就买了一辆黑色丰田轿车，我们以为他要显摆起来了。结果他白天在厂里忙乎，晚上开车拉客。镇上没有出租，车子也不是那么普及，他的生意不错。应该说他是镇上最早开车拉客的人。母亲说他脑子活络得猛[1]，我也觉得他很聪明，还肯吃苦。他和村里很多年轻人还不同的是，他不赌博，钱交给老婆，有空就带儿子。他老婆瘦瘦的，穿着很朴素，我见过她穿一件玫红色的棉袄，说就30块，样子很土气，她穿着实在不怎么好看，我们都建议她不要穿，可是她穿了一年又一年的，过年穿上新衣服出去，回来肯定换上那件旧的。吃早餐时，有人说："小王，也给你老婆换一件衣服啊。"他老婆就马上接上去，"我有的，但是整日做事情，还是旧衣服穿着自在"。他说："买，吃完饭，衣服店开门就买。"

吃完饭还真的去买了，结果是拎回了一套棉睡衣。从此，我们就看着他老婆老是穿着那套棉睡衣了，乡下女人十个九个喜欢穿棉睡衣干活，这下没人说了。他老婆很得意，他吐槽她有福也不会享。他老婆回击："那你先把这条牛仔裤换了，穿多久了。"我母亲说："你们俩很登对。"他咧着嘴大笑，他老婆不好意思地捂着嘴笑，他们儿子夹在中间，不明所以，看看爸爸，看看妈妈，跟着呵呵笑起来。我们也忍俊不禁，笑成一团。过年的时候，终于看他们一家穿着新衣服，开着车子出去玩了半天，似乎一年的劳作就是为了这几天的自在舒服。

有一次，我儿子和外甥都得了手足口病，外甥比较严重，半

---

[1] 猛：当地方言，这里是"很"的意思。

夜高烧到39.5℃，情急之下叫了他的车子去医院。要付钱，他说："先去看医生，钱还怕你们跑掉啊。"我说："万一挂针，不知道什么时候回去。"他说："没事，我在车里等你们，半夜叫车不好叫，再说有什么事我也可以帮忙。"等孩子挂完针出来，已经快两点了，他竟然一直在等，我们都很过意不去。到家，我特意要多付一点，他却只收了50元，相当于单趟的车费。我们都不依，他很坚决地说："讲什么呢，都是邻居，谁没个急事的时候，意思一下就好了——快下去，小人不能冻着，你明天还要早起上班，不要啰嗦了。"

因为这事，我们的走动多了起来。我发现他开车的时间多了，经常白天都在开车，再后来看到他的厂子里不大有人了，就他老婆和姐姐还在忙。遍地黄金的时代已经结束，不知道什么时候开始，最早的那一批成功者，要么已经大船稳水，要么已经是抓住别的先机，而很多小厂的日子开始难熬。他本家的厂子已经转产，原来的阀门业务只占很小的一部分，主要给什么品牌的汽车生产配件了，他预测以后会越来越多人买车的。而我的本家，因为非法集资，全家跑得无影无踪。小王的生意就不好做了。

到2015年，镇上依然没有出租车，但是开"黑车"的在马路上排成队了。没生意的时候，一帮人围着打牌，生意来了，就争着吆喝。小王从来不打牌，也不去吆喝，但人们似乎更愿意冲着他去。不知道是因为他的老主顾多，还是人们觉得他比较稳重。

那段时间他专门开车，小厂关了，车床卖了，老婆到他姐厂里做工。我经过他家门口，看到他们家放车床的水泥板台都还在，只是上面都已经空空的，第一次深刻感受到他的不易。

2015年五一去沙滩玩，我丈夫觉得肯定不容易停车，就租了一辆三轮车上去，回来时人太多，三轮车都租不到了，打算走路回家。刚好碰见小王，他换了一辆商务车，带我们回来。我说："怎么换车了？"他说："现在开轿车的太多了，商务车还几乎没有。很多时候人家一大家子出去的，还是需要商务车的。"我说："你咋恁聪明呢。"他说："什么聪明啊，我们都是没办法逼的。"我又问他："怎么厂子关了？"他叹气说："没生意了，还吊着人走不开。"

"那你一个月开车能赚多少钱啊？"

"少一点四五千，多点七八千，加上老婆三四千一个月，说实话原来办厂也就一年十来万，差不多的。"

我吃惊："不会吧，开车会挣那么多，办厂就这么点儿啊？"

他笑我："外行了吧，挣大钱的是办大厂的，我们这种家庭作坊一样的，能有多少收入？经济危机一冲击，先死的就是我们这拨人，现在不能和过去比了。十几年前的人，钱好挣的都挣走了，我没赶上那个时代不是。"说罢，叹了一口气。

我察觉话题有点沉重，赶紧故作玩笑说："阿叔，你讲得很专业嘛。"他很有架子地"嗯"一声，装作很深沉的样子，说："好歹我是你阿叔，总是要有点水平的。"但是过了一会儿他又接了一句："开车也不是一世（一辈子）的事情。"我一时不知他这话是什么意思，只是点头说"是啊"。

过了一年多，无意中发现他微信朋友圈里几乎全是卖车的信息、广告，一问，才知道2017年初开始他到某个品牌汽车的玉环店上班了，虽然搞销售是从头再来，但摸了这么多年车子，还是懂一些道道的，生意似乎还可以。他老婆还在他姐姐厂里帮忙，挣得也不少，而且儿子也要上大学了。

村里出了奖励政策，好像是小孩考上清华、北大奖一万元，重点大学奖五千元，本科奖三千元。小王儿子应该是被奖了五千元。我知道他一直遗憾自己连高中都没有毕业，现在儿子可以圆他一个梦，他是开心的，我也替他开心。

后来几年没有联系，直到2022年，我无意中在菜市场看见一个卖肉的人很眼熟，回去问父亲是不是小王。父亲说，是啊。我奇怪他怎么又改卖猪肉了。父亲说："疫情车子生意难做，他就回来卖猪肉了。"母亲在边上说："小王说还是卖猪肉挣得稳啊。我听说他最多的时候一天可以卖掉一头猪。"我惊呼一声，说"这么厉害"。父亲说："他做生意蛮好，见人客气，不计较，虽然卖的时间不长，但是人家都喜欢到他那里买。""他儿子毕业了吗？"我问。"毕业了，在垟坑一个蛮大的厂里上班，工资大几千呢，女朋友也有了，好像工作也蛮好的，听说就要订婚了。过个一两年，小王说不定就做爷爷了。"母亲说。我开玩笑说："如果当了爷爷，那就变成老王了。"父亲说："就是当了爷爷，那他还是年轻得很啊，还可以再干个十几二十年。"

我不知道接下来的十几二十年，已经变成老王了的小王会不会再换行当。但突然觉得他会七十二变，虽然比不上孙悟空那般随心所欲，但是他在自己的能力见识范围内，踩着时代的节点，把日子越过越好了，这是不争的事实。

"笨"博士

　　他是一个懂事认真的好孩子，父母、邻居、亲戚、朋友都这么夸他。而小他两岁的弟弟，大家也是这么夸奖的。他在8岁，一般小孩都上学的年纪上学，他的弟弟也嚷着要去。父亲是老师，学校就开了这个后门。

　　大家都以为他的弟弟是看他上学了，在家无聊才闹着玩的，谁知不管上课还是写作业都表现不错，一考试竟然还是班级前几名，于是所有人都把赞赏的目光投到了矮矮的弟弟身上，聪明成了弟弟的代名词。

　　他瘦、高，坐在班级的后面，弟弟坐在第一排，他笔直地坐着听课，工整地写着每一个字，可一抬头总能看到老师把无比慈爱和欣赏的目光落在弟弟身上。走在回家的路上，他和弟弟手拉手跟在父亲后面，碰见熟人，人家总会越过比弟弟高一个头的他直接指着弟弟问父亲："这个就是你的小儿子？"回到家听见母亲与邻居闲聊："哪里，现在才起头，谁知道以后怎么样——嗯，灵倒是灵的，学校老师都这样讲了。什么字呀，题目啊，讲一遍就懂了，计算上做得比别人都快。大的啊？大的就认真……"
"认真就好用了，读书也读得起来，你好福气啊……"在邻居的
恭维声里，他知道自己以后的标签就是"认真"，谁也没有意识
到这个标签对他意味着什么，他觉得自己也必须认真，父亲勉励
他说"勤能补拙"，他知道自己"拙"，唯"勤"能补，但他没有
料到，这将是他一生的行事准则。

　　他比我高两个年级。一次，我去老师办公室拿作业本，听见
他的父亲用安慰又骄傲的口吻对其他老师说："我（家）中文，
别人做一遍的事，他可能做两遍、三遍，所以他的本子用得比别
人都快。"我不清楚，他知不知道他父亲心里对他的赞赏，他是
不是曾嫉妒过他的弟弟，但我们都看得出他对弟弟的爱护。上学、
放学他们都是手拉手的，如果下雨有水洼，父亲不在，他还会背
着弟弟过去。到了初中，他仍瘦瘦高高，他弟弟则矮矮壮壮，两
个人背着一样的书包，穿着差不多款式的衣服，一起进进出出。

　　我记得有一次跟在他们后面去学校，两个人一样深灰色的拉
链外套，深灰色的裤子：都是镇上裁缝的手艺。他的外套袖子短
到手腕寸许，露出里面绿色毛衣磨了毛的袖口——肯定是他母亲
自己织的，裤子也短些，到脚踝上方，露着白灰色的袜子。他弟
弟的袖子长到手背，裤脚也盖到脚背，穿的是枣红色的毛衣。我
好奇地问他，他的衣服为什么这么短，而他弟弟的衣服又这么
长？他弟弟有些窘迫地看着我，只是笑。他就笑嘻嘻地说："做
衣服的师傅不认真，本来应该接我裤脚的，接到我弟弟的裤脚上
去了。"我当真了，说："这师傅不好，我妈寻的师傅就从来不会
弄错我和我妹妹的衣服。"结果他们大笑，笑得我莫名其妙。

我们在学校吃饭都是自带饭盒蒸饭的，菜都是易存放的豆子或鱼鲞，他们兄弟俩是一人一个饭盒的米饭，再用一个小饭盒蒸菜。一次，学校的英语老师看着他们的小饭盒说："怎么只有黄豆没有猪脚啊！"他一本正经地说，饭盒太小了，猪脚装不下。这个玩笑，在栈台中学流传了很多年，就是后来合并后变成干江中学了，只要在栈台教过的老师们都不曾忘记。他们兄弟俩是栈台中学很多年的模范。

但是他偏文科，理科不好，总体成绩在栈台中学这样的乡下中学算得上可以，但进入高中后与同学们的差距却一下子拉开了。他才明白，那个他贴了许多年的"认真"的标签并不是万能的，笨就是笨啊。他才明白父亲当初对他的勉励，其实也是无意认同了这种看法。他比以前更努力，也更敏感，他在与数理化奋斗的艰难中，感受到老师和一些同学略带轻视的目光。

很多次，他对着那些可怜的分数问自己是不是一个十足的笨蛋，有n次的疑问就有他心底n+1次的否定。为了证明自己，他觉得要扬长避短，要剑走偏锋，他以语英政史四门课的成绩来弥补。就在这样的否定之否定中，他考上了台州师范专科学校（2002年升格为台州学院）的历史学专业，弟弟考上了武汉江汉石油学院（2003年同其他三所院校合并组建成长江大学）财务管理专业。

大学三年没了数理化，他觉得自己是一条咸鱼翻身归海，重新变成了活鱼。台州师专的图书馆留下了他三年一刻不停地学习阅读的身影。1995年的临海放现在是一个小城，但在那时却是许多台州学子的天堂，他在这个天堂里听到了许多中外学者的真知灼见，遇见了欣赏他勤勉的老师。当时政治系的叶哲明教授鼓励他考研，跟他约法三章：坐得住冷板凳，英语要好，不谈恋爱。他答应了，也践行了。

1998年，他大学毕业，暑假时打算回干江中学教书。但还没有正式上班，就被安排到当时被楚门中学接管的公有民办中学榴岛中学。考虑到他专业成绩优秀，当时省一级重点中学楚门中学的校长希望他在榴岛中学过渡一下，拿到函授本科毕业证书后就去楚门中学。但是一个学期后榴岛中学发不出工资了，楚门中学也无力承担这个包袱，就把它归还回去了。他在榴岛中学撑了一年，撑不下去了。父亲微薄的工资供他们兄弟念书，村里的人最早的在1992年，迟一些，也在1996年搬到山下新村自建新房了，只有他家到了1998年才搬下来，前后租住在两户人家。1999年，家里要建房，作为长子，他觉得有些愧对父亲。所以1999年下半年，他回到干江中学教社会课，终是没能进楚门中学。

"我实在是不懂，当时比我成绩差的同学也进了好学校。我从没有意识到要去送送礼、跑跑关系，有人后来告诉我找谁谁谁帮忙就可以了，可我始终迈不出那一步。"十多年前我和他妻子同住在楚门中学破旧的教师宿舍做隔壁邻居时，他有一次对我说。他是笑着的，眯着狭长的眼睛，露出两颗虎牙，语气温和。

我有些遗憾地看着他，说："好可惜啊。"他用刚洗了衣服、满是水珠的手推了一下眼镜，说："可惜似乎有点，但也没什么后悔的，我送礼走关系到现在也不会。再说，如果当时进了楚门中学，现在也不会读博了，我内心里还是希望读书的。"

乡下的学生调皮，慢班的学生尤其难管教，许多老师是拒绝教的，他却当了三年初三慢班班主任。教书育人是他所渴望的，但是他的心里总有一团火苗在燃烧。

这个生养他的小镇正在以飞快的速度改变着面貌，他的旧友邻居们的生活也经历了天翻地覆的变化。他家的房子很快建好了，离干江中学不过几分钟的路程，他上班下班，仿佛重新融入了这个小镇，但他自己明白他不再属于这里，那簇火苗会燃烧到让他逃离。

繁忙的教学之余，在日益繁华的街头，他家屋子三楼房间的灯火总是亮到深夜才熄灭，然后又在次日微茫的晨曦中再次点亮。英语要好，他一直记着，家里的板凳也被他坐热了吧。没有娱乐，更没有恋爱，他甚至连学校里有多少女老师都不知道。在这个小小的房间里，他觉得所有的灯火都是被他内心的火点燃的，勤能补拙，唯努力不负人。2002年下半年，他收到了苏州大学硕士研究生录取通知书。

临走前，当时干江中学校长杨宝林对他说："谢谢你当了三年班主任。"他握着杨校长的手，也在心里默默地说："我也感谢这三年。"他遵守当初与老师的约法三章，终于用事实证明了自己不是笨蛋，他亦对自己的人生做了新的规划：读博，争取到大学教书。

2003年，他28岁，同龄人都结婚生子了。于是，他被催着相亲，见了一个楚门中学的语文老师，是台州师专的本科学妹，隔壁炮台村的姑娘，两家在镇子上离得并不远。他们在楚门新雄宾馆吃了24.5块钱的快餐，是人家姑娘坚持付的钱，但人家还是看上了他，说他忠厚、老实，有上进心。解决人生大事，比考研简单迅速多了，2005年结了婚，同年硕士毕业，与台州市委党校签了合同，同时又收到了南京大学历史系公费读博的通知。这个通知轰动了村子，作为村里，可能也是镇上的第一个正牌博士，他获得了人们对知识、对知识分子的原始的尊敬。这一刻，人们忘记了对他孩提时代的评价，他作为模范被村里的老幼传颂，也成了学校老师教导学生的典范。人生的选择再次放在眼前，他毫不犹豫地选择读博，妻子边带女儿边教书，竟也让他去，她说她的收入支撑得起这个家。他是带着一点悲壮，一点愧疚，又外加欣喜踏上去南京的路的。

2008年毕业，他想回浙江，特别是想去杭州工作，但是，"那一年的杭州高校不需要世界史博士，再去台州市委党校应聘，被人拒之门外"。有人说他"笨"，当时为什么不找人说说，先保留工作，再去读书，也有人提点他去找某某帮忙看看。他说："我果然还是笨，一次只能做一件事，某某我也不认识，不行就不行吧。"又说："我觉得自己凭努力走到这一步，笨不笨已是其次。"最后作为引进人才，他去了余杭高级中学，安家费10万元。后来，却因为论文延期毕业，学位证书迟了半年拿到，安家费就只有5万元了。他没有异议，他心里只把这个地方作为一个过渡，希望有新的好的发展机会，也希望给孩子创造一个好的发展环境。

妻子跟着调到了余杭实验中学，一家三口的日子安稳而美好，但他没料到，这将是他人生另一个低谷的开始。如果说当时博士进中学的新闻有多轰动，那么他后来的处境就有多尴尬。

读了那么多年书，他已经不习惯应试教育的方式，他的教学成绩比不过那些本科毕业的普通老师。同事、学生当面背后的非议，他无从反驳。从1998年到2008年，他花了10年时间证明了自己，现在似乎又迷失在这张"证明"中。也许这样的境地，在学校给他的安家费从承诺的10万元变成5万元时，就已埋下伏笔。

他只在学校上选修课，在租的监狱职工宿舍（他租时不知道房子性质，只贪图便宜）、民房，在后来自己买下的新房里写校本课程，搞英语翻译，顶着中级职称，没有评高级职称——没有心思也没有条件评。对未来，他是惶恐中夹杂着希望；对妻子，他是愧疚里带着感激；对外界的种种非议质疑，他用了"忍辱负重"这个词形容自己这些年来的心境。可是他没有放弃，人到中年他仍朝着自己感兴趣的科研方向奔跑，从2008年到2019年，他又跑了11年。

2019年，绍兴文理学院和湖州师范学院，紧急招聘课程教学论教师，需要5年以上中学教师教学经历和博士学位，这个条件似乎就是为了他的十年而设。他去了绍兴文理学院，这一年他的妻子也评上了中学高级教师，生活对他有了回报，而他觉得自己对妻子有了回报，但是新的历程又才开始。"我由于能力有限，到今天也没有昭示世人的成绩，现在还是一个讲师，我还得继续奋斗。"他用一张高校教师资格证书再次证明自己数十年如一日的努力和奋斗。在以后的时间里，他会用更多、更大的成绩来证明自己。

"笨"博士不笨。他用了最不取巧的方式，证明了自己的实力和能力，改变了命运，走出了自己向往的人生。

　　而他的弟弟大学毕业后，在温岭三友电脑公司干了一年后，到苏泊尔公司做财务，从大麦屿到东莞，再到杭州，绕了一大圈，现在是苏泊尔杭州炊具公司的财务经理，亦在杭州买房安家。

劳动的人

　　小时候见志法大伯挑着谷子、麦子，从山下健步如飞地上山，挑着整担的鱼虾翻山越岭地去贩卖。个子不高，人也不见得多壮，但是就像我们常用的竹扁担一样，被两头的箩筐压得颤颤颠颠的，却又绝不会断。不过他终究又不是扁担，一百多斤的担子，一天压一天，一年压一年，他笔直的身板从180度斜到179度，到170度，再到……

　　等我20多年前在路上碰见他时，他的腰已经要弯到脚背了。当然弯到脚背也是夸张说法，他的衬衫若没有塞进裤腰，下摆是真的快要碰到脚背了。我叫他，他虽然竭力抬起身体，可腰似乎就是塌的，他只是仰起脸。他走路是双手背后的，不背后，大约手指就要着地了。他不能挑担了，因为挑起担子，不再是压在肩头上，而是整个背上了，看着，就像是用扁担把拱起的背脊再碾平整，形成标准的90度。可是他仍是捏着锄头挖地，种番薯，种菜，用一只大竹篮拎着。他挂着锄头站着休息的样子，就像是他拎着的大竹篮和锄头依偎在一起。再晚些，他连锄头都不能挥动了，他对折的身体承受不了锄把的长度，他就改用草耙，既锄地，又当拐杖。每次看见他，我总会想起"从泥土里刨食"这句话，心里就有些酸酸的。

不过幸运的是，作为一个丢失了退伍证明的越战老兵，村里、镇里帮他找到了当初退伍的文件，找到了他的战友为他证明。在最后几年的时间里，他领上了补贴。

和弯了腰的志法大伯不同，老由（绰号）的腰是直挺挺的，两只胳膊、两条腿也是直挺挺的，看着矮矮壮壮的。他在路上走，板着没有表情的脸，脖颈撑着，腰板像夹了钢板。两只胳膊一前一后夹着身体，似乎不能扭动，只靠肩膀的前后摆动带着。膝盖也似乎不能打弯，一双腿就像两根粗棍子，被胯勉强提起一点，左右、左右，拖着往前划一点。远远看去，就像一棵褐色的树被一根无形的线提着走走停停。母亲见了，每次都要长叹一声：后生时候做太狠了，老了就这样了。我不知老由是干什么的，母亲说什么都干过，老由木呆呆的，不太会讲话，只知道出死力，种地、讨海、挖粪坑、担石子、扛石条、拉板车……人家腰压弯了，背做驼了，他倒奇怪，整个人都铁板一样硬邦邦、直挺挺了。

有一段时间，老由经常在我家门口的大路上晃荡，穿着褪色的破了几个洞的老头衫和一条脏兮兮的西装短裤，系着一条红布条，像一截穿了衣服的樟树干在移动。后来，听他的邻居说，他突然有一天跨门槛的时候，腿弯了一下，人就扑倒在地上了。他儿子抱他起来，他整个人软趴趴的，好像里面的筋骨都被抽走了，还没到医院，人就不行了，大约还不到60岁。

　　这样的人生似乎带了一点悲情，在乡下许多像他们这样的人都是这样劳动着老去，直到生命停止——他们习以为常，认为命该如此。可是，雪青娘是个例外。

　　雪青娘77岁了。短发，有些灰白，脸很小，但是眼神很锐利，好像什么都躲不开她的扫视。她很瘦也很矮，手脚都是小小的，但是身姿敏捷，动作很灵活，力气也不小，半箱子的铁齿轮，她一抱就能抱起来。她说自己是老工人，老了开始当工人，到老了还在干。

　　雪青娘当工人的历史和她女婿单独办厂的历史一样悠久，甚至可以说她陪着女婿、女儿的齿轮厂一步一步从小做到大。她女婿的齿轮厂从三兄弟合股的厂子拆分出来后，她就在他厂里帮忙，然后一点一点学，用我们的土话说就是"开始做厂"。那时她已经50多岁了。

　　进入工厂的一瞬间，她就完成了一个农妇到工人的身份转变，把力所能及的工种都学了一个遍，还学了一点点车间管理。厂里的人都戏称她是"车间主任"。

　　现在年纪大了，她就只做齿轮冲洗这一道工序。工厂中午11点下班，其他工人排队挤在门口轮流刷卡出去，回家吃饭，她还在车床上"咔嗒咔嗒"地忙碌。穿着镇上小摊上买的30块钱一件的红色抓绒罩衫，围着一条藏青色旧粗布围裙，戴着塑料袖套和一次性橡胶手套，坐在高脚竹椅上，左手从左边的塑料筐里抓起一个齿轮，将它飞快地塞到一个小圆柱上，右手立刻扳动开关，一股乳白色的水流出来冲刷着齿轮。几秒钟后，她右手关掉开关，左手拿下齿轮，眼皮也不抬，熟练地抬手，齿轮就轻轻地落到塑料筐里。然后下一个……

我问她饭吃了没有，她摘下口罩，露出一张看着只有60多岁的脸，说："还没有呢。我带了粥在保温杯里，把这一筐剩下的做完就去吃。"她扭头和我说话，手却一刻都不停，仿佛手上也长了眼睛似的。

边上一个矮胖的女人，穿着差不多的格子抓绒罩衫，蓝粗布围裙，也戴着塑料袖套、一次性手套。她刚关了机器，对雪青娘说吃饭去啊。我问她吃什么，她说用保温盒自己带了饭，准备去吃。

"为什么不回家呢？"

"我不会骑电瓶车，回家走路要半个小时，11点下班，12点上班，来不及，就这样吃了，省力省时间。"她一边脱手套，一边呵呵笑着回答我。

"您做多久了？"

"才一个月，雪青娘看我闲着在家，问我要不要来，闲着也是闲着，还不如来挣点钱，我就来了。我也不会做，都是她教的，这道工序还算简单。"

"您几岁了？"

"65了，来厂里做做，动动，人也'后生'起来。"她没有解围裙，就去洗手。我看着这两位老太不由地笑了，她们回头看我也笑。但是雪青娘比较严肃，笑意露了那么一点儿，就收回去了，继续专心地忙活。"雪青娘是车间主任，整个车间都是她管的。什么机器有点小问题，我们碰着什么小问题，都是她来解决的。有些她自己能弄，不会的她就去叫专门的师傅来弄。"我由衷地说："阿婆，您好厉害啊。"雪青娘回头笑了一下，又转回去不停地忙碌。但是她的同伴很健谈，悄悄告诉我说："她做了廿几年，熟练，她想把我教起来，接她的班，讲我和她比，我就是年轻人。"我不由哑然失笑。她看着我补充了一句："老实的，我会学，人家教我是看得起我。""对，对的。"我点头表示赞同。

这时门口一个人影晃过来，是一个矮矮胖胖的老太太，戴着一顶歪歪扭扭的帽子，帽子下面是雪白的齐耳根的头发，穿着一件肥大的粗布外套，好像是男式的，里面是蓝色的牛仔围裙下摆，长得快到脚背了，戴同色的袖套，再里面是咖色的棉袄。大约有些腿脚不便，走路身姿像鸭子一样左右摇晃。我不知道这是谁，赶紧也叫阿婆。

她露出一口假牙，笑眯眯地应我。60多岁的女人说这是雪青娘的姊妹。我眨巴了眼，下意识地问："那阿婆，您几岁了？"她胖乎乎的脸上挂着俏皮的笑，说："我后生的，20岁。"我被她的话逗笑了，接着她的话说："确实瞧着也挺年轻的。"

"嗯，雪青爸家里有事，叫我来帮忙几日。"她冲我挤挤眼，说："我也蛮能干的。"我冲她竖大拇指。她晃晃脑袋，得意地笑了，镶银的假牙一闪一闪的。我问："您饭呢？"她提起边上的保温盒，说："我带了面包，正准备去吃呢。"说着，摇着矮胖的身体蹒跚地向另一个车间走去。

"老太很会做的，每日都带了面包泡开水，看着不像85岁吧。"60多岁的女人对我说，拿起自己的保温盒也准备去吃饭。

她们都走了，雪青娘还笔直地坐在竹椅上一丝不苟地忙碌着。我走的时候已经11点半了，她似乎还没有起身的意思。我本来还想问她怎么还不吃饭，但是看她认真的样子就没有再打扰。

我在厂门口，悄悄回头再看了雪青娘一眼，又看了在另一个车间吃自带午饭的两位老太太，也许不应该如此称呼她们，在她们心里自己依然是年轻人，用流行的话说也只是60后、70后和80后啊。我心里涌起一股感动和温情，更觉得她们很是可敬。

劳动的人都是可敬的。

小船，大船

　　二堂叔、三堂叔、四堂叔，都是讨海的人。小时候，我坐过他们的船，和我坐过的航船比，他们的渔船显得很小，而且那次坐船，让我吐得天旋地转，五脏六腑都离家出走了一般。我很长时间都不能明白，同样是船，航船怎么就干净利落、稳稳当当的，他们的渔船柴油味、鱼腥气交杂，熏得人反胃，还颠颠簸簸，一点都不平稳。

　　我对堂叔们的渔船记忆就限于那一次坐船，剩下的都是他们每次带着卖剩的海鲜，浑身腥气回家的样子。

　　一次他们回来，父亲叫我快去阿公家，说去看鲨鱼。我去了，地上躺着一条像我一样大的鱼，呲着尖牙，青灰的脊背发出油亮的光。二堂叔说"鲜得猛"，不卖了，每个人分一点尝尝。三堂叔不答应，说值钱呢，干嘛分？于是几个伙计商量，我在边上想用手戳戳地上的鱼。靠近时，觉得它翻白的眼珠还在盯人呢，似乎说你敢过来我就咬你了。我退开一步，碰到它的尾巴，滑腻、冰凉，像刀子一样划过我光滑的小腿，我吓得跳了起来，跑开了。他们笑我竟然被忒小的死鲨鱼吓跑了,洋里还有更吓人的鱼呢。

这次的收成很好,最后他们决定不卖了,分到各家吃。我看着盘子里被酱油浇得红红的鱼肉和依然青白的鱼皮,一口都不要吃。但是父亲说我不识好货,他们船里日日吃鱼的人都还要吃呢。

还有一次,船半夜回来,他们还顺手打了几筐"雀嘴"。阿公家的锅都不够烧,分了一筐到我家。所有大人小孩都起来,平时舍不得用的60瓦电灯拉到院子里,手脚麻利的阿素阿娘和阿梅阿娘来支援我们。四五个人围着筐子,一人拿着一个锥子,把"雀嘴"肉从又硬又厚的壳里取出来。攒满一面盆就去烧,然后边吃边取。到了深夜,天像漆一样黑,星星却一颗赛一颗亮,好像积下的"雀嘴"壳都扔到天上去了。这次的收成,倒让我感觉到捕鱼的一点美好来,想象在无边的大海里,广袤的星空下,堂叔们在船上喝着酒,吃着"雀嘴"。"雀嘴"就像是天上的星星落到海里又被我们捞上来似的。

但是不久,就听到村里有人在收网时,因为浪大,一个重心不稳跌入海里……他前一天还在别人家喝酒,隔天回来的就是冰冷的尸体,大人们说这是讨海的人把命还给海。父亲在堂叔的船上也有一点股份,但母亲庆幸他出远洋要晕船,只能在岸上接货、卖货。后来又听到栈台什么人落海死了,我一个同学的父亲也是这样死了的。人们叹息一声,说讨海总归是逃不开这样的命运。幸运的是,我的堂叔们都好好的。

二堂叔、四堂叔和我家亲厚,每次回来总是必到我家的,有时拿些鱼虾，有时什么都不拿，过来和我父亲喝点酒，聊聊闲话。三堂叔有家，回来却在家待不住，不是到我家对面的小店搓麻将，就是要到船里看着。在我20来年的印象里，他们就像我记忆里的那艘渔船一样斑驳而又牢固，细小而又坚强。我想象过他们在风和日丽的日子也好，在风雨交加的日子也好，穿着陈旧耐磨的夹克放网、起网，跟着脚下的那艘小船共同出没、起伏在无边无际的海面，那场景莫名有些浪漫，也有些悲壮。

　　但我是见不到他们真正出海的样子的，见到他们的都是家里的鸡毛蒜皮。比如二堂叔，年轻时在栈台给一个老公落海死了的寡妇当上门男人，没有领证，姘居了十几年，帮她把儿女拉扯大了，却被扫地出门。四五十岁了开始相亲，最后和隔壁县的一个寡妇好了几年。到得肺癌去世的时候，没攒下什么钱，也没有娶上老婆，更没有自己的孩子。三堂叔娶了隔壁村的女人，生了四个女儿，十年前终于盖了大房子，三堂婶泼辣、强势，两个人吵架、打架，磕磕绊绊地也算过了下来。四堂叔，瘦小得像一只猴子，当然并不瘦弱，不识字，年轻时一直跟着二堂叔跑船。二堂叔去世了，就四处打杂工。攒的钱从来不放心交给家里其他的兄弟姐妹，只偷偷地让可信任的人帮他存在银行，我不知道他这辈子有没有过女人。也许海上的日子和陆上的日子于他们而言是有些割裂的。

　　二堂叔和四堂叔是一直在别人的船上帮工的，所以我误以为三堂叔也是。2013年的国庆，我在母亲家，父亲从外面回来说老德船上的一张网被烧了。母亲很吃惊，心痛地问怎么烧的。我觉得她大惊小怪，一张网而已，小时候我们又不是没有见过，小的几米长，大的也就十来米，能有多少钱。父亲说好像是修船的坎门人扔的烟头，大中午船上没人，烧起来不知道，火出来大起来了，才有人看见，报了火警——整张网都报废了，损失不少。母亲问："多少钱呢？"父亲说："一张网么，十几万了。"我吓了一大跳，什么时候一张网会这么贵，连忙问："是阿叔自己的船吗？"父亲说："是他自己的船，去年年底还是今年年初办起来的，要大几百万呢。"母亲说："刚办，就烧了十几万的一张网，他的钱怎么经得起折腾。"父亲说："他有保险，会赔的。"

　　我意识到我对三堂叔的生活有很大的误解。这种误解很大原因是我对他刻意地保持着距离。因为十年前，二堂叔肺癌晚期，手术后效果并不理想，在他身边日常照顾的只有一个只会煮夹生饭的四堂叔，三堂叔并没有对他有所帮衬，反而因为葬礼上一条毛巾的归属任三堂婶和大伯母找堂姑姑们闹，葬礼结束后，又任三堂婶和大伯一家吵着要分二堂叔的小房子。就算不是亲兄弟，不说几十年一起出生入死，至少十几年斗风搏浪的日子是不假的，而竟然闹成这样。因此我心里是有气的，就没有再多问一句，也就无从知晓三堂叔办的是什么船，多少大，有多少人，是自己独资的还是和别人合股的。

　　现在，二堂叔早已入土为安，父亲说在海上漂的人，最后能在山上入土，也算是一个安慰。只会煮夹生饭的四堂叔终于学会了烧饭，炒一点简单的蔬菜，不用吃船上那种白烧的海鲜了，秉着一个人吃饱全家不饿的原则，日子似乎还过得去，也积攒了一些钱，说自己以后是住养老院的。三堂叔的事，只在父亲、母亲偶尔的闲聊里知晓点滴，算起来，虽然两家也就十来分钟的路

面朝大海

程，但是我好像已经十多年没有见过他了。

2020年底，当我和父亲聊起村里还有多少人在捕鱼时，父亲说："没有多少了，老的老，转行的转行，年轻人不愿意吃那个苦，没人接上了，但是你老德叔一直在讨海，现在的船大得很。"我说："你带我去看看。"父亲说："我问问，他卖货回来都在家的。"

父亲帮我联系他，说他刚好在白马岙修船，要等下一水洋才出去，如果找他，他就骑电瓶车回来。我想不起他的样子了，只记得他们家人都瘦。我说不用，我开车带着你们一起去找他。

到白马岙沙滩时，就看到一艘大船停着，我问父亲是不是那艘。父亲说："不是，老德的还要大。"我看着那艘船，有好几间我们房子那么长，估摸着得有40米，还要大，那得多长。

绕过沙滩，拐到码头，看到一艘小木船，一艘照鱼船（灯光敷网作业渔船，俗称照鱼船），一艘写着"浙玉渔"字样的铁船，再过去在码头尽头停着一艘船，和最先看到的那艘一样的红色船底，蓝色船身，白色船舱。四艘船从小到大依次排过去，第三艘船紧贴着最后一艘，看着整艘船就只有最后一艘的船舱大小。我问父亲最后这艘有多大，父亲看了一眼说十七八米吧，然后又说那艘最大的就是了。一比较，我顿时觉得最后一艘就是巨无霸了。

船舱二层的露台上堆满了橙色的浮球，船舱顶上有许多像天线一样的杆子，有几口锅子看着像雷达，船尾那边有栏杆，还竖着一个烟囱似的柱子。从柱子又斜撑出两根铁杆子，细的上面有四五个钩子，都系着大拇指粗的绳子，一些连着柱子，一些垂到船板，粗的杆子上面有20多个钩子，沿两边排开，一边有序地和柱子上的钩子连着，另一边绳子有20来根，有些松松散散地垂着，有些系在顶舱，还有一些绷直地系在甲板的某个地方。靠近船舱的船舷上架着的六七对小腿粗的铁棍，像一道篱笆似的把里面的白色浮球卡住。和边上甲板空空的船相比，它简直就是家私满仓的"土豪"了。

我们下车走过去，在船边的码头上有四个中年女人在补一张大网，网从船上拖下来，铺满了差不多整个码头，末端又拖回船上。一个穿着半旧不新的红黑相间的毛衣、蓝色牛仔裤的人向我们走来。虽然多年未见，但是我还是一眼认了出来，父亲举手和他打招呼，他回了一个笑脸，露出雪白的牙齿。"阿叔"，我叫他。他愣了一下，说："哎呀，是老大啊，我路上碰见都认不得你了。""可不是，多少年没见了。"母亲接过去说。我把手里的一袋橘子递给他，说："我老公家自己种的橘子，给你带了一点。"他说："橘子我有买的，忒客气做什么。"我笑笑，递过去，他笑着接了。他伸出的右手小指断了半截，每一个指节都意外地膨大，像皮肤下塞了半个蛋黄，五根手指都不能伸直，从指根到指节，都是膨大的，尤其是食指指根，手握成拳头的时候，那里就像贴了半个乒乓球。另一只手，也是一样的指节膨大，无名指断了一节，比小指还短上一点，但手腕上两厘米宽的金手链在阳光下一晃，很是显眼，乡下现在这么戴金饰的人不多了。看着他的两根残缺的手指，我感觉我的手指似乎也疼痛了一下。

他似乎已经习惯，都没有留意我盯着他的手看，转身把橘子放在旁边的电瓶车上，就朝船头走去。我看到他的鞋子是镇子街头地摊上卖的35元一双的那种劳保鞋，还算新。跟在他身后，才发现记忆里挺高挺瘦的人，其实只是中等身材，看着瘦，但是挽起袖子的小臂却很遒劲有力，随即又发现他脖子上戴了一根小指粗的金项链。

我悄悄问母亲，"讨海戴金器出去不怕丢啊"。母亲低声说："不会掉的，不过大概也都是上岸回家才戴戴的。"我"哦"了一声，跟上他的脚步向前走去。补网的女人抬着头好奇地看着我们，边上冷冻厂门口几个男人拿着烟漠然地扫了我们一眼，又低头继续抽烟。一个穿着蓝色长袖棉T恤、黑色裤子、迷彩高筒套靴的男子过来和三堂叔说了几句话，走开了。三堂叔说这是我伙计，其他几个都回去了，懒得待在这里，就我们两个在。

父亲和他闲聊今年海鲜的行情，走到船舱的位置，他站住，我们也站住，跟着他的目光看向他的船。船板上全是渔网，一张一张拉开、团好，两个女人在上面补网，一个40来岁的男子坐在船舷边上整理。母亲在我身后说，"今年虾贵得很"。三堂叔点头说："是啊，今年都蛮贵，我们就指望着虾啊这些。今年，龙虾卖130元一斤啊。"

"都张[1]得牢吗？"母亲帮着问出我的疑问。"都张得牢，潮水水流转去，船跟着转，慢慢跟着水流，都张得牢的。除非，水流没有，那是张不来的。小水潮，没水流，网转不开，都要解网回来。"

"是看水潮的对吧。你船忒大。"

"是的。我这只船算最大了，全玉环市最大了。"他微微提了一点嗓门，很自豪地说。边上有人说，"挣钱也是这条船最好"。我们都笑起来，说："也应该是这艘船挣钱最好啊。"那个人接着说，"一年都有几百万啊"。我估算了一下，那收入应该是可以的吧。

三堂叔在边上憨憨地笑着，我问他："阿叔，你的船多大？"

"我的船啊，60米长，全玉环市最大的。"

"张几年了？"

"张六七年了，原来我是向人家租的，一年要90万，租了两年半，后来觉得不像样，我就向他买来。当时买来628.8万，网要140多万，其他再加上去，800多万了。"

"哇！"我惊叹了一声，心想，"原来渔船的造价也这么高

---

[1] 张：玉环人把捕鱼称作"张网""张鱼"。

的啊"。

他似乎没有听见我的惊叹，说："我买来已经很便宜了，现在林旺办了一艘，要1100多万了，一股要100多万。我是买得早。他的船长头[1]58.6米，横头8.5米，我的长头60米，横头短一些，8.3米。"

"你的长。""对，我的长。他只张了三风[2]，我张了六七年了。"

"你们几股？""我们10股，我投了一股，80万，（有）一个人一股半，另外一个外地人半股。"80万，六七年前，应该是不少的投入了。

"现在感觉船少了，像你这么大的船是不是更少。""现在主要是有些船不让他们张了，都要讲证的，没证就不让张网了。""是啊，现在都规范了，什么都要证。""对，我的证去年刚去换来的，以后每年都要去玉环渔政站盖章，盖了章才可以继续用。"

这时外边一艘小船经过他的船，开到另一边去了。我瞟了一眼，他也看着，指了指说那是放鲳鱼的小船，就爷俩，今年也不错，这一潮卖了两三千。

"他们是近海的，对吧？""对，我们要30个钟头到外洋，一个钟头八九海里，最快10海里，下冬十一二月（农历）要40个钟头。路更远了，马力都要开到700匹。有潮，放一张网，鱼有，网就全放，没有，就收网，到别处去。是鱼寻我们，我们是

---

[1] 长头、横头：指长、宽。

[2] 风：指次，一风就是出海捕捞一次，也叫一水洋，是玉环渔人出海后对应潮汐水流的说法，也有顺风顺水的意味。

寻不到鱼的。"

"鱼寻人"，这话打破了我原有的认知，按书本或电视上的说法，不是有经验的老渔民能凭借经验找到鱼的吗？我忍不住问："那有没有仪器或者你们有经验可以用来判断……""有也是有的，主要看潮水，有时也看运气。"他沉默了一下，似乎觉得自己说不出什么，补充了一句，"几十年反正都这样子"。

我笑了起来，没有追问，另起了一个话头："阿叔，你船上有多少人？""二十几个呢。"他还要说什么，这时一艘船"奔突"着朝码头开过来。

我不知道它要干什么，明明有船靠岸停着呢，怎么还过来。"阿叔，这是什么船，它干嘛？""照鱼船，过来冲冰的。"说着他就走开了，没有招呼，他穿套鞋的伙计就过来，两个人一起把岸上的网束好，系起来，收了篷布。我看着他的伙计站在岸边，半只脚踏出了边沿，用力把网朝船上扔。船尾的人站在舷边，把网接住，拖过去放好。这时两辆车子开过来，白色的车子上下来一个穿西装的精壮男子，走过来，搭了一把手，把剩下的网挪到码头边沿，然后就站着看。另一辆车上下来的是一对男女，男的穿着西装皮鞋，女的身着包裙高跟鞋，远远地站着看。我不知道他们是什么人，三堂叔也没有和他们打招呼。

那艘船已经靠近岸边，三堂叔的船的马达声也响起，船身偏离码头，向外移动，庞大的船体从水面扫过，颤动的水波发出轻微的"哗啦"声。他跑过去把岸上的网拖起来，冲船尾的工人大叫："起网，起网，把网拉上去。"工人开始开动机器，我这才知道那个像烟囱一样的柱子是起网机，那些蜘蛛网一样张着的绳子也是起网用的。我看着那个工人在网中间来回走，如果被网钩住绊一下，肯定要摔倒，如果在船舷边上绊倒，很可能就……可是他就在船舷边上走动，把网拢成一束，用拇指粗的尼龙绳系好，起网机收紧绳子，码头上的网被缓缓拉起，拖到船上。网很长，好几分钟了，还剩了一半，三堂叔过去把网在码头的一端用绳子拴在泊船用的石柱上，剩下的部分就直接撒到海水里，大叫："让他进来。"

我探头看着水面，渔网在海水里散开，网眼清晰地浮在水面，随着水波晃动起伏，像是一层水藻。海水是浑浊的灰黄色，和泥土相近，网浮着，不细看，又像一团烂泥上嵌入了一层网格。我担心那艘船进来是不是会弄坏渔网，但是三堂叔已经走开去帮忙指挥了。

他大船上的轮机手把船头一点一点岔开，他在岸上竖着手掌往外推，大声叫着："往外一点，再往外，不够，再退开一点。"船上的轮机手伸出头判断距离，甲板上补网的女人都站起来，那个理网的男子也站起来，在船舷边看着。船尾的小工叉着腰在船舷边看着网，动手又往上拉了一部分，浮在水上的网就往后面收了收。

船留出一个三角形的位置，我看着似乎并不大，但是他们都在叫"好了，好了"。岸上的闲人都屏气站到岸边看，我觉得这很考验技术，就如同给一辆大车留了一个小车位。

照鱼船上四五个人站到船尾，两个拿着绳子，另外的都站在船舷边上看着距离，然后回头指挥。岸上三堂叔和他的伙计也到船边上去，挥着手喊着："贴进来，距离还有。"20来米长的照鱼船把船身调到能进来的角度，贴着堂叔的船和码头的边沿斜插进来，但是进来一个船尾后，堂叔船上的人就挥手喊叫："转向转向，不能直接插进来。"因为码头不是一条直线向外拓开，而是一条边折了30度，十来米后又折了一个30度，才是和底边垂直的一块地方。照鱼船进来，把冰舱对准冰道，如果只沿着第一条边的角度，那是要撞上三堂叔他们船的，它还要调整，贴上最里面的边才可以。

我看不到照鱼船的轮机手，只看到船停了片刻，才开始移动，很小心，从岸边沿一点一点挪开，但是角度没有掌握好，船竟然往外面退了。三堂叔过去，恨不得跳上他们的船，他有力地朝外挥着右手，喊叫着："弹开，胆大点，弹出去。"高举着左手，手掌外侧反复地转动，示意着方向。照鱼船又停了几秒，才开始移动，终于靠向大船。但是我看着船的速度和角度似乎都大了一点，正担心会擦上去，突然大船上的轮机手在喇叭里一声猛喝："行了！"可是照鱼船的轮机手似乎还没反应过来，堂叔船上理网的男子用两只手飞快地做着推开的动作，冲照鱼船船尾站着的人喊："不能再贴过来了，不能再贴过来了。"

岸上三堂叔和他伙计低头盯着船舷和岸，一齐叫道："直开进来，直进来，可以了。"照鱼船上的几个人分到两边，分别看着两侧的距离，也不时回头对轮机手喊着什么。"突突"的马达声掩盖了他们喊叫的内容。最后这艘船和两边相距都不超过半米，好像是贴着边停车一样。幸亏有惊无险，我不由长舒一口气。

船进来，在流动的水波里，轻轻撞上了码头边沿挂着的轮胎，船立刻就往后退去。船尾的一个人拿着绳子做出跳上来的姿势，船一退，他又停住。三堂叔过去，他立刻就抛出绳子，三堂叔接过他抛来的绳子，把船拉近一些，再把系网的绳子向下撸了撸，就把绳子系到上面。船在水里晃动，我看了一下原来水里的网，被冲到一边去了。船好像受到岸的推力，老是靠向大船，堂叔叫船尾另一个人再扔一根绳子，他帮着系到另一根柱子上，这样船才稳了，好像刚打完一场仗。所有人像什么事都没有发生般的，各忙各的去了，仿佛刚才大喊大叫的不是他们。

照鱼船上的人打开了冰舱盖子，把下冰的铁管放到口子上。我们头顶过山车轨道一样的冰道开始启动，"嘎达嘎达"，声音巨大。一块块冰盒大小的冰从厂门口出来，沿着传输带上来，再在平直的轨道上走一会儿，就在要下去的地方被机器打碎，顺着铁管"稀里哗啦"地下到船的冰舱里。

在十几分钟的"嘎达嘎达"，"稀里哗啦"里，我们都没有说话。两艘船上站着的人都在看着冰块在阳光下被碎成小块，轨道上不时有水滴下，在地面也形成了一条轨道。

装冰，是一艘渔船出发的标志吧。硕大的晶莹的冰块经历了一番跋涉，来到终点，最后被切割成碎块的时候，冰屑和水珠在光照下发出一种七彩的光晕，我抬头注视着，觉得这一切更像一场艰苦旅程开始时的一个隆重的仪式。

当机器声停止，船上的人迅速压上已经分不出颜色的棉被，再盖上木板的盖子。三堂叔帮忙解开绳子，手一甩，船上的人就接住了，很默契的样子。这样的动作，他们应该是经常做的。

船出去比进来容易，照鱼船沿着当前的角度，滑行了几米，滑出了第一个角度，三堂叔立刻用手在空中画了一个半圆示意照鱼船上的人转角度再退。船尾的人很快转达，船调整了一下，顺着码头的第二条边很快退出去，脱离了大船的范围，立刻掉转船头，开走了。我怦怦跳的心才平静下来，心想在岸边看着都这样惊险，如果在洋面，两条船如果碰到，不知道会怎样呢？过一会儿，转念一想，如果捕鱼，肯定不可能都到一处的，那是不是在外洋碰见同伴的机会也是少之又少的？出海捕鱼，应该是挺孤单寂寞的吧。

三堂叔走回来，船尾的人开始放网，他伙计过去把网拖回到岸上，女人们又坐下整理，寻找破了的地方，重新开始补起来。

我问他："照鱼船一次要冲多少冰？"

"他们夜里点灯放网，白天不张，一次四五十吨就够了。我的船嘛，满的时候，一次要220吨，不过现在七八十吨就够了——上次冲的还有几十吨在。今年照鱼生意不错，三凤就卖了一两百万，不过，也看年头，钱也不好挣。"

我看着那艘远去的船，问："这次你们什么时候出去？"

他回头看了看几个补网的女人，说："网，今天是补不好了，明天能不能补好也不知道，可能要等一两天了。"

"补网的都（是）哪里人？"

"补网的都（是）炮台、白马峇的，散工四川、安徽、广西、山东、湖南、湖北都有。禁渔期刚放开的时候有二十七八个人，现在二十二三个。哎……放了网就到舱里睡觉，叫干点什么也不干。我们合股的几个人，也是一上岸就见不着人影了，也难怪（散工们），就我们两个整日在。"

"那你也回家啊。"我开玩笑。

他很认真地摇了摇头，说："不行的，还是要有人盯着，再讲，现在散工也不好找，尤其是后生，脾气都大得很。昨天，一个后生跟同船的人吵架，就论辩了几句，今天早上就收拾行李回家了。散工钱按月付，一个月一万二三，一万四五，说不做就不做，多少由着性子。许多散工，才几岁人？二三十岁的人，都买了轿车了，讲享受，没有怎吃苦了。你看我的轮机手，雇的，一年 18 万，也会修船。下午，有人把东西送过来，他要换上去，损坏得严重，就要到专门的厂里修……"

我随着他的目光看去，轮机手是一个 30 多岁的男子，头发很短，大约现在没事可干，趴在船舱窗口在看手机。他们一次出海一般都要半个月，路上就要两个日夜，如果遇见大潮鱼多，可能要 20 来天，鱼少或者没有，时间就短一些。茫茫海洋上，手机是最能够给他们单调的日子带来乐趣的工具吧。

"有货满船归来，可能还在洋里，就被福建人接去了，带鱼什么的都是到温岭松门卖的。松门设备差，车子出入不方便，动不动就堵住了，还不如原来的老市场。"三堂叔说。当然也会到宁波石浦去，石浦卖得快，但是他们还是更愿意去松门。"松门离家近啊"，这就是理由。

我看着码头上浅蓝色的网尾，网眼细密，不像网身，网眼有四五厘米长，接近墨绿色。网尾可能更像大洋表层的水色，蓝里带着一点澄澈，而网身是要沉入水下，和海水融为一体的，应该是深海里的水色。这张网绵延到船上，堂叔说它被钩破了，六个人补了一天也没有补好。船舷上堆着的白色浮标和压在它们下面挂在船舷的铁管子都是网的一部分，堆在一角的粗糙篷布也是网的一部分，它们堆叠在一起，看不出长度和大小。但是摊开，一张网有280米长，篷布有90米长，铁链有小臂粗。篷布把网前后撑开，铁链坠着网下沉、垂下……简直是在海洋里撒下天罗地网，我明白三堂叔说"什么都张得到"的意思了，也明白他说的为什么"要大水潮才转得开"。这样的网，他船上有17张，起网机有5只。

"一次拉网六七百斤，满了一两百箱，如果只有一点，就十几廿几箱。"

"船大了，成本自然就高，不像以前的小船。"

"是啊，我和我哥以前办的小船，也就几万——一两万吧，四分利借来办的船，你爸以前都有入股的。现在利息倒少了，七八厘，向个人借也就一分利，但是成本高了。一风出去，要卖到六七十万，才有得赚。今年第一风才30多万，就本钱啊，一风60万，一风70万，最近一风50万，就分了六七万，接下来要看年前怎样了。"

"每年过年海鲜都大卖的呀，肯定好。"

"今年应该好一些吧，去年疫情暴发了，影响蛮大的。哎……过几年，我也歇了，干不动了。"他突然叹气说。

没等我接话，他自顾自地说："过年63（虚岁）了，前年被黄包车撞了，脚摔去，只赔了13万，现在天一变就痛，岁数再大起来，真做不了……"

我一时无语，看着他的脚，不知道摔了的是哪一只，又看他的手，半握着拳，食指根的关节分外膨出，于是问："是痛风吗？手？"

他抬起双手，伸开手指，看了一眼，又半握起来，说："痛风啊，骨头弹出来。我贪吃，要吃鱼、喝酒，嘴巴管不牢，就吃药。药就随身带的，镇里卫生所买的，十几块，吃下去就不痛了。不过吃多了，效果就没那么好，上次我姨丈（连襟）从国外带来的什么药，吃了一粒，效果好得猛，就不痛了，我现在就带着。"

我一时不知道说些什么，只记得我小舅脚上的痛风石发作的时候，他整个人都痛得发抖，有一次还差点晕过去，住了好几次医院，做了几次手术，现在才稍稍好些。"痛风光吃止痛药，有用吗？"我忍不住问。

"没事的，发作的时候痛得猛，药一吃就好很多，整日做事情，在海里忙起来，饭都来不及吃，哪里管得着。"

我暗想，这可能也算是一种积劳成疾吧。"阿叔，你捕鱼几年了？"

"几年啊？我16岁就开始上船，40多年了，47年了。开始也是给别人的船打工，后来跟我二哥一起办了船，12匹，也算当时最大的了，12米长。以前小船，就几张千三、千四眼网，放下去，两个人就可以扛回来了……"

"以前船小，开不到外洋吧。"

"以前就披山洋张张，再远也去不了，有风浪的话，小船就摇得厉害，危险得很。现在船大，安全，稳。我这船950匹呢，一般的风浪都没太大感觉。"

我其实还想问，为什么当初他们兄弟一起办船，后来就没有再合伙了。四堂叔跟着二堂叔辗转在别人的船上打工，二堂叔几乎没有积蓄，四堂叔也是在二堂叔去世后开始攒的钱，而三堂叔就能够出 80 万元入股呢。但是看着他关节膨大的双手，思忖再三觉得询问这些毫无意义了，逝者已逝，生者不易，我心底对三堂叔的那点不满，慢慢消散了。

时间不早，我准备回去。他陪着我从码头边沿向里面走去，说："我接着要把蟹机弄起来，蟹都能进来，否则只有下脚料。我原来叫弄，他们不同意，上一风，人家卖了十几万，现在回来装上。白蟹一两百元一斤啊……"

我停下脚步，想听他再细说，船上有人叫他，他转过头，说："那就这样，我还有事。"我在背后细看他的脚，似乎并没有什么特别，但是走路的姿势是有点怪，好像总在左右摇着，当然不细看，也不会发觉。

他抬腿跨上了船舷，在渔网中间行走。我记起很多年前，我坐他们的小船回家，他们上船也是从来不用跳板的。不过那时那是他们兄弟几个人的船，现在这是他和合伙人的船。生活并不是容纳不了情感，但是生活肯定比情感现实，三堂叔比二堂叔、四堂叔幸运，我在心里祝愿他平安干到 67 岁（实际是 65 周岁，玉环人习惯说虚岁。65 周岁后的渔民，渔政站不再给其发证，相当于退休），然后上岸，有一个安乐的晚年。

后记：2023 年 10 月，我回家的时候，母亲说三堂叔去世了，很突然。17 日，父亲还在街上碰见他，闲聊了几句。他说自己买了一点菜籽，种点小菜。父亲开玩笑说怎么一点都不肯闲。第二天，又碰见，他跟我父亲说自己难受，要去卫生院开点药，药不行，就直接挂针。人还没到卫生院，就吐血了。不，嘴巴里不断涌出的鲜血是从他身体深处的某个部位喷射出来的。他倒在路上，被人尖叫着通知了他女婿。送到卫生院，医生一看就直接说立刻送大医院去，还说能熬几天是几天。去了玉环市第二人民医院，熬了一天，人就没了。医生说他的五脏六腑都已经被酒精亏得不成样子了。我想，不止酒精，还有他的痛风和他成把成把吃的止痛药。他，还不到67岁。

小村青年

父亲陪我去中富阿叔的厂子时，我问父亲，他的厂子叫什么。父亲摇头说不知道，反正就在前面左转就是了。结果我车开过头了，他叫我掉头从路边一根水泥柱旁进去。开到边上，看到的就是水泥围墙上留的一个供车子出入的口子，没有大门，没有标识，右边水泥墙上，厚厚地倾斜着突出一块，大约是留着写厂名用的，但不知道为什么没有写，只空着，灰扑扑的，还有几处暗黄的水渍，感觉主人似乎并没有真的准备要弄一个冠冕堂皇的名头。如果没有人指点，即使是在大路边，也是很容易忽略过去的。我仔细想了一下，见过的小厂子似乎十有八九都是这样，某某有限公司的名号只出现在公章上。

拐进去，院子不算很大，两边都搭了铁皮棚，右边停了一辆红色的车子，我没看清什么牌子，左边放着好几辆电瓶车，余下两个车身左右的空间，让我从容停了车。厂子是两层的平顶，没有粉刷，连简单的白灰都没有，就是水泥色。

我问父亲："阿叔在吗？我们这么不打招呼地来。"父亲很自信地说一般都在的，边说边掏出电话打出去。一会儿电话就被接起来，父亲说："我家阿志想写书，要采访你，你在厂里吗？"电话里一个含糊的声音说"在啊"。父亲说："我们就在你厂门口。"我们下车，听见二楼窗门"哗啦"的一声，窗口探出一个穿灰色T恤的身影，"老法，你们上来"。

我仰头叫他"阿叔"，他笑了一下说，"阿志，你们上来"。他胖了许多，眯着眼，脸似乎有些浮肿，带着一丝疲惫，头发乱糟糟的，大约刚才是在午睡。

进去，厂子并不算很小，有四五百平方米，方方正正的，车床排得密密麻麻的，但是工人并不多。

我们沿着门边的楼梯上去，他站在楼梯口等。他的办公室就对着楼梯，用玻璃门隔开。进去，门边的一张简易床上堆着一床空调被，窗前的沙发床上也堆着一条被子，像人起床后掀开的样子。桌子很凌乱，除了一台电脑，靠墙一边是一些文件和报表，另外大半张桌子上面摆的全是阀门，背后一个陈列柜，里面好几格放的也全是阀门。他迎我们进去，说随便坐，自己就坐在办公桌后面的老板椅上，表情说不清是腼腆还是严肃，总之有些疏离。我有些不好意思地说："阿叔，是不是打扰你睡觉了？"他用手抹了抹脸，说："没有，我也睡醒了准备起来的。"

父亲和他寒暄了几句，我就开门见山地简单说明了来意，他有些意外，说："我们这样的有什么好采访的。"父亲说："不是写新闻，她写书。"他不好意思地说："我不知道讲什么啊。"我也不好意思，说："阿叔，我以前也没有干过这活，你是我采访的第一个人，万一有什么不对的请包涵，万一有遗漏的，回去后还得麻烦你。"为了减少尴尬，我注意到自己的用语，在父亲说了之后，马上改用方言说这段话。说完，忍不住自己先笑了起来，笑得还挺大声的。

他放松了一点，淡淡笑了一下，说："那你要我说什么呢？"我说："随便说说啊，可以说说你的创业故事啊。"他有点沉默，不知道从何说起的样子。半晌，才说："要不你问我答，你想知道什么就问什么，我都不隐瞒。"说完，又是一副无话的样子。

于是我问："阿叔，你的厂子叫什么？怎么前面连个厂名都没有？"

"台州德亚阀门科技有限公司，德国的德，亚洲的亚。"

"阿叔，你是一开始就做阀门的吗？"

"不是。""那开始做什么的呢？什么时候开始办厂的呢？"

"我20多岁开始办厂，和阿林合伙做汽配，就在阿林家那个小屋子里，就你们家对面。做了几年，阿林逃了，又和别人合伙做阀门，做了七八年，快十年吧，赚了一些钱就出来单干，现在也十多年了……"

我插嘴说："我记得，那时我大概读高中。我都有印象，你穿着蓝色的长工作服一身油渍地到我家吃包子。"我当然也记得阿林那个时候有出现，基本还是穿着白衬衫、西装裤的，所以我一直以为中富是给他打工的。但是这话我没有说。

我的话大约也勾起了他的一些回忆，他抬头看着天花板，说："是啊，那个时候，全部都自己做，既当老板又当工人……做到一两点钟。那时你们迁下来了，我家还住在山上，就穿着工作服倒在铁麻子（一种螺旋状的铁屑）上睡觉，睡到四五点钟、五六点钟就起床再做……"

"忒辛苦！"

"那个时候，大家都一样的。你说，你爸不辛苦啊？"

"是啊。"我也想起父亲三四点钟起床揉面做包子的情景。

"那是几几年？"

"几几年也记不住了，就是二十四五岁的时候吧。"

"生意怎么样？"

"那个时候做汽配还是很赚钱的，最好的时候一年加工费可以做到30万，赚15万。"我飞快地回忆了一下，推算大概时间，问："九八年左右吗？"他侧头闭着眼想了一下，说差不多吧。我暗中吸了一口气：竟然这么赚，九七、九八年的七八万，可以在玉环买两套像样的房子了吧。但是我知道九八年的时候，阿林逃走了，那又是为什么呢？村里人一直都说他是办厂亏了，连工资也付不出才逃的。我犹豫了一下，斟酌了一下措辞才小心地问出口："和阿林合伙，你股份占多少？阿林的厂后来不是关门了，生意这么好，怎么会关门了？"

他抬头看着我，用尽量平淡的语气说："我们五五开。那个时候钱好赚啊，阿林喜欢热闹啊，到处聚餐喝酒，不知道多能花，挣五万花十万……钱没有了就借啊，几年下来，生意再好也禁不住他的花法，借到最后还不出了，欠下20多万就逃了。"

"那你们合伙的汽配厂有没有为后来积累一点资金。""没有，不过也没亏。"

我还想多问一些阿林的事情，但是他似乎不愿意多谈了，说："我后来就做阀门去了。"

他的反应让我觉得他对阿林当初的行为是一直介怀的，但是我不敢问，怕一不留意他就不再谈下去。我憋住疑问，转问他："那合伙办阀门厂的资金是从哪里来的呢？规模怎样？利润怎样？""资金都是借的，最高规模的时候产值有2000万，利润也是可以的，但是股份多（指拼股的人多），不好赚。""这我明白，人多一分就没多少了，不过为以后单干攒下底子了嘛。""对，赚了一些后就分厂自己单干了，现在也十多年了。"

"零六年开始单干，高墙头两年，零九年搬到现在的厂房，也十多年了。"

"现在生意怎么样，我看着厂房其实挺大的。"

"生意还好的，产值几百万都有的，也比较固定。我发工资的有20个人，规模一般吧。"

"就是水龙头吗？我表姐就做水龙头的。"

"不是，水龙头只是阀门的一种，水龙头小，我的比较大，一般水暖上面用的。"说着他拿起桌上的一个阀门，说："我的产品比水龙头要大。"

我眨着眼，惭愧地说："阿叔，我对阀门其实不了解，我真的不知道阀门会有这么多种类，但是我看你这里种类很多。"然后指着他桌子上的十几种阀门和身后陈列柜上满柜子的阀门说："有多少种呢？每一种都不一样吗？看着都差不多。"

他笑起来，可能讲到他的专业了，这次我觉得他是真的想笑。他拿起一个镀成银灰色的阀门给我说，"这种需要电镀"。我用手掂了掂，很重，握着开关，竟然推不开。他接过去，用力推开，说："这个就是比较重的，是用在工业上的"。他又给我一个铜的，说："这个要求更高一些，房地产上用得比较多"。又说："我这里只有一两百种，人家做市场的都近千种。我的阀门在北方工业上用得比较多，专业化程度也蛮高，一般都是客户下单子，我再去买料做，做了就发过去，所以我都是没库存的。"

似乎看出我的疑问，他补充说："中方在大连卖阀门，我的生意基本是他挖来的，所以大部分都在北方。"

我恍然大悟，说："兄弟齐心，生意自然做得好。"他说："是啊，我也是全靠他挖一点来给我做做。""那他生意应该做得很大吧。""没有，他在大连，生意一般的。"我不知道他的一般具体指什么，是和别人相比一般了（比如阿林），还是自谦之词，但我没有追问。

父亲在边上说："这次疫情有影响吗？"他说："有一点，但是不是很大，现在工人也是不好招，生意还是有的，其实更受房地产影响。"

我瞪大了眼睛，说："跟房地产有什么关系？"他很认真地回答我："房地产是一个很系统、很综合的行业，会影响到很多产业的——房子建少了，至少对我来讲，我的阀门他们就用得少了。"我以前从未想过这个问题，听他这么一说，确实是这么回事。

聊完大问题，我开始问一些细节："阿叔，你办厂自己当老师，技术哪里学来的啊？""我们都是十几岁开始到工厂当学徒，学技术，然后有机会就自己创业。"

我对他的学徒生涯毫无印象，不由得问："都是去哪里的呢？"

"我初中毕业就出去当学徒了。那时候工厂少，想赚钱都没地方赚，每年大年初四就骑着自行车出去找工作。龙溪、楚门、坎门，到处转。"他回忆着，"那时这些地方和干江是天地之差啊"。

眼前的他49岁，脸色黑里泛红，眼皮有些浮肿，灰色的T恤难以遮掩身材中年发福的迹象。我一时间难以把他同30年前的样子重合。30年前，我们还住在青龙岗上（我们更习惯叫长大厂岭头），他家在我家后面坎上，他外婆带过我妹妹（用现在的说法是保姆，但是那个时候并没有这样的称呼），我们跟着他们叫外婆。为了区别自己的外婆，我们就叫她"前山外婆"，虽然按村里的辈分，我们得叫他母亲阿婆，但是从没人指出或者意识到其中的不妥，我们一直叫了近20年。因着这层关系，我们两家关系是比较亲厚的，我和妹妹经常到他家玩，他和他弟弟中方，生得清瘦白净，似乎总是穿着白衣服，走在村里幽长的卵石路上，就像武侠小说里的白衣少年。村里几乎人人夸赞他们，后生长得好，家教也好。

他笑起来露出一颗虎牙，他的弟弟中方，脸圆一些，笑起来脸的一边有一个酒窝（具体哪一边已经忘了）。我们在他家院子里打纸板，他们也会接过去打一下，我们玩弹珠，他们也会教我们怎么又快又准地打中别人的珠子。他的母亲没少笑他们，"大蛮后生了，还玩小孩子的把戏"。我还记得我二婶说天太热人都长痱子了，中富笑她的名字就是要长"痱子"的。我有一次烧饭起不了火，中方从边上经过，三下两下点着了，在我们敬佩的眼光中，潇洒地甩着头发离去。我们作业不会，母亲就会说你们去问问中富或者中方。那时候似乎没有他们不会做的题目。可是现在才知道他竟然只有初中毕业，就是中方，高中也只读了一年呢。

20世纪90年代刚来临的时候，我们村里的人大多以打鱼为生，田地很少，仅够温饱。村里的大人们似乎努力维持着眼下的日子就好，想出去似乎也是无处可去。我想象他在我们还沉浸在过年欢喜的余味里，顶着寒风四处奔波的样子。那时候，干江镇和栈台乡还没有合并，沿海公路也没有开建，去龙溪、楚门有两条路，从老傲前到垟坑，从垟坑岭头上去，经过山里、小密溪、大密溪到塘厂，或者从盐盘上梅岭，过灵山头到法山头，再到塘厂。一路的山岭小路，一走就要半日，没有一点决心，真的也是没有多少人愿意再三来回的。十八九岁的人已经尝到生活艰辛的滋味了。我还听母亲说过，当初他父亲想让他去学做道士，他不愿意，被父亲打得满脸是血，关着饿了几天。显然这些他是不愿意提及的，在村子里，他是有名的孝顺，那么当初是真的下了决心为自己的命运抗争了。

我问："从汽配到阀门，有没有再去学技术呢？"他摇头，说："技术这东西，你学到一定高度，就是互通的，尤其是机械，和内行人沟通一下或者看一下，就知道个大概，不需要再专门去学。"我暗忖，那么当初他的技术是下了大功夫钻研，才能够如此融会贯通，还能撑起一个厂子。

"那合伙办的阀门厂有没有为后来自己单干打下基础？"

"那是挣了一些后才单干的，自己单干的时候比较好，什么事都自己做主，安于现状的话小康水平不成问题。"我摸摸鼻子，心想，"阿叔，这样还只是小康，你也是真谦虚啊"。

又问他："那中方阿叔是什么时候出去的呢？"

"他高中读了一年，当学徒当了两年就出去了，他那个时候正是赶上出去跑业务的大潮流，先是去郑州、兰州，最后去的大连。他在外面机会多，我的业务大部分是他跑来的。"他又强调了一次。

"他几岁出去？现在在大连安家了吗？""他现在46岁了，24岁出去，算一下，也是20多年了，早在大连安家落户了。"我在心里默默地把他们的年龄折算成元年，大概是1998年光景吧。刚好是他和阿林汽配厂倒闭的时间，不知道是不是兄弟俩对当时的形势作了预判，然后商量出一个外出，一个留守，相互合作、扶持的结果。现在中方在大连扎根，中富的厂子在这里，父母的屋子在镇上，但是自己早已生活在县城了。我还想问一下中方是娶了以前住在他家、村里人眼中那个算他准媳妇的姑娘呢，还是娶了大连或别处的姑娘，但是犹豫再三，还是没有问出口。由于时间造成的隔阂，我也是不敢贸然打破的。

我在想，1998年，镇上的沿海公路开通了也没有几年，但是外面巨大的世界已经在当时的人们，尤其是年轻人的面前打开。作为一个念书、教书，在学校里生活了20多年的人，我对那些早早离开学校的同村人的生活并不了解，虽然他们曾经是我儿时熟悉的人，但是我对他们的经历仍然一无所知。尽管中富阿叔一直用轻描淡写的语气来叙述，也许在他看来，他们那个时候的青年人都是这样过来的，他还不是最辛苦、最艰难的一个，所以也没有必要煽情地说些创业维艰的话语。但是我的内心涌起了感慨和敬佩，由衷地说："阿叔，你们那时候不容易。"

可能是这一句无心而真诚的话触动了他的心扉，他脸上的表情有一丝凝滞，说："是啊。"我想继续沿着这个话题谈下去，他侧了一下头，语气又平常了，说："我们那个时候都是这样的。"

我敏感地察觉到他对我有一点点提防，虽然我觉得自己"来者有善"，但是一个20来年没有来往的人的突然造访，谁都有一点疑虑的吧。我们共同的一些记忆，在更长久的疏离面前简直不值一提。为了给自己信心，我把他的态度理解为是生活把他从我记忆里那个爱笑爱说话的少年磨砺成了一个内敛寡言的中年人了。

要告辞的时候，我说："阿叔，给你拍张照行吗？"他竟然有一丝慌乱，说："我这里这么乱。"我说："有什么关系，这是乡土企业家的原生态啊。"他还是用手捋了捋头发，环视了一下桌子，把手边一个空了的快餐盒扔到桌下。这时我发现，他办公室里连一块企业名字的匾额都没有，真是"内外如一"。他很快端坐好，我给他拍了一张，问："能去厂房拍几张吗？"他有些犹疑地说："没什么好拍的啊。"我说："不做什么的，就是怕自己回去动笔的时候会忘了什么，拍照片记一下。"他还是犹豫了一下才点头，让我觉得他特别地谨慎。

我们起身他也起来，我说"加一个微信吧"，他拿出手机让我扫了一下。我说"谢谢阿叔了"，他笑着说"谢什么啊，有事情找我"。我怕有什么遗漏，也不客气，说"一定的"。他一呆，但是很快又浮上笑容，我接着说："第一次采访肯定有遗漏的，动笔写，想起来的时候肯定要麻烦你。"他说："欢迎啊，国庆我三号出门遛遛，你早点回来可以找我。"我于是又谢他。

出他办公室，随手拍了一张他二楼的照片，没有车床，只有一些产品，比较空荡，像是仓库。他在门口看着，没动。我在楼底转弯的地方拍车间的照片时，发现他站到二楼的楼梯口，不像相送，倒像监督。我就有些不好意思，怕他误会，匆匆拍了一张，不敢细看，挥手和他作别，就下来。

出工厂门，我把相机放回包里，准备上车的时候，他突然拐出来。我和父亲都愣了一下，我向他挥手，说："阿叔财源广进啊。"他笑起来，说："好好写书啊"。我说："知道，已经写了一本了，后备箱就有，阿叔我送你一本啊。"他有些不好意思地说："我好多年没翻过书了。"我边拿边说："无所谓了，要看就翻翻，不看放一边去。"他接过去拿在手里仔细看了一下封面和题目，说："那还是要翻一翻的。"然后又说："有什么事再来找我。"这次我觉得他不是客套，就郑重点头，说："阿叔我不跟你客气的。"

我开车走了，他一直站在后面看我开出去。父亲说这厂房是他老丈人的。我并不意外，说："我知道村里人都说他老丈人以前是隔壁村的首富，他刚结婚的时候，人家都说他老婆是他自己去跪着求过来的。他刚才说大的今年大一了，要去杭州读专科，老二上高一，成绩还可以，也有20年了吧。"父亲没有说话，我想起以前说这话时村里人的鄙夷，也许他的成功最初离不开老丈人的帮衬，但是没有他自己的努力也不会达到今天的局面吧。他一再强调和中方兄弟间的扶持，应该是讲情义的人，但内心深处的自尊也肯定是不愿意被人家说成吃软饭的。从一个一无所有的小村青年到一个利润尚可的小微企业老板，成功离不开天时地利人和。有些事情，他不说，时间久了，人们也会忘了的吧。

后来去老谢阿叔那里，谈起中富，他说："他这人很小心的，对你有所保留啊。"我就笑而不语，心里深以为然。

后来动笔时，思忖再三，还是大着胆子问了他："阿林走了有没有连累你？"

前面的闲聊他回得有一搭没一搭，但是这一句他几乎秒回："有。"又说，"就是赚的钱都没了，也不多，就几万"。"阿林后来也是到大连后发迹的吗？你们有没有生意来往？""是的。没有，没有生意来往。"

我在手机里猜测他回复时的心情，可能有些恩怨即使随着时间的消逝也是磨灭不了的。为了避免让他感觉受冒犯，我再次祝他财源广进，感叹他创业不易。他说："每个人要想活得洒脱些都不易。"我不知道这是不是他的人生总结，只觉得他许多的过往可能都浓缩在其中。

补记：2022年村里干部换届，中富阿叔被选上了，现在是村委会主任、村党支部书记一个人担着。中方阿叔在大连小中风了，尽管只有40多岁，还是壮年，但是当年单枪匹马跑出去谋生，钱多钱少不说，日子肯定也是不易的。而中富的厂子名字从"德亚"改成了"富方"。

一条好汉

　　他曲着腿钻进油柜，钢板在夜晚沾的一丝凉意，早在太阳越出海面的刹那消失殆尽。电焊枪闪出的白色火星像一颗又一颗的小炸弹在他的面前爆炸。不能卧倒，不能前进也不能后退，连躲避也不能。面罩是他唯一的盾牌，他一次又一次地举起它，用以抵抗氩气在焊枪推送下触到钢铁的刹那迸射出的白光和火星的攻击。但是这光和热不止对准面罩，也散射到周边一两厘米厚的钢板上。钢板吸收了热力，又辐射到面罩以外的身体部分。他觉得自己就是一块铁板上的肉。

　　太阳逐渐上升，他不用透过洞口的光影的变化，就能感知油柜成了一口锅，越来越猛的阳光就是锅底的柴火，越烧越旺。他蹲着，觉得自己的头发着火了，衣服着火了，皮肤着火了。洞口就在那儿，他知道对着洞口的是一台海鸥牌电风扇，正在努力地转着风叶。底座已经被砸得缺了一边，需要用钢板压着才能站得平稳，浅绿色的电机表面上满是油污，调节大小的白色开关已经变成了黑色，被按下的时候，经常腻着迟迟不肯落下。风罩上的每一根钢丝都写满了一种无法清洗的沉重，让转出的风都变得凝滞。风罩中间的海鸥标志也沾满了油污，海鸥怕是也无法起飞了吧。

风跟着光进来，像是有一股力拉开了一张大弓，发了千万支利箭进来，每一支都精准无误地扎在他身上。偶尔，他挪动身体时，瞥见那旋转的风叶如晃动的黑影，没有给他慰藉与凉意，反而搅起了油柜里的热气将他进一步包裹，有时候他甚至觉得它每转一圈，就将他唯一的出口封紧一分。

太阳一近中空，洞口的每一缕阳光都是一枚长钉，被有力地敲打进地面，扯着太阳像盖子一样堵住了洞口，汗滴到钢板上，他都觉得是像油滋在热锅上一般"嗞嗞"作响。其实转个身就可以爬出去了，汗流到眼里，激得刺痛，眼皮必须用力抿几下，抿得更痛，才能压出一丝泪花，把盐分和疼痛挤出去。他很想擦一下脸，揩一下眼睛，但是放得下哪只手的东西？左手的面罩吗？唯一的盾牌卸下，身上将没有任何的防护；右手的焊枪吗？放下后，还有勇气拿起？熬吧，只当自己把自己关进了不可打开的牢笼，救赎的下班铃终会响起。

终于可以爬出来了，面罩也可以拿下了，他站到风扇前，让风吹着自己，像吹着一件泡了水就直接拎起的衣服。他把脸凑到风里，舒缓皮肤的疼痛。抬起手，凑到脸前，手指压抑地抖了抖，终是放下。不能摸，脸皮褪得像被铁犁翻过的硬地的泥土，手一触可能就带下一块。

照镜子的时候，他觉得镜中的自己不是一个17岁的少年，而是一个突然增加了几十年年龄的沧桑的男子汉了。但是在偶尔跑神的刹那，他又在想，如果清港的同学没有偷吃自己饭盒里的鱼鲞，如果他没有逃课去抓同学，如果他们没有吵起来，或者他装得比他更弱势，又或者老师就事论事，教导主任、校长批评的是那个偷吃的同学，再退一步说，如果他跑到大坝上没赶上最后一班航船，或者躲在姨妈家时就告知了父母，而不是两夜后才回去，那么现在的自己会不会还在教室里准备高三的课程，在那座木桥上与千万学子一起走一条不一样的路呢？

他最终还是没有回去。在家里歇了一个月，这一个月比他以往17年里的任何一个月都要漫长。然后，他站到老谢面前跟他说要当学徒，他是已经想过蒸笼一般火热的滋味的，然而等到他真的钻到油柜里面，才知道这蒸笼还是铁的，不仅蒸，还贴着肉煎。而且不管怎样地蒸、煎，第二天太阳还没出门他就得出门。

他第一次钻进去就告诉自己，进来了就不可以出去，就像从学校离开了就不会再回去一样。"好马不吃回头草，好汉不走回头路"，他难得地笑了一下。也许那样难熬的时间都能熬过，将来就没有什么能难倒他了吧。

我试着从眼前的他的脸上看到30年前他蜕皮时的样子。头发浓密一丝不苟地向右偏分，露出饱满的额头，眉毛是典型的剑眉，但并不十分浓黑，双眼皮很深，眼神温和平静，让人看不出情绪。胡子刮得很干净，虽然有些中年发胖却没有明显的双下巴。1米75左右的个子，穿着深灰色的POLO衫和黑色的西裤，身板笔直，身形很正，坐着也很板正，有退伍军人一般的气势。声音沉稳，讲话节奏感很强，政府的方针政策随手拈来，我知道他是村党支部书记，但说他是县委书记不知道的人肯定也不太怀疑。唯一能体现他过去的是他古铜色的皮肤了吧。"蜕皮"的日子过了多久他自己也记不得了，只记得手无意摸上去，不再有痛感时，边上的人笑着恭喜他，终于脸皮厚得火也烧不进去了。

他突然停下，抬起眼睛飘向窗外，似在咂摸过去的汗水和疼痛，半晌才说："我们土话说，好汉不挣六月钱，我挣的每一分都是六月钱。"我说："不怕苦痛才是真正的好汉啊！"他哈哈一笑，说："苦痛也真的是苦痛，有本事的人谁会吃这个苦呢？（干这个）钱又少，但我没有其他出路，学了这个就只能做这个。渔船禁渔期都是在六月天，错过了拿什么挣钱？"

他熬过了两年的学徒生涯，前几个月是白干活，后来是30元一个月。一年后当大师傅了就有60元一个月，在1990年前后，似乎也马马虎虎，但是这钱真的是汗水一滴一滴滴出来的。当了大师傅，不用电焊了，但是修船、机械配件的安装都是吃力活。

村里村外大部分的渔船都在他的手里修缮，甚至重生过。听着船主絮絮叨叨的叙述，他就能判断出船的故障。摆动轴、轴套，就像摆弄自己新买的风扇一样简单。用眼扫过木船斑驳的身体，指点着油漆工上腻子、刷油，从没有漏过一丝缝隙……他对每一艘船，就像对待每一个需要安慰的朋友，他对待每一位船老大，就像对待每一位朋友的父母。从村里的渔船到福建的渔船，从船老大到小工，没有人不说谢良尧这后生好。

也许在炼炉一般的油柜里，从最初他拿起焊枪，到最后有资格放下焊枪的时间里，他就明白了，人生真正的学习才刚刚开始。高温让他流汗、蜕皮，也让他的灵魂脱胎换骨。所以他以一种人生没有退路的态度来正视自己的前程，收起了当初的冲动与意气用事，沉淀下去，用最快的时间掌握一切修船的本领，也掌握了这个行当挣钱的秘密。一根轴，买来几十元、一百元，卖出去几百元，船老大们并不会在这方面太计较，就像现在买名牌的人一样，心里总觉得贵一些就能用久一些。一个月60元的工资，说不定还抵不过一根轴的利润呢。18岁的人，已经知道不甘心，60元钱，要吃要喝，要交朋友，以后还要娶老婆生小孩呢，怎么够？工资是捏在别人手里的钱，他要的是自己手里有钱。

19岁时，他开始和自己的师父，也就是自己的老板，谈合作，谈合伙办厂。他也不知道当初怎么丝毫不怵那个比他大十来岁的男人，不怕谈崩了，不说工作没了，亲戚、师徒情分也消失殆尽。人是注重利益的，互利的事情没有人能拒绝。老谢善管理，而他有技术，他尊敬这个比他年长的人，分得清形势优劣，也终于懂得谋定而后动——谈判成功。

在沙岙坑这个小海湾里，他们合作做了两年多。22岁，他携着修船的手艺和这两年赚的钱到沙岙坑外边的皮岩头开了自己的修船厂。

皮岩头比沙岙坑要开阔，每年每次刮台风时，少则几十只，多则百来只的船密密麻麻地挤满整个码头。这是最忙、最辛苦的时间，也是最挣钱的时间，不论五六十匹的大船还是十几匹的小船，他一样对待。生意不论大小都是生意，"大道理讲不出，但积少成多的道理还是懂的"，他说。挣得多了起来，10万元、20万元不是问题，但他总会想起自己从一天一元的工资里扣出两角一毛，希望能积攒出一点烟钱的日子。

在皮岩头这个小码头，从1992年到2006年，他待了10多

年。渔船在一只只变大，也在一只只地减少。同行的老谢，在
2002年就已经转型做柴油机了。他也不是没动过改行的心思。
"那一段时间也煎熬，除了修船我没有其他生活（事情）可以做。
皮岩头码头停的船也越来越少，我就把厂搬到了小屿门，可以做
大（配）件。"他顿了顿，突然一下子靠到老板椅背上，侧着头
想说什么，但终于没有说，似乎这一次的选择带来的困难并不算
什么。

　　半晌，他才接着说："2007年把房子买在玉环城关，想给孩
子一个好条件。可是玉环中学差三分没考上，读了玉城中学，现
在已22岁了，在杭州医学院。"我以为他要谈论他的家庭了，他
却突然沉默。我也保持默不作声，猜测他是不是也想起了自己的
22岁。如果当初没有背着所有积蓄和几万元的债就豁出去自己
办厂，他现在最多也就是人家厂里的大师傅吧。

　　我环视村部[1]办公室，墙上挂着一张村子的航拍照片和一张
规划图，靠墙的柜子里是一些党员学习用书，很整齐，桌子上就
有一台电脑和一台打印机，边上是几个文件夹和一个笔筒，再无
其他物什。我想象他工厂里的办公室是不是也一样简洁整齐，也
暗暗揣测为什么他不在自己的厂子里接受我的采访。

　　他开始抽烟，问我父亲要不要，我父亲笑着说戒了。等他抽
完一支，我用自己做过的一点功课问他坎门的厂子几时办的。他
说："形势一年不如一年，栈台这边的渔船更少了，坎门的渔船
多，栈台的船有时候也停到那边。2008年，就在坎门也办了一

---

[1] 村部，当地村民对村党支部、村委会的办公场所的俗称。

个渔船配套设备厂，全新的设备，大件的叶子、起重机、网机都可以做。"

"最多一年有15个人，都是高工。平时都不止10人，忙的时候就再招点工。坎门企业多，工人流动量大，我的厂子对技术要求高，机械化程度也高，高精工都是长期工。禁渔期最忙，装备就寻短工，200元一天，做8个钟头，当天结算，夜班到9点就算一日，还是这样省成本。"他眼里精光一闪，我看见了隐藏的精明。村里人都说谢良尧精于计算，一斤鸡毛也能挣出半两肉，此时我略有领教，但是我也觉得他应该不是一个唯利是图的人。"不过坎门那边现在也不好办了，给工人租房至少500元一月，10个人、20个人、30个人的宿舍都有不同的消防要求，还是小屿门老厂这边租房更容易、更便宜。工人多又没有坎门那么密集，租人家盖的单身公寓当宿舍，条件也好。厂里外地人多，吃住都解决了，才留得住工人。我的大师傅都跟我十几年了，最早给他5万一年，现在十二三万了，还不包括年节福利，医疗和养老保险都俱全了。"

"想当年我才60元一个月，都30年了，19岁到49岁，我办厂也30年了。以前和老谢办厂合起来才7万多元的设备，现在我一台车床就三四十万。现在小工待遇也高，上下班什么意外都算工伤。我当年修船，是用麻绳吊着挂在船头，用铁板包船头，万一麻绳没拴好，人连铁板掉下去，不死也要残废。'太阳日头晒，小命去半条，挣个几十块'——时代不一样了。我现在厂里的产品都用大吊机吊，哪里用得着人工扛。车间监控无死角——有故意骗保的人。对工人要好，这是没话说的，但人也要有一点戒心，长期工好一些，点工就不好说……"

我问他："今年疫情对企业的影响大吗？"

他说："疫情影响也是有的，今年出口只有一单。影响大的是政策变化，现在要求渔船受挂靠地（属地）管理，禁渔期船要回挂靠地。以前福建、苍南的船都停坎门，印尼、缅甸的也有，现在都要回去。上玉环证书的船只有300多只了，以前上千只都有的。我们这里的船很多也是外地证。船越来越少了。但好处是什么呢？竞争小了，十几年前栈台有三家（修船厂），坎门有十几家，但是后来国家要求规范，现在这些厂逐渐都关了。办厂需要ZC认证、CU认证和CCS认证，要几十万的。环保、消防的要求也高，企业不好办了。"

"但也不能让我不办——这行业呢，像猪肉骨头一样，肉没多少，扔了可惜。早先的硬骨头都咬下来了，现在软骨头，也不担心咬不下。一个轴，以前卖几百块，现在几千上万了，你想想。所以我在这里（干江镇上）的小微工业园区北边又买了900平方米（土地），与老谢的地相邻，在他东边。因为镇里统一规划，环保可以审批，消防也有一个标准……"

我对他并不十分熟悉，对他的企业也只知道一个大概，所以很愿意让他多说一些。相比年轻时的艰难，他对自己成功后经历的叙述少了许多感情色彩。在讲述后来的一切时，他已经成为一个理性冷静、不动声色的生意人了，语调就恢复为一种当下的客观，甚至带有旁观反思的视角。

空调有些凉，我穿着长袖都忍不住打了个喷嚏，他穿着短袖却一个劲地冒汗。我看他抬起手似乎要抹去额头、鼻尖的汗珠，最后却只是贴着鼻尖到额头的位置虚晃一下，似乎一挨上皮肤，几十年前蜕皮的疼痛就会从记忆深处刺出来一般。这疼痛大概已经烙刻到内心深处，在平常的行为中也不自觉地表现出来了。

他的生意几乎从没亏过，唯一的一次亏空，大概就是和村里人一起办蜡烛厂，因为租借的厂房是违规建筑，亏了十来万。不过他也认栽，没多说一句。在我措辞小心地提起时，他说生意有亏有赚正常的，要自己谋算，不能怨别人，吃过的亏，走过的弯路，都是以后的经验。似乎对此也并不怎么放在心上。

我不由恭维他大气，他又和我说该算的钱也要算着，谁的钱也不是大风刮来的。这话我有点不明所以，他说："我和几个朋友一起去西南一个地方志愿扶贫，带了4万多。车开到山下上不去，走了3个多小时，水都喝光了。上去渴得要死，累得要死，人家水也不给一碗，凳子也不搬一条，站在我们面前开口就要钱。40来岁的人就不劳动了，连最起码的待客之道都没有，我一生气就只给了一万五，剩下的两万五带回来了。我们自愿扶贫不求回报，但连起码的尊重都没有，以为我们的钱都很好赚的，我就带回来了，打算去别的地方（扶贫）。"他一脸的义正词严，我不由得掩着嘴笑了。他也笑了一下，说："后来他们镇里人来问，怎么数目不对，我也是这么回答他们的。"

我说："你算好汉了。""好汉不好汉不知道，办企业也好，做人也好，我都是有原则的。"

我也知道他当了村党支部书记后的一些事情，比如自己先贴钱装修了村部，建了村文化礼堂、党员活动室、村图书室等等，但是转头就按照规定向镇里申请资金，一分不少地补了回来；村里修路，有人要补助，按实际一万两万就够了，非要五万八万，他拍着桌子说没门，不开这个头；我更知道他的精打细算，和邻村换地，把原来村里分开的宅基地合到一处；准备建六间五层高的新村部，底楼租给银行，上面村里各类活动室一应俱全，房子还没建好，好几家银行已经来洽谈租金了；村里的综合市场以前有村里人白占摊位不交租金，其他村干部不好意思开口，他上任，全部规范化，走程序，公开招标……他把上礁门的村资产从负600多万元，变成正3000多万元。

窗外突然传来一声很大的吆喝："西瓜赞得猛，过路的装个……"我不由得笑了起来，他起身拉起卷帘张望，我父亲说菜场本来就吵一点。

他点头说等新的村部大楼建起来就不会了。说着起身从隔壁房间的柜子里拿出一沓村子航拍的照片，一张一张，一处一处，一点一点地指着地图上的废屋、山地、林子等，介绍说这里要修古商道，这里是水果采摘园，这里的壕沟可以建教育基地……要和其他村子联合，共同搞旅游开发，村民投资入股，可以分红……"难度很大，但是我在任一日，就要把这件事情搞起来！企业怎么办，村子我也怎么办。做书记，做"村长"，就是当家人，要对村民负责。"他笔挺地坐在椅子上，眼神十分坚定。

我感觉他年轻时在油柜里煎熬出来的品性，他是在用一生去践行。"你老实是条好汉！"这一次，我是由衷的。

回到土地

陈礼富说他自己是农二代，说他的父亲是干江最早一批种西瓜的人，1980年就去了温岭包地种西瓜，还带起了温岭的"西瓜潮"，现在温岭西瓜的出名离不开他父亲那时的那批人，而且他父亲还是玉环最先引进大棚种植西瓜的。这姑且不论真假，但他这个农二代从小嫌种地苦，千方百计地逃离土地倒是真的。他说从小看着父母在地里劳作，365天无休，夏天脚踏在田地上跟踏在铁板上一样滚烫，种西瓜光掐花、掩花就能让人弯断腰，人晒得跟炭一样不说，冷了还要担心苗被冻死，热了要担心旱死，下雨多了又担心被淹死，还有台风大……"太苦了，苦了还不一定赚钱，我真的是一门心思要干别的，觉得干什么都比种地当农民好。"

那么，还有读书一条出路吧。可惜他读书也痛苦，看了电影《少林寺》便闹着学武去。小学三年级，父亲真送他去河南少林寺学武。只送了一次，种地的人可没有闲工夫年年耗在路上，第二次，12岁的陈礼富，就独自一人踏上去少林寺的路。钱缝在裤子里，带着比人还高的行李先坐车到上海，再转车去河南。一路上全靠嘴甜，总有大人帮他搬行李。"否则我老实拿不动，你看我现在也矮墩墩，12岁时就跟个小猢狲一样小细。"

学了四年，嫌练武还是苦，又回来了，到村小续读了五年级，上武校去了。在武校待了两年，觉得没什么出路，17岁揣了一点钱跑东北做生意。1993年光景，卖服装似乎是个不错的生意，可惜亏了。玉环大大小小的阀门厂开始遍地开花，跟风办个阀门小厂好像也行，也亏了。

钱没赚上，朋友倒交了一批，从学武开始就没少打打杀杀，搏了一点义气、名声，似乎当初学武的意义就在于此一般。可这些与没挣到钱相比，也不值一提了。20多岁的人怎么与十几岁时相比呢？独自闯过江湖，江湖也不那么好混呀。

"少林寺式"的英雄梦醒了，老老实实回来接手父亲办的砖窑厂。父亲算是为他攒了一点家底，砖窑厂的生意不用去找都是人家主动寻上来。做砖坯、烧窑都有工人，陈礼富实在不知道自己能干什么。每日睡到日上三竿地过了一两个月，被人介绍认识了一个姑娘，开始谈恋爱，又被人拉着去打牌、搓麻将，学会了赌博。砖窑厂不用管，时间分成两份，一份谈恋爱，一份赌博。

那时村里到处都是赌博摊，跟老鼠洞一样多，躲也躲不掉。许多手里刚有了一些钱的村民，吃好穿好之外，一时都不知道拿这些钱去做什么。于是赌博就从以前的农闲时节蔓延到日常中来。人、鬼、神全混作一堆，抓赌严厉的时期，他们组织到深山冷岙赌，专人望风，专人负责饮食，关着赌上几天几夜。被抓时，有人跳山坡逃跑，摔断过腿，有人把钱往外撒，有人被抓了，耍赖充愣……陈礼富说："被抓了，我们都说自己没有赌，只在边上看看，哈哈……"想起那段荒唐的经历，他自己也觉得好笑。一会儿又叹气说，赌博赌起来输赢都会红了眼，忍不住就想再赌下去。

结了婚，陈礼富也照赌不误，而且是夫妻双双上赌桌，什么麻将、牌九、打通、打上游都不在话下。"砖窑厂的老板，不差钱"，人们对他说。而此时，砖窑厂因为国家禁用红砖政策的推行，与其他建材的兴起，生意开始走下坡路。

父亲年纪渐大，与土地打了一辈子的交道，就算办了砖窑厂，也还是和泥土做生意，他希望儿子能继承他与土地的关系。他种西瓜，种枇杷、桃子、杨梅……他除了砖窑厂外，还建了一座果园。对于儿子赌博也没有什么可苛责的，村里许多年轻人不都这样嘛。可是他还是希望儿子能接手果园。谁也离不开穿衣吃饭，让土地生长食材才是最可靠的生意。

2006年，陈礼富刚好30岁，而立之年，他接过父亲的果园，名字就叫"老爸果园"，开始学种枇杷。可是他的赌博也在继续。

当时种了三种枇杷，反复比较，淘汰了口味差的，只留下了一种"白荔枝"。果园欣欣向荣，可是钱却总不在手上。

砖窑厂挣了那么多钱，以及果园挣的钱都填了"赌博"这个无底洞。陈礼富第一次反思自己这十年到底干了什么，也第一次正视赌博的恶果，思考自己拿什么去还欠下的赌债。

"从1999年开始，我赌了十年，到头才发现，挣的钱全赌进去了，还倒贴人家三四百万——剩下的只有这座果园。"痛定思痛，他戒赌，让妻子也戒了，他要全身心地投入到果园中去。父亲以前靠土地养育了他们兄弟姐妹几个，又挣下了一份过得去的家产，他觉得自己也可以凭借土地打一个翻身仗。

2009年，用陈礼富自己的话说，打打杀杀十年、赌博十年，最后还是回到当初嫌辛苦的土地上搞农业。心定下来了，做得自然也踏实，西瓜、枇杷、桃子、杨梅、葡萄……一茬接一茬地上市。用心去钻研了，产量、口味都不错，销路自然也没问题。

在水果旺季过后，总有一个空档期，那就种草莓。当时刚开始兴起水果采摘，那就来一个"老爸果园草莓亲子采摘"。种草莓，是特意跑到建德专门学习过的，回来还请了师傅过来种了三年。第一年的采摘，就挣了钱，这让陈礼富信心大增，夏季可卖枇杷、西瓜、桃子、葡萄、杨梅等水果，秋天有梨子、橘子，冬天搞草莓采摘，他在三年时间里竟还清了所有债务。他觉得自己终于选对了，更坚定了这个选择。

他把更多的精力和时间投入到对"产品"的研发上，他的概念里，果园就是企业，和镇上别人办的阀门厂、齿轮厂没什么区别，都要讲产品质量，讲市场认可度。

白荔枝枇杷好吃，但乡下有句俗话"樱桃好吃，鸟难管，枇杷好吃，树难栽"。枇杷树对土壤、温度、湿度的要求比一般的果树要高，既怕风雨又怕霜冻，稍有不慎，影响产量不说，还影响口味。

白荔枝枇杷是从日本引进的新品种，第一年种了20亩，成活的不多。首先是对白荔枝枇杷种植的土壤、温度、湿度等问题了解不够。解决了这些问题，又出现了只开花不结果的情况。终于结了果，又因为套果没用专用袋而用了报纸，太阳一晒，果子全坏了……

在不断摸索的过程中，他借鉴大棚西瓜的种植方法，探索大棚枇杷种植。结果温度高了，树干死了；低了，树冻死。湿度高了，烂果；低了，口感差……一年失败，改进一次，两年失败，改进两次……不断请教专家，不断试验，不断改进。五六年的失败后，终于解决了各种问题，老爸果园的白荔枝枇杷一上市就广受好评，更是一个卖到15元，被国内高档餐饮的龙头企业新荣记要求"专供"。

也许在一开始，陈礼富是把果园作为最后的退路，但在一年又一年的劳作中，他真心爱上了果园，爱上了土地带给他的富足和满足感。他没有把果园当作是简单地种水果、卖水果，他还思考在这个发展变化如此迅速的社会里，市场的需求是怎样变的，农业应如何跟进、发展。

所以他很明确自己要做品牌，"老爸果园"不仅是父亲给他的果园，更是一个品牌。"我要种精品、高端的绿色食品，做高端品牌。现在的人不差钱，他们更在意东西的品质，我要做出高品质的产品，让人们看到老爸果园，就觉得好吃、健康。"他用他自己的理念去解释老爸果园的品牌内涵：他要打造的是以"爷爷年代的农业，爸爸的果园，我的世界"为主题的生态农业园。"爷爷年代的农业"，是指倡导爷爷那个时代农村的种植特色，不用化学药品，主打一个绿色、环保，若要用肥，只用价格高昂的有机肥，利用大棚环境种植，不施药除虫；"爸爸的果园"，是指他浪荡多年后明白自己对土地的情感；"我的世界"，代表的是一种继承，一种专注。

陈礼富文化程度不高，但对事业却有一股拼劲。除了老爸果园，陈礼富还曾在云南、衢州与人合作经营果园，云南的园区因种种原因关停了，衢州的果园投资了一千多万元，仍在运营。

他时刻关注市场的需求变化。白荔枝枇杷大获成功后，他迅速作出决断，把盐盘老园区里收益不好的杨梅树、桃树等砍掉，全部种上枇杷树。曾花了大力气种植的"红美人"，没有达到预期，他也砍了。现在老园区100多亩地以种枇杷树为主。

其他许多水果都转到衢州去了。一方山水养一方人，也养不同的水果品质。"干江这里山好、水好，气候也适宜种植枇杷，但是'红美人'、葡萄这些在衢州那边种得更好，所以必须作出判断、调整。"

电商时代来临时，陈礼富也紧跟不落。微信朋友圈卖货、直播卖货，他说得溜溜的，与媒体、与政府机构的合作、宣传也深谙其道。

他让妻子成立了一个纸箱厂，既解决自家果园对包装的需求，又可以承接其他业务，一年也有个十几二十万元的收入，很有肥水不流外人田的味道。他说当初流行的采摘模式现在已经不行了，顾客更希望的是送货上门。所以现在只要顾客一下单，我可以马上安排采摘、包装、送货，到个人、到市场都很快，保证做到最新鲜。

去年，他又与两个大学生合伙，在干江镇滨海新区河边投资开辟了一个新园区，开始了数字化、智慧化精准种植模式的探索。

高大的大棚里，一排盒子上面架着绳子，西瓜藤沿着攀缘，结下一个个乒乓球大小的果子，他说我种了新西兰的"贵妃"和日本的"小丸子",一粒西瓜种子就一两块钱,成熟了也就白瓜那样大小。小番茄也被一株株吊着,上面的果子,绿的(未熟),黄的(半熟),红的(已熟)交叠在枝叶上长着,像串了无数盏彩灯。陈礼富让我们尝尝,甜糯里带着爽口,比一般的小番茄要软糯。

陈礼福说这不是圣女果,就是小番茄。"样子就是番茄对吧,是我新选的品种,今年第一次尝试种。"他摘下一个说,"我既要种出好东西,也想让人们尝尝新的东西。毕竟现在人们吃的东西这么多,我们也要迎合他们对新鲜感的追求,所以也要(不断)尝试种一些新的品种。"

当然新的品种也要有销路才行。他说现在有些愁销路,努力利用线上、线下的多种渠道推进。"和上海一家米其林餐厅在谈,若成功了,就不怕了。"他说。看来他要复制白荔枝枇杷进入新荣记的成功经验。

但是在成功之前,要先把东西推出去。新园区的投入在前一年的草莓种植上已收回了部分成本。他现在推出的是情侣采摘、夜晚采摘等采摘模式。干江镇这几年的旅游业蒸蒸日上,陈礼富希望自己能搭上这一波红利,成为旅游产业线上的一个组成部分。

他的新园区,钢架大棚,高空培土,吊挂结果,由水管统一浇灌,电子控温、控光、控水,真的做到了数字化种植。这是他的新尝试,也是他的新理想:做现代化的农业。

算起来,他回到土地已有七八年了,他说自己还会继续做下去,土地不仅是他赖以生存的根本,也是他的情感所寄、情怀所在。

第二辑

山海之间

春风暖山海

一、关于干江

在1994年汉语大词典出版社出版的《玉环县志》里面，还不曾有"干江镇"的说法，只有"干江乡"和"栈台乡"，引用百度百科词条的解释："干江镇隶属于浙江台州市玉环市，地处玉环市东部，东濒东海，南濒漩门湾与鸡山乡隔海相望，西临漩门湾与玉城街道，隔海为邻，西北、北连接，行政区面积29.96平方千米。"说干江镇与玉城街道隔海为邻，肯定是不确切的，应该是坎门街道。现在我们走小屿门的三期大坝，就可以直达坎门。不过，无论西邻哪个街道，干江三面环海无疑。因此，进入干江，最初只有海路。但这条海路，现在除了渔船来往时会在码头停留，大坝的航船在30年前就已消失，到了2022年连大坝也被拆除了。海路，近乎消失。

百度词条没有讲到干江屏障一样的山，真是有点不足啊。其实一两百年前，干江人就另筑了一条路，在众山中蜿蜒，于陆地也能把乡人带向远方。虽然许多路段已经弃用，但是进入干江最接近过去的方式，就是这一条山路：从塘厂村到密溪村再过山里村，下垟岭。一路上绿荫遮蔽，阳光疏离，有人家矗在路旁，也有人家隐在树丛，炊烟已经淡去，鸡犬仍然相闻。30多年前，人们是用脚来衡量每一条进出干江的道路，现在是车子。这条路，它只是攫取了过去的一小部分经历来铺开，许多路段隐在荒草丛中，只用仍铺在路中央的石子表示它们曾经的存在，其大部分都被另外开辟的水泥路取代。后来还有一条路，是从塘厂过梅岭下来，但已基本荒废。不管是哪一条路，行走其中，都能深刻体会古人说的"山北为阴，山南为阳"之意。而进出干江，人们几乎都是在"山阴"里上下穿梭。

翻过垟岭山脊，山下一块狭小平整的土地就在眼前铺开，但是并不开阔，因为目光可及的尽头也是一道巨墙似的山。这边的山是老宫山、垟坑岭头、池山、梅岭、灵山头、盐盘岭头，那边的山有大岙山尖、炮台岗、凤凰山、青龙岗、暗墩岗、宫后山、南面山……这些山伸展开，把平地捧在中间，像两只手捧着一个食饼筒。东北边是海，一条垟坑塘横贯南北。西南边是海，南塘连了南北，南塘再往外是玉环的漩门三期工程，从小屿到坎门的尖屿，也筑了一条塘坝，镇里人习惯叫漩门三期。当然翻过南边的山，也是海，海边密匝匝地也住了许多人家，东边是白马岙村，西边是下栈头村。总之，整个干江是绕不开山和海的。

二、从垟坑说起

先从垟坑说起，从龙溪乡山里村翻过来，就是垟岭，我们更习惯叫垟坑岭头。从前垟岭村落在海拔100多米的山上，村民踩着泥泞的山路每日上下，种庄稼，养鸡狗，也有少数人捕鱼。每一个村民的身份都是多重的，农忙时是庄稼人，农闲赶紧打小工，出海就是渔民，回来下田种地又是农民。女人们也要种地割稻，还要养鸡养鸭、织网绣花，插空抽时地挣零花。日子都是这样，一年四季尽可能找田摸地种下一日三餐，尽可能自给自足，也尽可能挣点零星钱。垟岭村这样，梅岭村也这样。山脚的盐盘村得名于垟坑盐场，以前的村民有许多是盐场职工，老傲前村、干江村，都是农业村，村里人很早就开始种西瓜、种盘菜。在南边，依山展开的村子，山北的花明村和湖山头、甸山头村，都是以农业为主，近海的东海、断岙、上礁门、下礁门、白马岙、炮台、上栈头、下栈头都是渔业村。这是个一眼就能望到底的地方，每个村分到的土地自然有限，在渔业发达的时代，上下栈头的人干脆拒绝了山下政府分给他们的土地。

对于干江的过去，好像就这么个印象了，用父亲的话说"以前的干江人主要还是靠海吃饭"。我想这不仅是指干江三面环海，干江中间被山丘夹出的平原，也是另一片海，春夏是绿海，秋天是金色稻海，到了冬天就恢复成沉寂的土地，等着下一轮的春播秋收。

这种生活方式几百年没变过，就像干江的行属几百年也不曾大变一样："清朝时期，属干江乡。1949年，分设干江、盐盘、栈台三乡。1953年，三乡合并，复为干江乡。1958年，改置干江管理处，属楚门公社。1961年，改设干江公社。1965年，栈头、炮台等地划出另置栈台公社。1984年，公社改设干江乡、栈台乡。1992年5月，栈台乡并入，改设干江镇。"

1992年是一个节点。1992年以前，无论站在垟坑岭头、梅岭，还是宫后山、大峉山尖，从四个角看到的都是农田，隐在山中树丛、山脚树丛的黑瓦石墙的屋子，还有夹在垟岭和大峉山尖中间的一片盐场。1992年开始了高山移民，先是山脚的屋子多了，好像人们把山上的屋子拔起沿着山脚一路重新撮了下去（上栈头的许多人家把房子建到了下栈头沙头）。上礁门村建了一个综合市场，是菜场，也是小商品市场，干江开始有了一个中心点，然后是镇政府办公楼，中学、小学连上，形成了一个镇中心区块。2000年后，盐盘工业区建起来了，把镇政府与盐盘村之间的空白填满。桔场小微工业园区，木杓头、炮台村、白马峉等村子的新村慢慢地建成落地，镇子中心就一点一点、纵深纵横地开拓起来。

三、站在长大厂

小时候，走垟岭、走梅岭、走宫后山、走炮台岗的机会都不多。经常走的就是青龙岗，我们更习惯称它为"长大厂"或"后山"，因为最早来这里安家的先人搭的是茅草厂（茅屋）。一溜的"茅草厂"从山腰搭到山顶，从山脚、从前山、从暗墩岗、从遥远的海面都可以一眼望到，所以"长大厂"的名字掩盖了它原来响当当的大名——青龙岗。

走长大厂，就是走回家的路，先沿高墙头自然村走一段，路边有一眼细细的泉水，开始路人用手捧着喝，后来有人用水泥、砖封了一个罩子，留了一个口子，边上放了一个竹筒，大家就都用竹筒舀水喝。走上百来米，才算正式拐上路。拐弯处建了一个平顶的路廊，来往的人累不累都要坐上一坐，然后再继续走路。路是卵石路，就铺在山脊上。走在山脊上，两边的风景一览无余。

冬天淡去时，山下的田地开始水汪汪起来，水底沉积了一冬的泥土细腻温和，蓝天和点缀在蓝天上的白云，倒映在一个一个格子里；田里，撒着黑豆一样的人。夏天，则是一眼齐整整的绿，从这边的山际蔓延到那边的山际，那些青翠的禾苗像一片大水，被风、被目光牵扯到另一个边岸。又或者，这中间的绿就是从两边夹住它的山上流下的。到了秋天，它们便开始黄了，黄色从尖尖的那么一点，垂直地落下去，落到每一根茎秆上，又平平地铺开去，铺满了整个平原。秋意千丝万缕地爬上山，从山脚，到山腰，再到山顶，挑着染黄了这棵松、染红了那棵枫。站在山际，丰收的气息就从这些成熟的色彩中漫溢出来。冬天，田野是休憩的状态，黑色的泥土里泛出青苔，散落着紫云英，在静寂中又酝酿着生机。而山上，落下的松针被秋收后闲下的村人用竹耙耙回家当作柴火，树下的枯草就跟着被梳了一遍又一遍。树木之间的空隙就大了，我们上下山可以在树木中穿梭，以俯冲的姿势飞奔，像猿猴一般攀爬。

路的另一边，山坡向下延展过去。翻过一个小坡，一个小小的豁口将其兜住，海就在里面懒懒地躺着。偶有船影飘过，似乎也是漫不经心的。到了秋日，似乎才"紧工"（干江话，意为抓紧）起来，海上闪耀着的金光与土地上翻滚的金色稻浪遥相呼应，船只从海边闪过，消失在小坡之外，后来田野里就多了一些弯腰劳作的身影，仿佛是船把他们直接带到了山脚，让他们挽起裤腿投身到稻田之中。

在这一边的金色，那一边的金光之间，触发了一个孩子对美的最初感受，也触发了一个孩子对这片叫作"干江"的土地的热爱。

四、从木杓头到小屿门

我拉着父亲从家里出发，沿着狭窄的干江老街去木杓头。沿着山脚，沿着河，沿着河边搭了大棚或未搭大棚的水泥路一直走。

山脚的房屋已经稀疏，但竟然还有一两个小厂子在边上正常营业。河是流向海的，在道路分岔的尽头，它横着包了以前的老塘，塘坝上还有干江最后一片像样的木麻黄林，路向右是继续沿河走南塘去梅岭村方向，向左是上山。

山道逼仄，只容一辆车子通过，但到了某个点总有一处能让两车勉强会车的地方。这些路都是十几年前国家村村通工程的成果。十几年前，每个村庄都还有人居住，这些路加快了他们回家的脚步。现在路两边的荒草已齐人高，但是路况仍然良好。

车子爬坡，到了半腰，右边的草丛间突然跃出了闪动的光亮。海就这么出其不意地到了人的眼前。父亲说这里是网岙。大约以前人们打鱼归来，渔网晒满山坡，海上山下的人一眼可以望到，便叫了"网岙"。

想象那样的情状，那得有多少人家，多少渔网？而如今只剩下蜘蛛慌慌张张地织网、补网，还有路边的草木茂盛如绿网。人都已经走了，留下屋子，留下屋子里冰冷的积尘、灶台。时间也像一张大网，把网岙的烟火一网兜净，不再返还。

接近山顶的地方有岔路，岔路右边是宫后山，山峰连绵，彼此间并没有多少明确的界线，这条路一下分出了两座山，却也是我没有想到的。

路向左是游步道，转向木杓头山头。2021年正月，我们去时，数年前被大火烧过的山野又恢复了生机，焦黑的枯树下边不少新的树苗也有一人多高了。山外是海，中间趴着的小岛叫"乌龟屿"，不管从哪边看的确都像只乌龟。过来就是漩门三期的坝与湖，再就是晶科太阳能光伏园和袁隆平海水稻智慧农业示范基地，然后是新建的新干江幼儿园、干江小学、干江康复中心、木麻黄林、种葡萄的人棚，它们在河流之间，像是突然从土地里另外长出的巨大生物。新的干江幼儿园已经正式招生，干江小学白色古雅的群楼外墙已经完工，很快可以投入使用了。康养中心蒙着绿网，工人仍在加紧施工。

我向右拐了（左边车子上不去），初秋的太阳依旧猛烈，山上的树木在山风里晃动，开着车窗，风就跟了进来，绿也跟了进来。薜荔从路边的树上爬到了水泥路堤上，并且已经完全覆盖了它们，看样子时日已经不短了。山腰的路边还有一户人家晾着衣服，在年节的时候，会有车子上来停在院子里，是漂在他乡的游子归来看望仍然驻留乡村的父母。弯弯曲曲的几分钟，一片石屋子就冒出在山坡下。再往下走一点，有一条小路夹在屋子中间，只容一车通过。在山间行路，总有一些隘口，进去，出来时别有洞天，好像造物者故意将惊喜留在后面。

这是南面山，父亲说，也是属于木杓头村的。镇子上有木杓头新村，立地房和小洋房相杂。村里人大多都迁走了，山上空无一人，只有南面山还有一些老人。

南面山，地势介于一种开放和包裹之间，在山坳，有些偏，但是又落在山脚，基本没有上山下山的不便。树木是背景，簇拥着十几座屋子，有的屋子里放着电视，穿花衬衣的阿婆在打盹；有的屋子门口挂着绿色的渔网，堆着泡沫球，一对大概在张"拦私网"（即定置网捕鱼方式）的父子正在修理工具；几个在小屿门工厂上班的外地人，坐在树荫下聊天，他们的出租房前还晒着工作服；有土狗晃悠，有猫趴在墙头，也有女人红色的T恤晾在院子里……阳光裹着一切，有声响又似乎没有声响。村里通水通电通网，但在现代化的条件下，整个村庄仍有一种久远的传统生活气息。

脚踏上平地，就是小屿门工业区了。我总有一种恍惚感，仿佛小时候的小屿门还在，在山脚塘坝围出的滩涂里，人们养虾、养跳跳鱼、种蛏子，木麻黄树一株一株排开，红树一团团贴着地面，盐碱地上种满棉花……

沿山脚的路走，看到的是宫后山曾作为石矿被挖掉了半边，山下也建了几栋厂房，路对面是整齐划一的小微工业园区，二三十家企业在这里落户。高大的标准厂房跟以前挺拔高耸的木麻黄一样。小屿门外，是南北、东西两条坝。南北是小屿门塘，圈出了当年的小屿门滩涂，东西是漩门三期的大坝，从小屿门一直连到了坎门。退潮了，有人在小屿门塘坝里面的礁石上捡螺，小小的馒头螺，小指头大，捡个一把两把，加水放在随身带着的搪瓷盆里烧，烧开了，用牙签剔着吃，原汁原味的鲜。

漩门三期的塘坝绵长、开阔，上下三层，上层跑步，中层开车，下层长草。夜晚，月亮高悬，月色明亮，塘坝如黑灰的长枪笔直刺向远处的昏暗。坝外，海面银光闪烁，鸡山岛灯光灿如繁星；坝里，湖面闪烁着银光，对面坎门亦是繁星挂满街道。而身后的木杓头黑黢黢地站着，明暗虚实里尽是天地悠悠的喟叹。

在假日，三期塘坝的湖边，站满了钓鱼的人。湖心有一土丘，水浅露出时是小渚，水满就剩一条线。常有人划着小皮艇过去，水浅时坐着钓，水满时站着钓，皮艇漂走也浑然不知。于是茫茫水面，经常只有一个黑色剪影般的身影捏着细竿，站在一条黑线上垂钓。岸上的人退几步，让几枝芦苇映入视野，一幅简笔水墨的独钓寒江图便成了。

五、山海之间一条路

楚栈公路，我最喜欢的就是从下礁门到下栈头的这一段。

从镇上出发，穿过两边的房子，到高墙头，上一点坡，就是暗墩岗和长大厂的隘口，穿过去。不管什么时候，什么天气，这里总有风贯穿而过。左边路口有一个蓝色的路牌，写着"上礁门村"，继续走，下礁门的房子三三两两地在路边等着，然后是小屿门小微工业园的厂房，再经过几幢下礁门村民联排的房子，就又开始上坡。

路像是一个大写的"S"。两旁的树荫遮蔽了路面，山坡上的朴树枝经常扑到坡下，在公交车顶掠过，在轿车顶上摇摆，像一段山路的前奏，让人以为会在山间继续盘绕。过一个弯，再过一个弯，"S"写完，一片晶亮亮的海突然跳在眼前，让人有一种猜中了开头，却猜不中结尾的意外与惊喜。

阴雨天，海面白雾覆盖，却并不均匀，鸡山岛，大、小鹿岛在雾色中若隐若现，如蓬莱仙岛一般缥缈。海天如同一幅静默的黑白山水画，等着一抹光来上色。有船只在浪荡，更多地还束在岸头，欲醒未醒。风无声地吹动云雾，船只无声地驱动海浪，海浪无声地翻动船只。来了一点光，不管是太阳整个从云层中钻出，还是一束或几束光刺破云层，宁静就此被打破。光一下子就唤醒了在海面保持沉默的所有——海浪声、风声、船鸣声……都从禁锢中挣脱，海鸥会恰如其分地飞起，嘹亮地叫着。整个海都热闹了。风贴着吹，海面水波荡漾，雾气如白纱被吹得飞扬。配上一艘小船，来一句"君看一叶舟，出没风波里"，真是再也恰当不过了。

沿着海走，波光闪动，船影移动，日头渐升，照淡了雾，照亮了岛屿，岛上五彩缤纷的房子都露了出来，鸡山岛成了一艘巨大的游轮。

如在晴天的傍晚，车子从坡下跃出，只见夕阳砸红海面，天海揉成一色。船开过，辟开的水路，碎金万千，光鲜交叠，一曲渔舟唱晚浑然而成。

绕过沙吞坑，开到下栈头、沙头，向右是堤坝，凌晨渔船靠上岸，会摆满新鲜鱼货，鱼贩子和闻声而来的乡人吵吵闹闹地讲价、上秤、载货……向左是隧道，穿过隧道是去鸡山、大鹿岛的码头。我们不会在码头停留，必须再往前，走到底。水泥路低下去，更贴近海面。路尽头是海螺生长的礁石，这里是孩子们危险而又有趣的乐园，他们在岩缝里挖岩头蟹，在岩壁上抠各种小螺——它们总是来不及长大就被人们抠掉了。

而最好的时间是在满月的夜晚，月亮似飞翔在海面上空的纸鸢，扯得十五的潮汐汹涌澎湃，海浪跟重拳一样一下接一下地击打着堤坝，几米高的浪花像张牙舞爪的老虎飞身袭击着人，被抓住就是一身透湿。

月光只亮了海的一角，千灯漂浮的鸡山岛和我们身后幽暗之处的小山遥遥相对，挤压出海浪"哗啦哗啦"的巨响。人就小下去，小得跟一只蠓蛾一样。而人一走，水花也跟着跌下，虚得像个影子，随时可以混入幽黑。可是在这小和虚中，总有一种迫切想脱口而又难以出口的声音在脑子里冲撞，搜肠刮肚地想说出一句两句什么来形容这山海月色，结果反倒酝酿了不能言说的平静。坐着，离浪远一点，看着，听着，融进去，有了一点充实的诗意，隔离了平日的俗世纷扰。

孩子们的快乐是捡起石块砸向海。石块在岩石上碰撞的声响融合在海浪冲击的声音里，就像一支乐曲里突然响起的一记鼓声，意外但并非不和谐。如果石块直接扑入海里，就像是增强了弹琴的力度，迸发出双重的力量，引得观众快乐地大笑。

六、炮台岗头的风景

从下栈头回来又经过沙吞坑，向上就是上栈头，再向上是炮台村。炮台村几乎没有新建的现代的建筑，老旧的石头屋依山参差排开。沿右边的路下去，绕到山脚是一个小小的卵石滩，几十米宽。拳头大的红色卵石厚厚一层地铺满滩子，从岸边铺向水边，也有十来米吧。之后才是沙滩，沙滩平时看不见，只有等退潮时才露出来。到卵石滩去，看到的是时间经过的痕迹、风霜肢解的力量，山的整体被分解成了无数石状的分体，而石块又被搓成了沙粒。每去一次，视线从山到卵石，再到沙滩、海面的转移，都是我对沧桑万物、风化万象的一次在场的目睹。

卵石滩有淡水，左右两侧都有山泉水叮叮咚咚跑下来，积了一个盆大的水窝，作一番停留，就流到了石滩上。以前的石滩中间，有一堆野猪似的大石块卧着，像一群家长看守着数不清的子孙后辈。现在村里搞了开发，做了高空漂流。长而盘曲的玻璃漂流道从山顶盘到石滩上方，水泥路浇了，右边的山泉水被堵了。在石滩上方建了一排小屋用来卖小吃、饮料，石滩被占了好几米，与山的连接也被斩断，好像历史断了一个朝代。

回到主路再向上，在山顶有一个岔口，向左下去是花明村，向右下去是白马岙。像一条藤蔓上生长的瓜，左右上下地连成一串。白马岙沙滩，是许多人节假日的去处。沙子金黄、柔软，虽然整个村子也搬迁到镇上了，但沙滩边上的村民办的农家乐、卖的玩沙玩具，维持了村庄的热气，沙滩过去一点的码头边还有一家冷冻厂，经常有渔船在此停靠、休整、补网、加冰。

再回到炮台岗顶，去寻找小时候玩过的壕沟。壕沟里面有许多弹壳，捡了拿回家，父亲看见了，说自己小时候也去那里玩过，也捡过子弹壳。这个壕沟到底留了多少子弹壳啊，村里两代孩子都还没有捡完。作为当年攻打洋屿岛、鸡山岛、披山岛的前沿阵地，又有多少人曾在这壕沟里战斗呢？可惜现在我没有找到壕沟，只看到过去部队的营房保留了下来，被开辟成了红色教育基地。里面又会有多少故事失落在壕沟里，跟子弹壳一样被人捡走又丢失了？只有一个"西北兵带壳吃蛏子，叫着这不好吃，这不好吃"的故事，父亲说是他小时候听来的，后来他又告诉了小时候的我。其实这未必是专属于炮台岗的故事，喜剧之余更多的是悲剧——战争从来都是悲剧。也许我捡到的弹壳里有一个就是从他的枪里掉出来的。只是不知，他后来是学会了吃蛏子，还是没有机会再吃了。

站在原来的三岔口，目光无遮无拦。洋屿岛、鸡山岛在右，安坐不动，左边远处海上的风力发电机的风叶在风中轻轻转了一圈又一圈，转得海水格外清、蓝，转得山下白马岙码头蓝白的渔船也跟着晃动起来似的。我站了很久，我要替过去那些在壕沟里牺牲的人们好好看看这美好的山海。

一年的八月十六，我们开车上到这里。月亮如李白诗里写的挂在天空的白玉盘，"又疑瑶台镜，飞在青云端"，然后点亮了整个海面。而月亮正下方的那一片尤其明亮，近乎白昼，洋屿、鸡山岛上的房子都看得一清二楚，灯光反倒显得暗淡了。

云淡如丝，皎皎空中的月轮似乎并不孤独。凉风拂过树梢、草尖，把海的声息捎上来。月色在海面激滟，在山顶游走，树影、草色都沾了银光，它们以各自的方式来应和这天地间独一无二的月亮。我们每个人都对好角度，在相机上定格这一夜的月色。一只萤火虫从草丛中飞出，微黄的光点一闪一闪，向下飞去，像一点星光赶到海面落脚。

另一边是夜色里的城镇，车子从坡后拐出来，灯光就闪现在山脚，悬浮在黑暗中，盏盏分明，像是被用黑色丝带巧缀妙联，浮光掠影，如同仙境，让人一时呆住，无法言语。犹如一个夜行跋涉的旅人，历经千山万水所寻找的家园意外出现。一幢一幢房屋积木一样密密排着，天上没有一颗星子，天上的星子都落到了人间，"千门开锁万灯明"。灯大而亮的一片是滨港工业区，"灯火夜妆明"。像链子上的珍珠一样，直连着通向远处的，是一盏盏路灯。对面垟岭、梅岭的路灯在被月光照淡的山色中也亮得明明白白。"缛彩遥分地，繁光远缀天"，毫不夸张。干江的小和热闹似乎尽在这一眼。换作白天，灯火消去，房屋、田地更为清晰，镇子的布局一览无余，东边是滨港工业区，一幢接一幢的厂房盖在以前的盐场上，清一色平屋顶，道路纵横，南北大道从中一贯而过，许多支路都还在建造，于是整齐划一中又留了一点凌乱。过来是一片水田，阡陌交错，划出一块块土地，上面种的有水稻、西瓜、盘菜、西兰花……此外，更多的是架于其上的农业大棚。想起小时候去给割稻子的父母送饭，挤在水稻中间的田埂上，常常在望不到头的田野里迷路了。现在看着，发现干江竟然只有这么大，把手在上面一放，它就巴掌那么大。大棚跟新的迷宫一样，但田野却没了我小时候的趣味。

楚栈公路是镇子里最早的公路，整个镇子的规划建设都是以它为中心生发开来的。它两侧的房屋最为密集，镇政府在它旁边，盐盘工业区在它旁边，菜场也在它旁边。它建成后才诞生出了繁江路、麦落大道。然后又以这一带为中心，向东是滨港工业城，向西是南塘新区，衍生了更多的道路。

这个镇，好像一颗豆子，原来种下时就指头这么一点大。20年前，它开始生根发芽，开始壮大，10年前它结出了一串结实的果子，现在丰硕的果实还在继续长大。

突然发现，镇子的形状就像一个"干"字，什么都不说，"干"就完了，认认真真地干了，果实自然就结出来了。

七、走在山北

从炮台岗头下到花明村，山脚的"虎山海底温泉馆"已经建成营业，看来干江又多了一个好玩的去处。右拐，往前开，在湖山头村的路边看见一个绿色的公交车牌，始发站是花明村，经过湖山头、甸山头、东渔、断峇、垟坑、老傲前、垟岭，最后到繁江路。这差不多是绕了整个干江一圈（除了现在的南塘新区）。那我开着车子也沿着这个路线走，一路过来，房屋好差都有，人还是多的。甸山头村还有幼儿园和小学。幼儿园是民办的小叮当幼儿园，小学是公办的，还有六个班级，一个年级一个班。这是镇上唯一保留的村小，明年镇小新校区建好投入使用，甸山头小学也要合并过去了。

现在，湖山头村和花明村合并为双兴村，东渔村和断咅村合并为滨海村。沿着山脚一路过去，到断咅，可以一直开到海边的钉耙屿（我们习惯叫"钉耙嘴"），这个山角跟钉耙一样扎在海面。这是以前神仙落下的吧。父亲说断咅以前叫断腰。传说，以前有个神仙挑了山来填海，填到一半，碰见村里的一个阿婆。神仙问她："阿婆，你吃饭喜欢吃鱼虾，还是吃猪肉？"阿婆想了一会儿说："总还是吃鱼肉好呀。"神仙听了，点点头就走了，山就此断了一半。"你看看这山，别处都是从大到小一直延到海边，就它中间突然凹进去一大块，然后到大咅那边反凸出来，一直到钉耙嘴。"我看看的确是这样。父亲说得很真，似乎当初阿婆说了要吃猪肉，神仙便赋予他们肥沃的土地，他们便以种田、养猪为生了一般。

滨海村田地少，偏安在一角，村里办企业的人也不多，许多人还是以捕鱼为生。码头在垟坑塘外，进出都很方便。但是西沙门跨海大桥引桥要合龙了，之后他们的船就不能进出了，都要停在下栈台码头或者白马咅码头。如今的码头还堆满缆绳、冰盒，但是蓝白的大渔船一艘也没有，只有三五艘来钓鱼或者收紫菜的小木船还挂在码头。渔船走了，鱼肉可没走，现在的断咅谁家的饭桌上还缺鱼肉、猪肉？而且他们的米饭将更香，因为滨海村的海水稻研学中心快建好了。当初的神仙大约也没有料到沧海桑田，世事变迁会如此之快吧。

断咅背面是观音礁，上面有一间新中式民宿，面朝大海，隐身在好几棵百年老朴树下，院子里种满鲜花，清风入怀，潮声入耳，草木入眼，所谓诗与远方无非如此。

　　观音礁东边，是大岙角一块平坦的坡地，与北面的大岙山相对。三月来这里时，风很大，卷着浪一阵又一阵地冲刷着礁石，漫山的白茅在风里跟浪一样翻滚。这是以后的露营基地。隔了五个月再来，营地已经开始建设，只是工程还在入口处。进到山坡，白茅都已转青。风仍然很大，满山的荒草高低起伏。已有不少车子开了上来，搭起帐篷，喝茶、聊天，闹哄哄地喝酒。海浪就在脚下，发起一次又一次的进攻，黄浊的水扑向礁石，又被逼着退了回去。

　　是退潮，海水已退到礁石低处。礁石嶙峋起伏，犬牙交错，因地势高低，呈不同颜色。近岸的是红棕色的，越向下颜色越深，到了水里竟是青黑一片，不知是因为海水浸没更多的原因，还是浑身长满"雀嘴"之故。更令人惊奇的是，岸边一片棕色的岩石中间竟然夹了一条一米多宽的青石带，从水边一直连到山坡，与两边礁石的高低崎岖不同，它明显平整、缓和许多，像有人专门为了上山特意砌出的一条路。它太过刻意，叫人不得不怀疑它不是天然的，但它竟然就是天然的，大自然之鬼斧神工叫人惊叹。

　　靠东的礁石下有许多石块，大的如牛，小的如卵，也许加以千万时日，这里的礁石将被海浪撞击、分割成若干大石块，大石块又将被冲击分成无数小卵石，卵石又会被冲刷成沙砾，这里是炮台下红卵石滩前身的写照吧。可是正中的位置，又是"雀嘴"的天下，密密麻麻的"雀嘴"层层叠叠地包裹了礁石。西边，绵延向观音礁，礁石已被分割成两列，红棕的在外，自成一派，浅棕的在内，贴合山体，中间有些地方已经有了沟壑，有些地方还仅有裂缝，如同有些已经长成，正在脱离母体，有些尚在成长，还依偎着母亲。

海浪浮白堆出雪色，夕阳挂在山顶，余光洒向礁石，在沉默不动中，大岙角的礁石底下生命涌动。在犄角旯旮，小指甲大的馒头螺，大拇指指甲大的辣螺、寄居蟹，都悄悄地趴着，在细细碎碎的缝里，还有成千上万黑乎乎的海蟑螂四处乱爬。然后人来了，踩着礁石捉螺，敲"雀嘴"、牡蛎。再放点时间，让它们生长，然后又来捉、敲……在千万次斗转星移、潮涨潮落里，他们就这样相互依存着，自然滋养着生命，生命哺育着生命。

离开的时候，在草丛里发现了许多饮料瓶、竹签、塑料袋，看着怡然自得露营的人，只希望生命能善待自然。

八、最高的大岙山尖

向上走，石板台阶平整干净，树荫渐渐浓密，遮盖了路面。

路上飘了一些新落的树叶，树下积满了枯叶，看来这路是有人定期打扫清理的。再往里，树下就被茅草占据了，茅草乱蓬蓬地旺盛着，充满了"野气"。

走了几十个台阶，到了一处平缓的水泥路面上，两只石狮子镇守在另一段石板台阶路的两旁，不锈钢管做的简易扶手砌在左边——这才是大岙山真正的山脚。

石狮子多少呈现出一点只有经风雨侵蚀、岁月积淀才有的青苔色，可一看落成时间，不过十多年。不知道是不是静寂在山野，时间刻下的印记会更重一些。石狮子两边都倚了数根竹竿、木棍，是供去山上上香的老太太们用的，上山用，下山带下来，继续在路边放好，下次还能用。

台阶并不陡峭，但是两边的树却野气多了，不再是人们种植的行道树，因此都乱哄哄地探头向着路面。樟树、朴树、乌桕、松树为主，竟然还有一株杨梅树。葛藤、薜荔对着各种树缠枝爬干，蕨类则在树下四处抢占地盘。在台风中折断的树木，腐朽的内里成为虫蚁的家园。

一棵樟树被连根拔起，根桩虬龙一样匍匐在地，枝干断裂的地方如裸露的伤口已结了疤，枝叶枯黄，宣告了它的死亡。而在它边上，数株小樟树已有1米多高。在山野之地，最常见的莫过于万物的生死，一边生一边死，一边死一边又生，如此生生不息，让观者有了一种莫名的感动。

到了山腰，大约为了拓宽路面，人们砍掉了上方的枝蔓，草木就朝两边退缩了一些，只在自己的地盘张扬。

路旁还有一些小路，有行走的足迹，有石凳。究竟是以前的路仍在使用，还是村民自己开出的路一直有人行走，不得而知。但是路只要有人走着，就不至于淹没在荒草中。

走到近山顶的凹处，滨港工业城露了出来，满山的树木刚好围成一个盘，把整个工业城连同它背后的一排山都盛在里面，像海边人的一碗佐料丰盛的姜汤面。垫底的是那条伴路而行，汇入大海的河，亮得似油汪汪的面汤；河对面污水处理厂的巨大圆形污水处理池跟望潮一样；边上平顶的银白厂房跟带鱼般闪耀；远一点那些米黄的厂房一座一座排开，是一块一块姜汁鸡蛋；再远些还搭着铁架的房子是金针菇，是虾干；对面垟坑村灰色的民房就是肉片；民房背后的群山是碗沿放着的青菜。

再向上，到了山脊，视野蓦地开阔，整个干江尽收眼底。远处的漩门三期塘坝如一条重笔粗线，一下分开天海，为干江圈出一个边界。从远到近，边界里的是水，是土地，是在建的南塘新区，是河边搭了大棚的田地，是木杓头新村、炮台新村、盐盘工业区、桔场工业园区；是干江村、上礁门村，是公路，是间隔在各个新村中间裸露了泥土的水田和搭着大棚的田地，是两旁种满树木的乡道；最后是山下的工业城，是环绕着整个干江的小河，是滨海村整齐划一的新房和如房子一样的一排排塑料大棚；是工业城外的垟坑塘，是塘外的一片汪洋。南北的两排山，护着这一方平原，像是两座天然的大坝，山下的村庄繁荣，垟坑塘那头是垟坑、垟岭、老傲前、盐盘、梅岭；塘坝这头是大岙、断岙……一条塘坝就是一条纽带，把两边的山连在了一起，从此观彼，从彼观此，风景相似，况味却又有不同。

到了山顶，有一座陈旧的小庙，站在院子里可以看见整个观音礁的海湾曲折，礁石被海浪拍得沉默，草木在风中翻飞。"东临碣石，以观沧海。水何澹澹，山岛竦峙。……秋风萧瑟，洪波涌起。日月之行，若出其中；星汉灿烂，若出其里。"此时的大岙山亦如当年曹操所立的碣石吧，只有身临其境，才能深悟他当初写下此诗的心境，才能明白他"幸甚至哉，歌以咏志"的感叹吧。

九、绕了一个圈

从大岙山下来，开车可以进入滨港工业城，它有一条路和一条以前盐场的引水河，还有垟坑塘平行，走上几分钟就可以进入南北大道。南北大道把工业城分成左右两个区域，车子在工业城里穿梭，一条大道又衍生出锦海路、拥海路、珠海路、玉海路、丰江路、富江路等。从双友铜业公司边上还没有铺沥青的路穿过去，就到了垟坑村。

想起不久前，夜里八点多，开车从垟坑岭头下来，一路昏暗，下坡时突然眼前星光万点，如满天烟花炸开。真是难以想象30多年前，和小姨、表姐、妹妹从梅岭那里下来时，天上月光暗淡，山下漆黑如墨，人好像是从一团黑暗来到另一团黑暗，以致看到一盏昏黄的灯火，四个人激动得差不多都要抱头痛哭。

不管走南北大道还是原来的楚栈公路，都会到达南塘。一千多亩的晶科太阳能光伏园，已经落成使用的幼儿园和在建的中心小学、康复中心，已在规划蓝图上的干江冰雪世界……有多少东西是在这最近十年里从无到有，一步一步产生的？就像小屿门、垟坑塘最初的坝体，南塘边上的小水库，为了防台抗洪，老一代的干江人手挖、肩挑，一簸箕一簸箕地挖土，一块石头一块石头地垒。每经过一处，父亲都会说，这里我曾经来挖过塘泥，那里我挑过石子……有时跟着他，看他和朋友们聊着我并不熟悉的往事，那些名字里带着顺、富、福、财等字眼的老头们，仰着苍老的脸庞，回忆着自己的光辉岁月，自豪又满足。

　　车子从田间的水泥路进去，沿着河，在木麻黄林中穿梭，一边是搭满大棚的大地，一边是隔河可见的幼儿园、小学。一直走，就又回到了木杓头。

　　从山到海又回到山里，从农田到工业区又回到农田，干江29.96平方千米的风光都映在这一路上，干江镇几十年的发展都绘在这一个圈里。改革的春风吹起，吹暖了这一片山海，吹富了山海之间的大小村落。改革开放45年，台州撤地建市30年，"八八战略"实施20年……干江踩着每一个节点，让这片曾经贫瘠的山海，焕发了前所未有的生机。

　　幸甚至哉，生在这太平盛世。

山路十八弯

小时候，去外婆家就是一项浩大的工程。早上四五点钟，母亲就起来做饭蒸糕，准备在路上吃。

记得四岁那年的正月初四，父亲母亲要带我们去拜岁。母亲起得比往常更早，烧好饭，蒸好年糕，还做了麦糕，放到饭盒里，再用衣服包严实塞进袋子。父亲把一些细软垫到箩箕里。我和妹妹在睡梦中被拉起，套上衣服，拽到桌子旁，刚被胡乱塞了几口饭，父亲就说算了，等路上清醒了再吃。我们被放进两个箩箕里，四周围上一床小薄被，再一人怀里揣一个饭盒。我的应该是盛了米饭，裹了厚厚的布，热气仍隐隐往外渗，香气更是抑不住地透出来。

出门，天是一团灰浆糊，连颗星星也没有，坎上坎下的人家都还在梦中。父亲挑着我们走在前面，母亲单肩背了一个包裹，打着手电筒走在后面。妹妹似乎就没有清醒过，从坐进箩筐到出门都是歪着脑袋闭着眼睛，母亲在箩箕边沿又盖了一条枕巾，她就只露出一个头顶——似乎她也是一个饭盒。

我想撑着到外婆家，但父亲的扁担一晃起来，箩箩跟着一上一下起伏，我们就成了父亲割完稻子挑回家的谷子。长大厂岭子的路都还没走完，我就什么都不知道了。

等醒来，发现担子被放下了，自己的箩筐边沿也蒙了一条枕巾，只露出我仰着的脸。用手把枕巾拨开，抬眼，天阴沉沉的，四面的山也是阴沉的，树木在阴沉里变得阴森狰狞，风恻恻地呼啸，没有人影，没有鸟鸣，连野狗豺狼也不知躲在什么看不见的地方。只有一条像父亲解放鞋上解下的脏脏的鞋带一样的狭小小道在望不到边际的群山间蜿蜒盘绕。

妹妹已经醒了，在吃麦糕，母亲说快点吃，慢了就冷了。我怀里的饭盒已经被拿走放在路边的石头上，空了。父亲脱了不轻易脱的外套，露出里面浅棕色的旧毛衣，领子那里被母亲用卡其色的线补过，平时不喜欢被露出的痕迹，现在是眼里能看见的唯一的颜色，我一下子感觉到了一点安全的气息。母亲一边抱我出来，一边问父亲几点了，父亲看了一下手表说，“快八点了”。我问到哪里了，父亲说快到灵山头了。母亲让我走动几步，抓紧撒尿，然后飞快地把我塞回箩筐里，又往我手里塞了麦糕，对父亲说，“还是走吧，否则赶不上午饭”。

父亲把外套塞到我身后，挑起担子又继续走。我觉得穿着印满粉红色小碎花的罩衫的自己，像一瓣粉红色的小花瓣一样，飘落在山道上，刚想给周遭的灰蒙蒙带来一点颜色呢，一下子又被吹得无影无踪。

父亲说八点半了，但太阳还是杳无踪迹，只留下一个灰蒙蒙的罩子，又冷又硬。箩筐像汪洋里的一只木盆在风浪里颠簸，我一只手扒着箩沿，一只手用力抓着箩绳，尼龙绳子在手心里上上下下地滑动，绳上的毛刺磨得皮肤生疼。背后父亲的脚步急促，呼吸粗重，我没有回头，只是想象他一只手搭着扁担，一只手快速地前后摆动，带动着两只脚不断交替前行。远一些，是母亲细碎密集、近乎小跑的脚步，和她张着嘴大口吸气呼气的声音，我突然想走在后面的母亲也是害怕的吧，他们也想早一点走出这一片阴冷的山影。

可是拐了一个又一个弯，我们像在大大小小的波浪上起落沉浮，挣扎着似乎离岸近了一点了，又被一个更大的浪冲得更远。走得越久，越觉得自己如蚂蚁般细微，山群是无边的巨大，任我们怎么努力行走，都走不出这一片灰冷和孤寂。

在箩箩里久了，身体团成一团，感到寒冷从看不见的幽暗之处涌到箩箩里侵袭我，我心里充满恐惧却不敢出声，只希望父亲的脚步能再大些，再快些。

许多年过去了，即使后来又走了许多次，也见过路上柴爿花的红、桃花的粉、梨花的白，可是记忆却定格在这一日的灰暗和阴冷上，还有那绵绵不绝的山湾。第一次听到那首《山路十八弯》时，我都不相信世界上还有比我们从栈头到楚门更弯曲的道路。幸而，父亲的小箩箩像安全的小舟，在摇晃中，使人觉得家里四个人在一起就是一股巨大的力量，让人安心。

等我再次睁开眼，母亲说"就到塘厂了，你们自己下来走走，让阿爸歇一歇"。终于看到人家了，母亲把包裹放到箩箩里，牵着我和妹妹的手慢慢走。天虽然还像没揭开盖子似的，但路边上人家的门开着。父亲缓了口气，跟在后面。从塘厂走到花岩浦，才一里多路，但父亲嫌慢了，又想让我和妹妹坐回簟箩，挑着走。从马头山绕到庄头，再到龙攻门，都是平坦的路，但从沙罗岙山头上去就陡了，我们拽着母亲的手慢慢攀爬。天空终于大方一回，放出了太阳，让我们在再次兜转的山路里感受到了一点暖意。

山头的水井边有女人在洗刷碗筷，看见父亲母亲就打招呼，"拜岁呢，午饭要赶不上了。"母亲笑着说："赶晚午饭啊。"

到了这里，我们才呼了一口气。父亲由着我们跌跌撞撞、慢慢吞吞地走，但母亲鼓励我们："外婆烧好午饭了，我们翻过沙罗岙山头就是山后浦了，要加油啊。"阳光似乎就是为了这最后的冲击准备的力道，于是四个人都憋足了劲地走，走得大汗淋漓，走到山顶，山下外婆家的两层小楼就在眼底了。走下山的路，脚步顿时轻快无比。

这一路从长大厂岭头下来，走过平坦的桔场村、干江村，到老傲前，再到盐盘、梅岭，开始爬岭到灵山头、大岙里、密溪、外山，到山下的塘厂、花岩浦，过马头山、庄头、龙攻门，爬沙罗岙下去，最后下去才是山后浦了。晌午的阳光似乎驱散了原先的阴冷，可那条在山间穿来绕去的路却长在了脑子里。

回去父亲带我们坐三卡到大坝再转到塘厂，走路到梅岙，从梅岙回去沿路的人家多一些。后来庄头到龙攻门通了路，就不用再绕马头山，之后龙攻门又开了隧道，也不用翻沙罗岙了，路就慢慢缩短了。

小学三年级的五一假期，已经下午两三点钟了，小姨说早一天送我们回家，骑着24寸的飞鸽牌女式自行车，带着表姐、我和妹妹来了一场说走就走的旅行。

小姨先载表姐一段，把她放下，骑回来载上我们姐俩和表姐会合，再送表姐一段，再回来，再会合。在龙攻门到庄头的斜坡上，小姨大胆地说要"三重车"，让我们三个紧紧抱着坐在车后座上，然后骑下去。结果速度太快，坐最后的表姐向后仰了一下，把坐中间的我一起带翻在地，直接滚下坡了。幸亏是泥路，表姐手背、手臂被蹭破了一点皮，我厉害一些，腰背上被蹭了一大片，毛衣都破了，所幸只有一处巴掌大的地方有些血丝，并无大碍。小姨不敢再"三重车"，还是按老办法走，尽管如此，我们觉得似乎也挺快的。

当时的路已经修宽了许多。小姨说以前能把拖拉机从楚门开到干江的，就算不识字都给发驾照，二舅的驾照就是这么来的。二舅说在山里转来转去，拐弯的时候常是半个轮子挂在山坎上，一不小心车子就会翻下山崖，但是路造好了一两年，似乎也没听说有车子翻下去，可能都是厉害的人。

小姨推车上坡，说到山上有平路就骑。可是到了山里，阳光就被遮挡了，表姐说四五点了，天开始暗了，我们要在天黑前走到。我觉得表姐在给自己打气。进了山，山太高、太深，把太阳挡在了外头。

小姨也不提轮流接送着走了，大约也觉着谁也不敢一个人待在一个地方，只是推着车拼命快走。妹妹小一些，不时嚷着走不动，于是就让她坐在车后座上，由小姨推着，偶尔缓缓骑一下。快了，表姐和我都要叫，下意识里都是害怕的。

在大岙还是什么地方，小姨说我们已经走了一大半了。这话刚鼓舞了一下我们的士气，车子却在转弯时擦到一个中年男子，差点翻了。他恶狠狠地骂了一句"没眼啊"，小姨回了一句"你才没眼呢"，就骑过去了。我和表姐跟在后面小跑，以为事情就完了，往前继续走。听见身后石头落地的声音，吓了一跳，回头张望，原来那男子就站在我们刚才差点碰撞的地方，扔石头。石头是绝对扔不到这边的，弹落到山坳处，"嗒"一声响，加上回声，就显得分外阴森森。还好我们四个人正在起劲地说着回家后，我母亲会是如何的惊喜，没有特别留意到。

见我们回头，那男子恶作剧得逞似的狂笑，开始骂下流话。小姨火了，停了车，叉着腰开始回骂，表姐也跟着骂，我和妹妹不太会骂人，就学表姐的话骂。男子有点招架不住，又开始扔石头。对面的路像是灰白的石壁被从中砍了深深的一刀，砍下的碎石就铺了路面和整个坡面，穿黑衣的男子，像一只大猴子一样上蹿下跳，从路上捡起石头扔，石头落地，发出"嗒嗒"的瘆人的响声。我们这边的山则是黑色的土坡，是泥路，没有多少石头可以回击，于是就骂，使劲地骂，似乎四个人在一起就比一个人的力量大。

对峙了不知道多久，那边又来了三个人，似是一家三口，和男子像是认识的。那男子停了动作和他们打招呼，我们赶紧走，但同仇敌忾的勇气还在，剩下的路，我们似乎走得特别快。走到垟坑岭头，望见山下老傲前人家的灯火，才发现天已经暗了。小姨又大骂那个男人耽误了我们的时间，可是表姐、我和妹妹三个人已经饿到没力气接话了。表姐拿出身上最后的一个六角酥，分成四份，边吃边说，"你妈肯定在家里做了好吃的"。一说，四个人的肚子都咕噜了一下，小姨说"走快点就有得吃了"。

下了垟坑岭后都是平路，在有人家的地方，小姨就骑车子轮流接送，不敢隔太远，都在看得见的范围。盐盘过了，干江过了，橘场过了，四边的田野托着黑夜，远处的灯火像萤火虫一样闪亮。忘了害怕，忘了饥饿，我们变成了四只小小的萤火虫向着光亮奔去。

终于到了高墙头、长大厂岭脚，看到熟悉的人家屋里亮着的灯光，我们简直快哭了。我从没想到这户人家昏黄的灯光会让人感到如此亲切温暖，立刻有一股热流从心底涌出，散向全身，自己的肚子似乎饱了一下，气力从软绵绵的双脚生出。我们从院墙外黑黢黢的树影里走过，屋里传出的平时令人讨厌的凶恶的狗叫声，此时也让人心生感激。我们都松了一口气，有一种如释重负的感觉。

小姨使劲推着车子上了卵石路，说万里长征最后一步了，我们三个欢呼了一声，似乎热腾腾的饭菜就在眼前。

等到家敲门，母亲在开门的一刹那被吓了一大跳："八九点钟了，怎么回来的？"听了我们吵架的英雄事迹，她更是怕得直拍胸口骂小姨没分寸，"荒山野岭，一个大男人想要把一个姑娘和三个小孩怎么样，你们还有命？"听她这么一说我们才有点后怕。

那一刻，我忍不住有点埋怨母亲，为什么嫁这么远。

到小学毕业那年，父亲说以后可以坐车去外婆家了，海边的公路在造了。可路造好后他们也一直没带我们坐过。一个周末，他们去楚门了，我和妹妹在家想象那条公路的绵延和快捷，最后一合计，自己走路去外婆家，收拾了自己的衣服，又给母亲带了一件毛衣，再给出门一个借口：天要冷了，我们要给母亲送衣服，然后就顶着明晃晃的太阳，一人背着一个布袋子出门了。妹妹有些害怕地问："知道怎么走吗?"我不敢说自己也不知道，只说"阿爸说只要沿着海边的大路就是了"。出门我看了一下家里的钟，九点三十分，算了一下，觉得下午两三点钟肯定会到，都在白天，那就没有什么好怕的。两个人没有一分钱，也不知道要带点水和吃的，就锁门上路了。

下岭绕过桔场和干江，到盐盘，到梅岙，我看到往日上岭的地方有一条土黄色的大道沿着山脚铺开，便毫不犹豫地走上去，走到头是海。海和山贴在一起，中间就是那条路，我按捺住激动和不安，催着妹妹快走。公路顺应着山的起伏弯曲着，我想有几个弯就有几座山吧，抬头看看山顶，大概以前的山路是因为夹在几座山里才这么曲折。

没有手表，不知道时间，只能通过太阳的高度，估摸着时间。累了，就一屁股坐在路边的石头上，坐够了，就继续走。黄色的路面，被太阳照得敞亮，看到心安定了，似乎大路摊在阳光下就是安全可靠的。也不知道走到了哪里，心里就一个念头，走下去就对了。走到梅岙路口，终于是熟悉的地方了，这就是公路啊，我算了一下才五六个大弯呢。

妹妹叫饿，我说我们先到龙岩四姨家吃饭。从梅岙过法山头，到塘厂，在花岩浦隧道右拐，到陈岙里，再找到四姨家已经12点多了。四姨不在，她的小姑子煮了两大碗的面条，我客气着说吃不完，"吃不完，要夹掉一点"，结果连口汤都没剩。

吃了面，从马头山出来，到庄头，过龙攻门，从龙攻门隧道左拐，沿山脚走不多远就是外婆家了。到了发现母亲又回去了，扑了个空。在外婆家待到三四点钟，父亲和母亲才从家里赶了过来。

等到我上了初中，公交车走走停停，一趟三四十分钟就够了。我家也从山上搬到了山下，公路就从家门口经过，直接连到了栈台码头。我的政治老师说，如果路早点修到栈台，乡镇合并时，镇政府就可能设在栈台了。当时渔业发达，栈台的经济比纯农业的干江乡要好，但是没有路没有办法，要想富就必须先修路。

我第一次坐上公交车去楚门时，吐得一塌糊涂。后来读高中了，来来去去坐了几年才不晕车。每趟来回都能看到路边在盖房子，三四层的钢筋水泥的楼房。

村里的厂子多了起来，好多人家开始买车，先是拖拉机、皮卡，后来基本是轿车，原来的沿海公路也从黄泥路面变成了水泥路面。路上各式各样的车子越发多了，逢年过节还要堵车。

一晃十多年，如果不是一首《山路十八弯》在电视上唱起来，我几乎都要忘记儿时那个阴冷的早晨和那条羊肠似的小道了。又一个十年过去，我的车子也跑在公路上，速度的快慢掌握在自己手里。

"村村通"工程后，车子可以到达原来每个被山峰阻挡了的村子。2018年的国庆，我开着车子，带着孩子，从密溪村、山里村绕了一大圈地玩。回来时车子停在垟坑岭头的一处平台上，孩子在路边的亭子里，我爬上边上的悬崖远眺，突然看到隔壁的山腰露出一条两三米宽的山道，山道两旁的杂草正向中间侵袭，中央只剩一溜的石子，虽然还在"坚持"，但被草色掩埋也是迟早的事情。似曾相识的地方，我脑中电光一闪，那是小时候许多村民走过的道路啊——那十八弯的山路又在我的脑海中涌现。我惊喜地喊了出来，告诉孩子们，可孩子们一脸茫然地看着我，不明白这样一条无人行走的路有什么值得惊奇。

我有些怅然，随即又转为欣喜，山路十八弯的时代已经结束了，以前用脚丈量山路的记忆，恍如隔世。

过　海

小时候，去楚门或者从楚门回来，除了走那条崎岖的山路，就是从大坝坐船到栈台码头，船票好像是一两毛钱吧。

我们很少坐船，因为走山路是免费的，但偶尔遇见急事或者时间晚了走山路不大心安，还是会花上几毛钱坐一坐的。

坐船必须到大坝，大坝是一个枢纽，连着楚门、芦浦、县城和干江栈台。我 5 岁的时候，有一次回家已经下午了，母亲说怕是天黑前到不了家。于是我们没有走山路，而是沿着小龙王村外的公路走到了大坝，然后买了船票坐航船。

大坝上有一家饭店，有一家嵌糕店，店面的木板油腻腻、脏兮兮的，像抹了一层泥，但饭菜很香。大人们站在码头上边等船边闲谈，说饭店的猪脚是有名的，嵌糕店的炒面也是有名的，似乎他们都吃过，包括父亲、母亲，唯独我和妹妹没有。可惜错过了饭点，否则我定能闻着这些香味。

码头边上摆了许多卖海鲜的小摊子，卖虾皮、紫菜的也有。许多人在这里上船下船，不管买不买，多少都有人会停下来询问，一般十个人里总有四五个会买吧。盯着他们，我就想等长大了我要到饭店里吃他们说的有名的猪脚，到嵌糕店吃一大筒嵌糕，叫老板多放一些炒面。

下午一点多钟，船上有人开始吆喝着上船。船舷上的蓝色油漆脱落了不少，勉强粘着的地方也是有一搭没一搭，很漫不经心的样子，整个船舷看上去仿佛是木头被蓝漆弄脏了。船身的红漆褪了许多，被浸泡出了海水一样的颜色，我们踏着一块一尺来宽的旧木板，颤巍巍地走上去。木板上钉了好几根木条，把木板隔成简易的梯子，一头搭在船头，一头搭在码头，水涌动一下，船就带着木板移动一下。我盯着它不敢上去，怕船晃动得厉害，人一不小心带着木板就一头栽入海里。海水浑浊肮脏，像一块在泥浆里泡烂的旧抹布。我瞄一眼船板，又瞟一眼海水，恍惚里，它们浑然一体，木板仿佛就是从下面海水里捞出来被晒干的"海水块"。

母亲牵着我的手送我到木板上，我站着犹豫着要不要迈步，父亲在后面催快点，也不知是他还是母亲推了一下我的背，我就觉得自己的脚动了一下，眼里没了海水，没了船，只剩一块沾满泥巴的木板。脚在木板中间才走了两步，我就被一双手抓着右胳膊拎上去了，还懵着呢，脚就落在船板上了。想看一下是谁，后面的人似乎早已等得不耐烦，一个接一个地把脚放进我的目光里。最后一双穿着草鞋、满是青筋的脚上来时，船突然就动身了，上来的人们沿着船舷排开站着，我也站着。

船在海天间慢悠悠地移动，人们说话的声音、机器轰鸣的声音，飘在淡淡的风里，回落到海上似乎就低沉下去了。

　　天是灰白的，海是灰黄的，远处的山是灰黑的，天地、海如黑白影片在眼前播放。我默不作声，似乎船可以一直这样走下去，没有尽头。

　　可是行到某处，船却开始倾斜，一点点向右边倒去。我的心提到嗓子眼上，抬眼看大人们，包括父亲和母亲，似乎他们没有一个留意到。我不明白发生了什么，很想大声说"船斜了"，但又怕万一事情就是这样的，人们会笑话。眼看着船越来越斜了，他们还没有任何反应，我就悄悄地从右边移到左边，希望能把船压回去一点，可是船并没有平衡回来，但也没有再向一边倾斜，我以为是自己起了作用。可是边上突然有人"扑哧"地笑了起来，"这小孩以为船斜了，她能压回来"。

　　我的脸"唰"地红了，当作没听见，假装自己只是从一边走到另一边看风景，站了一会儿，又努力装作自然地走到中间，贴着船舱板慢慢蹲下。另一个说"不是吧，她又走回去了"。但我终是没有走回右边，顿了一会儿，船竟然又一点点平衡回来了，我长舒一口气，觉得危险终于过去了，站起来走到右边，这时船也没有倾斜。父亲似乎明白了我刚才的担忧，说到这里就会这样，开过去，水深了就稳了。我点点头，没有作声，心想幸亏刚才没说出来。

　　在船上，看着我认识的岛屿一个接一个地从远处来到眼前，心想坐船比走路好多了，又快，人又多。到了码头，还要从栈台走回家，翻好几座山岭，紧走慢走也要一个钟头差不多，但是这路终归不是荒山野岭，早些晚些路上都是有人的。

　　我出门的次数少之又少，坐航船也仅此一回。后来，在小学三年级时，父亲又说带我坐船回家，我就想这一次船如果倾斜了，我再也不会走到另一边去。结果到了码头没有航船，坐的是堂叔们的渔船。这船在一排渔船中显不出什么，但和航船一比，就显得小得可怜，像黄浊泥水中的一大块黄泥巴。

上船连木跳板也没有，大人们一迈脚就上去了。母亲有些紧张，堂叔在船头拉了她一把，轮到我，还没抬脚，二堂叔和三堂叔一边一个，拎着我的两只胳膊就把我提上去了。

在船上一站，就觉得这船比航船晃多了，似乎有一只大手在船底推来推去。柴油味毫不掩饰地在船板上飘着，船尾放了一些箩筐，鱼腥气跟在柴油味后面压阵似的冲入鼻腔，我忍不住捏了捏鼻子。而二堂叔说渔船就这样，到了海上，风一吹，味道就没了。

我不吱声，尽量站在船头远离那些气味。船毫无预兆地发出一阵猛烈的"突突"声，开始在一排渔船中挤出去。船舱边上冒出一股黑烟，把柴油的气味扩散了十倍百倍，我觉得旁边船上的人也要被熏死了，可他们跟似乎没闻着一样。我们的船一驶离码头，原来的位置立刻被隔壁的船填上，就像浪被劈开又合了回来一样。

出了"老鹰嘴"，风似乎被从什么地方放出来了，吹在脸上一阵阵冰凉，把难闻的气味都从鼻孔里抽走了，人清爽了许多。父亲和堂叔们聊天抽烟，烟雾从猩红闪亮的烟头刚冒出来，就散得无影无踪。

大坝越来越远，码头那些排着的船，像过家家时折的小纸船一样，但我仍能看到它们在浪里左摆右摇。我感到自己也在摇摆，船底的一只大手，正在变成几百只大手，通过扯动船来扯动我的双脚双腿，我的躯体来回摇晃。我努力张大眼睛瞪着船板看，没有倾斜，起伏好像也并不明显，可为什么我觉得自己的脑袋也在晃动呢？

我看向远方，远方的浊水和灰暗的天空混在一处，在视线里翻动，船像一颗大珠子在被风吹得起起伏伏的帆布上滚动。转头看山，山也不见得稳固，在风浪中和船忽近忽远。摇晃从脚趾、大脑两端向中间推进，忽快忽慢、忽酥忽软，最后糅合到胃里，就像被大风裹着的浪涌到了胃里。我想说难受，嘴巴一张，如大坝决堤，浊浪浑水就喷了出来。

二堂叔说："哟，吐了，今天的风浪不大的呀。"三堂叔说："哎呀哎呀，午饭白吃了，全都钓黄鱼了。"我很想反驳二堂叔，风浪还不大吗？又想问三堂叔钓黄鱼是什么意思，可是问不了，嘴巴只顾着"哇啦哇啦"地吐。

父亲说："小船小孩没乘惯，坐航船她不吐。"母亲在边上拍着我的背，没几分钟她也"呕——"。父亲赶紧把她从我身边拉开。

吐了一阵，好了一些，父亲问我要不要去船舱，躺着会好些。他把我牵到舱门边，我看到里面铺着一张发黑的草席，一床看不出颜色的被子堆在一角。人还没进去，柴油味、鱼腥味、汗馊味交织在一起，如一条大蛇般冲了出来，我马上扭头趴在船舷上，又狂吐。黄黄白白的东西，来不及看就被风吹落到海里，眼泪、鼻涕来不及擦就被风吹得糊上了自己的脸。我不由想，我到底吃了什么东西，吐出来的怎么比柴油味还难闻？明明吃的时候是香喷喷的，怎么到了肚子里后吐出来就这样恶心了？努力想闭住嘴巴，把涌上来的东西咽回去，可刚咽回一丁点，就会反噬似的吐出一大堆，最后干脆放弃了挣扎，有多少就吐多少。一会儿，身后母亲"哇呕"的声音也接着响了起来。父亲叫母亲去仓里躺着。母亲进去了，我不知道母亲竟能忍受那样的气味，想一想胃都抽搐，就差把胃反过来大清洗了。

父亲没法，只好抱着我坐在船头，捂着我的眼让我睡觉。堂叔们在边上像看小猴子一样看我，他们大概是很多年没有见过坐渔船吐成这样的人了。

昏昏沉沉地也不知过了多久，偶尔觉察船晃得厉害了，仍忍不住挣扎着起来吐一下，吐的什么也不晓得，反正胃空空的，嘴巴难受，鼻子里也被什么堵住了，吐点口水也好受一些。

终于到了皮岩头码头，母亲已经恢复如常了，而我的脚还软着。父亲和堂叔，像提一篮子海鲜一样，提着我下船。双脚着了地，地像一片波涛似的起伏，父亲搀着我的胳膊走了好长一段路，问我能不能自己走了。我的脑子已经清醒了大半，可手脚还是稀里糊涂的，脚踩下去，像路上全是坑似的，一脚深一脚浅，我又不好意思说，就点点头说还行。

从皮岩头上岭到了前山的小店门口，母亲说"岭爬完了，接下来路平了，我们歇一下"，说着拉住我。一站，我又有了回到船上的感觉，两只脚忽高忽低，身体开始一边倒去，倒了一点，觉得不对，用力停住，结果又倒向另一边。母亲诧异："你怎么了？"

"哇"，我又一口吐了出来，真的是把胃的老底都翻了个底朝天。已经没东西了，吐的就是苦胆水，一口吐出来，嘴巴又苦又涩，想再呕一点，又没有了，胃只一个劲地抽搐，肚皮也抽筋了。

在船上脑袋里是稀里糊涂的，感觉会迟钝一些，现在差不多清醒了，口舌、牙齿之间的馊味在弥漫，冲击着鼻子，呕吐时呛到鼻孔里的食物残粒，梗在鼻腔，擤不出来，也吸不回去。吸回的鼻涕里，又混了呕吐的残渣，酸涩异常，就像把自己的呕吐物又吞了回去，又一阵歇斯底里的肠胃大抄家，"哇哇"地吐个没完。喉咙像被火烧一般疼，人都站不直了，弯着腰捂着肚子，眼泪鼻涕几乎都倒流了。

小店门口的众人叫母亲大力拍我的背，可她下不了手，怕用力会把我震坏了。小店的人说："我给你一点水，漱漱口会好一点。"母亲去拿水，父亲叫我把腰直一点起来，我勉强地直起身子。父亲突然大力拍了我一下。"咳——咳——"，一阵狂咳，把喉咙里粘着的东西给咳了出来，喉咙似乎清爽了一点，但鼻子里的东西还在，于是拼命拧鼻子，擤鼻涕，按住一个鼻孔，使劲喷气，再喷气，喷鼻涕。"呼——"，把里面的东西喷了出来，又去喷另一只……喷得两眼发黑，鼻涕沿着嘴唇、下巴往下流，也顾不得讲究，抬起手臂，左一下右一下地乱摸。

鼻子清空了，舒服了许多，接了水，漱了漱口，心落回肚，胃回到原位，肠子也不纠结了，腿脚终于感受到了大地的沉稳，嘴巴一扁，不由滴出了几滴眼泪。父亲长舒一口气说："好了好了，这么差劲。下船多长时间了？路都走了十八里，竟然还吐，也少见了。"边上的人都笑了起来，母亲递给我一块薄荷糖含在嘴里，终于魂魄真正归位了。

父亲说这样的过海还是小意思了，以前大坝没有筑好，漩门湾都是漩涡，人坐船过海，船都是沿着漩涡边缘过去的。船老大要拼命摇才能保持船的平衡，差一分一厘就要掉入漩涡没命了，哪还有人敢吐。我想象了一下，觉得换作自己肯定没命了，忍不住吐一口气说："幸亏现在筑了大坝。"想了一下又说："那以后会不会也从大坝造一座桥到我们这里呢？"父亲说："说不定会呢！"

几年后，桥没有造起来，楚门到栈台的公路却通了，我们回家再也没有从大坝坐船，航船没有，渔船更没有。航船什么时候消失的，也无从记忆。猜测是在漩门二期结束，三期围垦工程开始的那一段时间吧！大坝的码头取消了，渔船也不见了踪影。再后来大坝外面也被围了一层坝，原来的漩门湾海面渐渐变成了泥塘，长满了草。一根一根的水泥桩，从小山外和"老鹰嘴"两边开始相对着被打下，像一个巨人，迈着大步，稳打稳扎地过海。

2008年，漩门湾上的第一座大桥建成，大坝之外，我们多了一条来往县城的路。大坝的码头、航船、渔船早没了，饭店和嵌糕摊还在，但是生意冷淡了许多。大坝已不再是人们往返楚门、栈台或县城的交通中心了，外地的人回来几乎都可以不必经过它。不久饭店搬到了省道边，大坝就当了一阵子鱼贩们的临时聚集点，不久又变成了一个临时的菜市场。

算起来我也有好些年没有从大坝路过了，2019年11月的一个夜晚，我在县城参加完一个活动，开车回干江母亲家。天黑我开错了路，没能上高架，反倒开到了大坝。在昏暗不明的夜色中，瞥见坝旁早有耳闻的"月亮桥"已具雏形，它建成之日，大坝将被炸毁，最后留在历史深处，留在几代人的记忆里。

开车到大坝以前开饭店的地方，我停下车子后默默地寻找了一番，隐约记得当年的码头应该就在现在的变电器后面。可是我已经30年没有踏足了，从前坐船的记忆浮现在眼前，真切又模糊。又想起最近一次坐船过海也是在2017年的5月了，是陪母亲坐渡轮去温州看病，2018年10月乐清湾大桥就通车了，到2019年运行了16年的轮渡也停运了。大坝在不久的将来也将消失在人们的视野里。40多年时间里，时代的发展覆盖在玉环人出行的方式上。

回头看看大坝，熟悉又陌生，想到以后某日回来，可能它就不复存在了，心里不免有些怅然。它边上的白色"月环"在夜空中像高矗入天的雕塑，更像开启了另一个时代的里程碑，让人从心底涌出无限豪情。

跨越山海

一

《山路十八弯》大概写于2019年，那时南北大道还在规划图上，西沙门大桥也还在畅想中。出入干江的仍只有那么一条叫"楚栈线"的沿海公路。当然，确切地说，还有一条盘山的公路，从龙溪乡的密溪村、山里村盘绕到垟岭，再下来到垟坑，也算是一条接通干江与外界的通道。

在它们之前，干江的先人们用了一二百年的时间，披荆斩棘，开山凿路，把路通到了村落，又在贩卖鱼货常走的山路上嵌了卵石，在连接上、下栈头，炮台村，白马峦村，上、下礁门的主干道上，在梅岭山上都留下了一条古商道。可惜现在村庄正在开发建设，这些只适合人脚力上下、骡马上下的商道已无法适用于汽车行驶，有些被直接铺成了水泥路、柏油路，有些被重新修整成了开阔易行的石板路，只有上礁门长大厂那里还留了一段，见证着干江人跨山出行的历史。

据说干江最早的居民是从海上迁徙来的，原是福建那边的渔民。他们来到这里，渐渐扎根、开枝、散叶，形成许多"X（姓）家里"，比如陈家里、郭家里、谢家里等，仅从地名中就能感受到一个家族的历史脉络。

他们从海上来，却又走不出海，三面的茫茫大海无疑也封住了人们外出的脚步——海是起源，也是禁锢。

1992年楚栈公路通线时，算是打破了海的束缚，汽车可以代替船只把人们送到远方。这条路在以后的30年时间里成了干江人出入的命脉，奔跑其上的从最初的拖拉机、公交车、自行车到三轮车、电瓶车、小卡车，再到小汽车、大卡车，路面从黄泥变成水泥。可是除此之外，它本身却再无改变，一直就那么宽，来往两个车道，车子相会，边上多一辆电瓶车都是危险。时不时地堵车，一堵，几千米，几个小时。它像一个老人，着装变了，思想还停留在时光深处，最后终于难以承载绵绵不断的轿车、卡车，变成了另一个枷锁。

漩门三期工程完成时，一座大坝从下礁门的小屿门一直筑到了坎门解放塘。这条坝可以开汽车，于是去玉环城里的人们，都选择了这条路。没有红灯、绿灯，只有坝外广阔的海，坝内的一顷碧波和点点帆影——坝内的大湖是省帆板训练基地。

记得十多年前，第一次开车上坝，导航显示的是车子正在海面漂流，我们全家尤其是父亲的欢喜与惊奇是掩盖不住的。这个出不了远海但无数次坐船往返楚门、干江的渔民，用另一种方式跨越了大海。他扒着车窗，看着远处的龙溪、漩门大坝、漩门三期、坎门，惊叹不已。他说七八十年代，自己参加修筑小屿门塘坝时，可没想着现在还能从这里到坎门去。

来往坝上，看着漩门三期的土地上一点点地耸起了高楼，密集的厂房，像贴在山边，浮在水面的海市蜃楼一般，从模糊到清晰，在日光下似笼有迷雾，在月光下似彩灯明珠缀襟一般闪耀成片。尤其是黄昏时，落日在前，车子追着光缓缓前行，风从车窗灌进来，有身处海畔的腥气，又有远处城市的呼唤。草木在光中变成淡了颜色的剪影，一摇一曳都是丰姿美景。星夜，停车在闸门边的空地上，星空辽阔，大海如夜，装置了灯的洋屿岛、鸡山岛像接了满天的星在人间，海浪摇动它们，也摇动了身后更加纷繁的人间烟火。坐下是随手入怀的诗情，起身就带走满眼的星辰大海。

这条坝带着干江人跨越了海，也造出了一番美景。但它也只能带我们去坎门，去城关，并不能带干江人走得更远，更宽。

二

2020年，干江的一个路口突然有了一个移动红绿灯，它似乎突然就出现在那里，杵在了干江人唯一的公路上，只闪着黄灯，却足够让人们心神为之一晃了。像一个预告，告诉人们将有什么事情发生。通了30来年的无红绿灯的公路冒出这玩意儿，是要搞哪样？人们有些惊讶，但是很快也就熟视无睹了。世界变得太快，他们习惯快速接受而不是一探究竟。人们继续行走在竖穿镇子的楚栈公路上，却不知一条横贯镇子的公路在红绿灯的另外两端开始建造，它将与楚栈公路汇成一个巨大的"十"字，重

大道

新铺开干江的交通网。

这条路叫南北大道，我忽略了它。在我对干江的地理认知里，根深蒂固地以为北就是垟坑到梅岭的一排山，南就是大峃到木杓头的一排山。因此在我第一次听说时，在我独自在村庄闲逛时，我都在寻找这条大道的轨道，却每次都不着痕迹。甚至父亲站在上礁门的广场上，指着垟坑塘的方向划出一条横线时，我都以为从垟坑塘到南塘是一条与楚栈公路并行的公路，它是一条东西大道。所以我认真倾听人们的畅想，努力想象它的模样，却从没摸到边。也许我是已经知道了，只是心里仍给它定义为东西大道，仍觉得它横贯的是干江镇的东西方向。现在想来，钻了牛角尖，真是难以拔出啊。最后，是这盏放在路口的红绿灯让我明白，这条路就是南北大道，它与楚栈线呈十字交叉。

这条大道，从2018年就开始建设，立项选址，土地预审，资金证明，可行性报告，前期土地农转用手续，等等，许多努力在人们看不见的地方早已开始。

这条大道，起于南塘，接S226玉环市龙溪至坎门段改建工程的干江连接线终点，终点位于滨港工业城，途经干江南塘、梅岭村、灵山头村、梅岙村、盐盘村、建成区、老傲前村、垟坑村、白马岙村、甸山头村、滨海工业城，全长5.436千米，道宽42米，设计车速50千米/小时。这是资料上的说法，于我而言，非常简单，它就是连接了南塘和垟坑塘——我接受它叫南北大道了。

干江南北两侧平行铺展，东北、西南走向的两道山是它的屏障，夹在中间的是干江平原，东北是海，西南也是海。东北的垟坑塘拦住海，西南是南塘，两条坝许多年里遥遥相望，互不干扰，现在一条南北大道把它们串在了一起，好像两个横中间写了一竖，从"二"字变成了"工"字。

这一竖是被干江人郑重、慎重又珍重地推着向下写的。从2019年底，从挖下第一铲土开始，它就被穿过的那么多村子的村民们盯着，被涉及的那么多企业盼着。

它贯穿整个镇子的中心，也成了干江人眼中的重心。2022年7月，3号桥99块梁板全部安装完毕，意味着工程已进入尾声。主路开始进入路面沥青铺装、标志标线的画制等收尾工作。主路周边的绿化、隔离带、人行道、非机动车道，以及连接村庄、社区的小路都在加紧施工。

我忘了是什么时候，开车有点走神，跟着前面的车子从盐盘工业区的水泥路开进去，开到尽头，是一条开阔的路，还没有铺沥青，但是已有好些车子跑在上面。拐弯后，原来东南机械有限公司边上封闭路口的障碍物都已经撤走，红绿灯已经不止黄灯了，它显示出"红灯停、绿灯行"的信号，对面也有红绿灯，我马上反应过来：南北大道的雏形已成，干江人已迫不及待地跑在上面了。

隔了几个月再回来，同样的路上，入口却摆了几块大石头，路面已铺了一层沥青。摆上石头，大约是道路尚未最后完工，怕车子开上去，影响下一步施工吧。12月，听说最后的沥青面层完成摊铺，南北大道主干道全面完工。

2023年元旦，我回家时，在南塘海水稻基地边上竟然发现了一条水泥岔路，纵向穿过晶科太阳能光伏园，我心中好奇它通向哪里。看到前面的车子都拐上去了，我想也没想就跟着拐，走到底，发现是一条六车道的路，不用说这就是南北大道。但是，这条大道只通了一半就与一条水泥路呈90度角相接。沥青也只铺到水泥路前面的位置，而剩下的车要横穿太阳能光伏园，才能通向犁头嘴。

道路未完工，丝毫挡不住干江人的热情，沥青没铺完人们的车子就跑上去了，现在更是基本走这边，楚栈线从梅岭到盐盘这一段路算是减压了，后来连许多卡车也从这里过。水泥路拐上南北大道，右边就是新建的幼儿园、小学、康复中心，工程车可以直接开到工地。左边是南塘新区，一色的新中式小洋楼。从目前尚未启动的干江冰雪世界项目地块过去就是盐盘工业区，再过几个红绿灯，可直达滨港工业城，这条大道路程短，路面宽，而且人们还不用因为经过村民的房子而频频停车。

到滨港工业园区去，更发现南北大道不只是一条主路，它是主干，由它派生的是整个工业园区的道路支线，是交通网。在工业园里，看到好几个路牌，以南北大道为主干，周边有丰江路、丽江路、锦海路、拥海路、珠海路、玉海路，以迎海路为主干的，边上是拥海路、锦海路、南北大道、丰江路、富江路、环岛快速路。以我极差的方位感，我是分不出哪条是哪条的，只能开着车子乱走，从这条路进去，从那条路出来。大部分路都已修好，画了标志标线，还有个别的路，路基造好了，沥青没有铺上，但它四通八达，颇有条条马路通罗马的意思。

三

南北大道一开通，从垟坑塘到南塘就只有几分钟路程了。如夜晚站在炮台岗头，南北大道就跟一条缀着夜明珠的玉带一样把干江的灯光分成两半，又把干江所有的灯光连缀成一幅璀璨的绣图。

干江人是满意的，但又有点不满意。怎么说呢？镇子里面的路是通达分明了，但是出干江、回干江还得走多少路？去楚门，得过龙溪；去清港，得经龙溪、楚门；去沙门，要过龙溪、楚门、清港；去温岭，就再过一个沙门，让人心生不甘啊。沙门和干江就隔着一个海湾，老宫山的背面就是沙门了，钉耙嘴和沙门的西沙村像两只伸出去相互试探的手一样延伸在海面，可就是没有握在一起。

有多少干江人来到垟坑塘，来到钉耙嘴时，望着对面的西沙想象是否可以有一条路把它们连在一起。很多次，带着孩子来垟坑塘玩，在北面、南面的堤坝上扔石子，在泥涂上捡螺，在大峧的码头看人修船、补网，看养紫菜的人摇着小船收紫菜，在钉耙嘴上眺望对面的沙门，我都忍不住埋怨当初的神仙，干嘛把山扔在断峧（断腰）呢，直接扔在这海湾多好呀。再深究一点，那个老太婆怎么不说自己要白米饭配猪肉呢，那样沙门和干江间应该是一座山而不是一道海湾了。或者鸡叫时，神仙慌了，把钉耙丢得远一点，可能沙门和干江也能连上了。

没有如果，更何况只是个神话传说呢。反正人们得老老实实地走上一个大大的"C"，才能从干江到沙门，才能走得更远。

但干江人很快又满足了。因为南北大道快竣工的时候，2022年10月11日，在南北大道起点处，在钉耙嘴，"北起沙门镇西河山，南至干江镇断峧山，全长约1.7千米，采用一级合格标准设计，并兼顾城市道路功能，设计速度80千米/小时"的大桥举行了开工仪式。

这座桥叫西沙门大桥，是203省道鄞州至玉环公路玉环沙门至坎门段工程（环岛东路）的组成部分，同时也是台州1号公路玉环段的重要组成部分。

连上了，在干江镇内连上了，在干江镇外也连上了。这座桥就像一笔竖画，立刻把干江交通的大"C"弯，变成了反写的"D"。

把地图再放大一点，西沙门大桥起点落在沙门富港路，终点落在干江滨港工业城规划的纵五路，接上了南北大道。直观地看到这一笔，把沙门镇的滨港工业城和干江镇的滨港工业城连在一起了，也把干江从一个犄角旮旯变成一个交通的中心地带了。干江镇将不再是孤悬在海的一角，而是连接沙门和坎门的枢纽。很快，干江人到沙门的车程就从三四十分钟变成十来分钟了。

先是钉耙嘴的空地上堆满了水泥、沙子，架起了高大的机器，岸下的泥涂被填了一层石渣，再就看到了两头的钢管、钢板像搭积木一样架起施工栈桥一米、两米，再五米、十米的相向而行……断吞的码头，渔船照常停着，渔民的塑料筐、渔网堆满了码头。蓝白的船身，桅杆上红旗飘扬，空气中弥漫着的鱼腥味与一墙之隔的大桥工地上的水泥浆气息相互交织。静止的桅杆和海面上不断起落的吊臂，用一种机械的语言在谈论彼此的未来。

2023年2月，栈桥已建成500米。站在码头上，可以望见两个乡镇跨越山海的双向奔赴。栈桥像彼此伸出的橄榄枝，在一点一点靠近，更像两条出水的长龙，越游越近。

8月再去，栈桥已经合龙。铁锈红的长龙横卧海湾，像神仙的一条彩带把西沙河和断吞山系在了一起。屏着呼吸，来回看了好几次，才确定它真的合龙了。过去神仙没做的事，我们现在做成了。以后回家，我又可以快上20分钟了。

可是那些渔船不见了，栈桥合龙，西沙门大桥密密麻麻的基柱让它们无法进出，只能停靠在别的码头。这些祖辈打鱼，自己也坚持捕鱼的断吞人离开了专属于自己的码头。装冰、装鱼的塑料筐还有许多堆在码头的墙角，但是鱼腥味已淡若近乎无。墙另一边的工程车不断进出忙碌，一架机器高高扬起卷带，分离了水和泥浆，泥浆变干后像揉好的面团，缓缓从卷带上剥落，掉到下面。也许向前走就是这样，有获得的欣喜，也会有舍去的失落。

　　码头下还留有几艘舢板似的小船，可能是垂钓的，也可能是收紫菜的，仍在诉说着这个村子吃米饭吃鱼肉的传说。不过，桥一通，原来的渔民卖鱼货也更便捷了吧，这么一想，又觉得他们也应该是欣喜的。

　　要走时，落日的余晖，映着卧波长虹，似乎时间的亘古和当下都集在那暗红的一带上。当它真正建成，车轮滚动其上的那一刻便是真正的圆满的句号。

　　我们跨过山，越过海，走了那么多年，做了那么多事，干江人盼望了无数个日子的这一天，它终于快来了。

上栈头：走在幸福里

上栈头，位于浙江省台州市玉环市干江镇的东南一角。

这是一个几乎没有土地的村庄，坐落在山岗上，面朝大海，大海就是他们的土地，他们的粮仓。大海曾经的富庶，也带给他们很长一段时间的富足。可当渔网里的鱼虾变少，捕捞需要去更远更远的地方，在这个只靠海吃饭的村庄，人们的生活将何以为继？

一

穿过沙岙坑路边黄色的"云龙雕塑"下的口子，雕塑上写着"上栈头景区欢迎您"。沙岙坑以前叫作"茅棕岙"。据说在明末清初期间，有富商为避海盗，把大量财宝埋在岙北的棕树下，时隔数年，商人再来寻，只见满山全是葱绿茂盛的茅棕，无法辨认出当时埋宝的位置，只得空手而归。现在，茅棕还在，传说也还在人们口中相传，但是过去的茅棕岙——现在的沙岙坑却已几经变迁。最初的沙滩，因为人们挖沙造屋，在近百年时间里渐渐变成了一片黑色滩涂，十几年前，政府买沙回填，它重新变回了一片小小的沙滩，成为大人休闲、孩子嬉闹的一个去处。

拾级而上几十米，回首，整个沙岙坑都在眼里，狭长的海湾像一个大大的钓钩，挂在长长的防风堤上。防风堤匍匐着，把海湾分了内外。海湾里的左侧是两个有些年头的冷冻厂，右边是一个更加久远的小小码头，码头上的房子多已倒塌。只有一间两层的屋子，年初还是坍圮状态，现在却修缮、粉刷一新，显示出一点复兴的意味。湾底是一个沙滩，尽头种着加纳利海枣树，树后是一个偌大的停车场，停车场上的青草在春风呼唤下绿意蔓延。抬高一点视线，望见的便是楚栈公路，贴着海湾，向两头伸展。再往上，便是葱郁一片的山坡，杂树<u>丛生</u>，藤蔓缠绕，须臾间山与海在此交接。

路边有两座房子，右边的房子，院子已被野豌豆填满，房子外形整洁完好，围墙上还堆着一些柴火，树枝、木板都有，似乎主人把它们摊开晾晒后就出门一去不返了。围墙下的那棵粗壮的老树的枝干肯定断在某一场台风时，树身被常春藤和青苔覆盖，已辨认不出面目。左边的房子，有三间屋子，院子水泥地的缝隙里冒出了一些青草，黄色石头砌的院墙已塌了半边。最里边的屋子窗口上面的玻璃破了，透过下面满是灰尘的玻璃，仍然能看到一个灶台和一张空无一物的木桌，黑乎乎的，像时间被压缩在真空中成为一个黑洞。中间的木门紧闭，右边的窗子遮着白色的窗帘，留下一个是否有人居住的谜语供人猜想。

我突然想起，路右边的房子应该是我一位初中女同学"高什么雪"的家吧。我似乎看见1993年的自己与她搭伴走在窄窄的石头路上，在她家的院子前与她分开，她回家，我去下面的小码头找在那里开小店的母亲。那条路是以前上栈头人下到沙岙坑码头唯一的道路。

现在已没有那条卵石路，只有长廊的紫藤和防腐板的台阶——30年前的路就在那些防腐板的下面。站在这里，一眼便可望见30年前男人们驾船回航，把鱼虾抬上码头。码头很快铺满渔网，女人们坐在小竹椅上，手里的梭子上下翻飞。

30年前上栈头人的生活便在这些翻飞的梭子里编织，有人捕鱼，有人卖鱼，有人织网、补网，有人造船、修船，有人的小船换了轮机船，有人挑着鱼担子、虾皮担子翻山越岭去了远方，有人盖了三层楼房，在一丛两层的石头屋子里鹤立鸡群，也有人葬身大海尸骨无存……

初二时，我一位同学的父亲便是"落海"了。当她的手臂上戴着黑纱来学校搬走所有的书本，打算从此告别校园时，我们注视着她，大气都不敢喘，与她要好的同学在她迈出教室门口时忍不住哭了。也许那个年纪对死亡的理解，还不如对朝夕相处的同学从眼前离开来得真切、难过。所幸，老师们去她家做了许多工作，她回到了教室，一年后考上了温岭师范，现在在龙溪小学教书，有了一个美满的家。

我去过她家，不止一次，可是我走完了整个村子，也不知道她的家现在在哪里了。其实不只她家，一个男同学，他家有一棵枣树。有次他带了嫩绿的枣子给我们吃，我才第一次知道红枣在成为红枣之前是绿色的。还有一个姓林的女同学，她现在玉环城关派出所工作，她家好像就在路边。一个姓吴的女同学，她们姐弟三人都是"学霸"，她考上大学后，回来在干江中学教过好些年英语，后来生了二孩，为了小孩念书，便调到城关去了。她妹妹和我妹妹是同学，考上了浙大，后来去留学，回来后至今在南京大学工作。她的弟弟，是国际注册会计师，一直在上海。他们的父母在镇上买了房子，基本不回来了。我以前的班主任陈达富老师的家也在路边……他们都去了镇上、县城、省城，甚至更远，他们的房子似乎也搬走了一般，让人找不到了。

二

真是一个让我既陌生又熟悉的村子呀。唯一留在原地的就是仕芳超市了吧。30年前它只叫"仕芳小店"，没有招牌，穿白色工字背心的白胖中年男人仕芳就是招牌，这是上栈头的标识，以前是，现在也是。它是我们上学、放学的必经之地，现在房子的灰水泥墙上刷了石头纹的墙漆，多了两块醒目的绿底白字的招牌，一块挂在屋顶墙上，深绿底色，一块在二楼阳台外墙，浅绿底色，阳台下的柱子上还有一块暗绿的小牌，也是白字，写着"上栈台村客货邮综合服务站"。从前就是一个日杂小店，销售村里人用的油盐酱醋，现在的功能似乎更多了，还充当了村里的"驿站"。我记得在这里买过冬天用的唇膏，两毛一支，效果还挺好，还买过手帕，五毛一条。现在变为超市、综合服务站，东西更多了一些，从脸盆、纸巾、拖鞋到饮料、零食、调味品，乃至香烟等等都有，甚至有专门的冷柜卖冰镇饮料，卖的基本也是城里常见的牌子，我买了一根冰棍嗦着。一个戴着小指粗的金项链的男子进来用方言说，"洋粉五斤"。仕芳的老婆拎出半编织袋的面粉，又拿出一个塑料袋，用大洋碗盛面粉装进去。男子是上面炮台村的。原来这间小超市，不只承担上栈台自己的日子，还兼着别村的日常呢。

从超市下的岔路进去，是村子的西边，也是我们以前放学回家常走的路，下去，绕过炮台村半山的路，又上岭，再下岭才能到家。只容两人并行的石头路如今成了可以让车子出入的柏油路，路中央刷了粉、黄、蓝三条线，让沉闷的黑色路面活泼了起来。路边的石头屋都是木门木窗，有三扇门上分别画了鸟、狗和猫，狗、猫图案的上方都挂满了衣服，门进很深，下雨怕也淋不着。这些动物图案让房子也有了些趣味，家里的小娃娃会不会也逮着这"狗"玩呢，老人进出莫不也会招呼一声"猫咪"？沿路下去，多是五间的石屋，有些换了铝合金窗，有些是重新刷了漆的木窗。门倒仍是木门，大都关着。围墙围着整个屋子，但都没有院门。我探头打量水泥地的院子边角，有种花草，也有种葱蒜。屋子是否有人住，看他们的院子就知道，倒不是看整洁与否，村子有专人打扫，每个角落都透着清净。如果晾晒着衣物，葱蒜被割过，肯定是住着人的。

走了一半，就找不到过去的路了，那条走到炮台岗底的路似乎在时间里跑丢了。路旁的屋子是过去的石屋，可是石头墙上时光的痕迹都被修复了，每一块石头都焕发出一种明亮的光彩。

有一间屋子的大门敞开，对着门的墙上贴了白色瓷砖，亮得发光，用砖砌的简易灶台上放着煤气灶，上面有两口带盖子的锅，边上放着三个开水瓶、一笼筷子，一个烧水的铝壶自身反射出一道亮光，煤气灶下放着一个咸菜瓮。老式的四方桌下横放着两条褪了漆色的长凳，一起护着一台白色的冰柜。地是水泥地。

人不知去了哪里。正叹息，拐过一间小屋子，一个穿花短袖的阿婆，拎着一袋芹菜，手里还捏着一把艾蒿，从路下冒出来，问我："你在干什么呢？"我说："走走，看看"。她笑眯眯地说："我们这里还蛮好看的哦。要玩呢，你要去那边。"我说，知道。她点点头，不再说什么，就径自走了。

我跟着她，看到她走进路边屋子，掏出钥匙开了门。她屋子的对面是一间修葺一新的石头屋，灰色的水泥勾勒了石头的肌理，深灰的琉璃瓦显出主人阔绰的手笔，黑色的铝合金门窗高大气派，在旧式中泛出时髦。屋子后面的一座两间三层楼边，四五个老头老太聚拢在屋角呵呵笑地说着什么。我凑上去，他们就都停下来，一个老头问："你（是）哪家的客人？"我说："不是（哪家的），就是来玩。"他回头说："来玩的。"几个人就接着聊。

走到那座两间三层楼外面，外墙是新刷的，一楼的窗户还装着手指粗的圆木横条。我猜这是很多年前的旧屋翻新了。中间的木门开了一扇，一个盘发的女人端着一箩青菜走了出来，50多岁，比刚才六七十岁的阿公阿婆们年轻多了。屋子很暗，还是水泥墙，正对门的墙上贴着一副金狮对联，只能看到上联，写的是"金狮登堂集百福"，那么中间贴的肯定是一幅金狮图了。这是许多海边人家的风俗，金狮图，寓意镇宅集福。

屋子对面是池府庙，庙不大，供奉的池王爷是在福建为百姓做过好事的。福建的恩人被奉在此处，怕是村子里的先祖不少也是来自福建，他们在此地安家落户，开辟新的生活，也继承了先人朴素的善恶观念。

池府庙外，村里的共富学院——一座现代的高楼正在加速建造。新与旧交融，村人传统的习俗、观念里也有了新的思想和信念。

三

从西到东，穿过村子站在游乐场的停车场里。对面的鸡山岛、洋屿岛如小舟一般浮着，似乎来一阵风，就会把它们吹得更远，更远一点的大鹿岛则在晨雾里只露出了一点山尖，随时都会被雾气淹没的样子。

阳光还不知隐在何处，岛却一寸一寸地向上伸出，先是轮廓逐渐清晰，再是树木、房屋慢慢明朗。边上的摩天轮像一轮彩色的太阳在旋转，边沿吊着水桶，一桶一桶地把浓重的灰蒙的云雾带走了。所有的岛屿明净如洗，大海跟摩天轮边上的玻璃桥一样清澈闪亮。

好些人在桥上走。穿着鲜艳衣服的孩子像贴花一样贴着玻璃。特意披了彩色丝巾的大妈们一字排开，让风扬起丝巾，也扬起她们不老的闲情来。走完玻璃桥，"天空之境"在尽头等着。流云、沧海、远岛、近树在天地间，也在明镜里，人在真实里，也在幻境中，留下辽阔背景里米粒一般的身影。

坐上摩天轮，天广海阔的视野随着摩天轮的转动高低起伏，人在风里、云里、景里；海盗船摆动起来，就是脚下的海在晃

上栈头时光

动，尖叫声惊起海鸥翻飞；只有胆大的才敢骑着自行车，沿着那小孩手腕粗细的绳索横跨悬崖；上了一点年纪的更喜欢去时光隧道回味一把过去的点滴，有音像，有科技，更有趣味；小孩们肯定要打靶、要玩蹦蹦床、要走迷宫……

上栈头的周末时光在人来人往中热闹起来，让人几乎忘记了这个位于浙江省玉环市干江镇最东南一角曾经靠海为生的村子。当海里的鱼随着岁月的流逝逐渐减少，如同那一代人的青春消逝时，村里的年轻人又像鱼一样游走了。村里扛过那么多年台风的石头房一间接一间空了，塌了。

不过现在，倒掉的房子又一座接一座地盖回来。四面八方的人从一辆辆车子里钻出来，站在上栈头的屋前门后，站在每个村民参与投资的游乐场上。

　　我四月来的时候，正午时分，游乐场里的人变少了，坐在管理亭里的人出来，都是五六十岁的老头，三四个人围着一张桌子坐着。春日的太阳微醺，他们捧着茶杯喝茶、聊天，然后昏昏欲睡。彩色的摩天轮、海盗船和微黄的海水、碧绿的岛屿包裹着他们。我坐在台阶上，觉得他们更像是度假的人。或许在这样的风景里工作，本身就像是在度假。

　　现在八月了，烈日当空，他们都坐在管理亭里吹着风扇，看手机，听戏剧，有人来玩，他们才出来。管高空攀爬的翁大叔，原来是捕鱼的，65周岁了，按规定不能再上船出海，而村里规定项目管理员可以干到70周岁，他就来这里再干几年。翁大叔脸色黑里带红，还带着长年被海风吹袭的印记。他似乎还不习惯在亭子间呆坐，总是站在凉棚下朝着海吹风。他就一个儿子，在镇上打工，也在镇上买了房子，很少回来，他自己的房子在后山那边，是以前他外公留下的，里面简单装修了一下，和老伴两人住着。我问他，不去儿子那里吗？他说，山上舒服啊，不想走。和他一样也是打鱼"退休"的陈大爷，坐在时光隧道的出口，戴着手指粗的金手链，热情地招呼人们，"可以往回再走一次，出去了就不能进来了"。

　　管理打靶的蒋菊玲，是从城关那边嫁过来的，胖胖的，大概是其中不多的年轻人，40岁不到一点。我诧异她竟然没有去镇上打工，她说是为了孩子。她丈夫是水电工的，忙且上下班没个准点，女儿在镇上读小学（栈头已经没有自己的小学了），胆子小，不敢自己坐公交车来回，都得她来接送。景区上班时间晚，"到八点半开门呢。厂子里都要七点半，赶不及的"。我问她：

"自己开车过去吗?"她说:"就电瓶车,也快的,过去就20分钟左右,回家还能洗洗刷刷一番再上班。工资原来是2800元,现在涨到3000元了,跟工厂比是少很多,但是家里能照顾得到,自己也很满意了。"我问她家在哪里,她随手一指说那边。我看着那边的一簇簇房子也不知道具体是哪间。她说现在反正屋里都装修过,住着也是舒服的。

午饭时间,管理亭里的人都拿出电饭煲来。景区允许他们自己带个小电饭煲,自己烧饭。管跳床的毛阿姨拿出一个小盆一样的电饭煲,炖着早上带过来的菜,我看了一下,两块咸带鱼放在炒熟的四季豆上,夹着几片猪肉,也算荤素搭配。她和管玻璃桥的王阿姨的房子都建到下栈头村的沙头了,每天走路上下班。王阿姨的丈夫开货车,她挣点钱贴补家用,而毛阿姨跟我唠叨说三个儿女都有工作,不用自己操心,就是小女儿,40岁了还不嫁人,愁啊。问我:"你认识城里什么像样的人吗?帮我看看。"我一时语塞,我已经习惯城里人交往时的距离感,没想到被一个素昧平生的阿姨如此信任。也许上栈头的生活在逐渐现代化,但是人们还保存着乡村人特有的朴实和简单。我说我可能帮不上忙。她也不难过,"我就讲讲啊,我晓得难"。然后转过身,专心吃饭。

菊玲大概是和卖关东煮的阿姨一起吃饭的,阿姨催了她几次,她也不急,看一个小男孩打靶玩得开心,咧着嘴笑嘻嘻地表扬他,把孩子激动得斗志昂扬,连中了两个十环。

与游乐场仅一墙之隔的是村里最好的民宿"安冉·山海湾"度假村,是垟坑村的海归美女吴诗雯回乡开的。保留了原来石屋的样子,又添了现代的设计感,既有面朝大海春暖花开的诗意,更有游乐人间的烟火气息。我好奇一个在美国生活了七年的人，怎么会回家开民宿。她说自己是一个喜欢慢生活的人，丈夫在丽江开过民宿，有经验，父母亲从自己创办的公司退休后，也想要一种有品质的生活。安冉的基调就是让人感受一种宁静、诗意、放松、愉悦，所以生意不错。而这种基调也是整个村子的基调，来这里，人们急匆匆的步伐不由自主地就慢下来了。

民宿的管家吴大姐，脸圆圆胖胖的，很喜欢笑。她是嫁到上栈头的外省人，原来和丈夫一起在湖南那边做生意，这几年行情不好，干脆歇了生意回到上栈头，把家里的老房子重新装修了一番，说不再出去了。丈夫没什么事做，在家喝茶看风景，吴大姐说他过得跟仙人一样，自己闲不住，在安冉做管家一个月五六千工资，也是很不错的。说到这里，她就笑得更开心了。

游乐场的尽头，一座两层半的房子矗立在崖边，是悬崖书吧。房顶平阔，可歌可舞，夏日来一场篝火诗会，诵一句"东临碣石，以观沧海。水何澹澹，山岛竦峙"可谓极其怡情怡景。

四

出了游乐场，我在村子南边瞎逛。一只短腿土狗跟着我穿过民宿边上的菜地，都是小小的一块，油菜花黄了，蚕豆花浅紫夹着深紫，小青菜绿油油的。地边上的老树被薜荔藤缠着，一个蓝色的身影在树下挥着锄头，狗不声不响地跑到他边上去了。

小路尽头，一个穿着红色格子围裙的阿婆正在指挥儿子帮工人拉电线。边上的石屋旁，一个穿着褐色花外套的阿婆拎着一个塑料桶正要进屋，屋里双开门的冰箱泛着银色的光。我抬头问红格子围裙的阿婆，你们这是干吗？她说拉网线啊，现在电线、网线村里都要求走地下。她一弯腰，掉出脖子上挂着的手机，里面《五女拜寿》的越剧唱段就跳了出来。

一座刷了白灰的两层石屋边上停了一辆白色宝马，一个烫发的时髦女人正在跟一个戴着袖套的老年女人讲话。大概是母女，当母亲的将一袋一袋的鱼鲞虾干塞进车子的后备箱，边塞边说给你娘姨多带一袋带鱼鲞，你娘舅要的是虾干……女儿帮着拎，说知道了，知道了。

转过去，向上走，左边是村里的梦想创业园，是村里人还留在山上的小工厂，员工大概就十几个，一半是自己家里人，村里人三四个，其余的是外地来的打工人。村里的小厂还有七八家，基本是自己家里人在做，自己有车子，村里有路，蚂蚁一样的小厂子也生存下来了。而他们就是留在村子里算年轻的、能扛事的一拨人。大约正是午休时分，厂子的门关着。

右边是村里的文化礼堂，也是以前的栈头中学。可是我站在院子里，左看右看都找不出30年前中学的影子。我是栈头中学最后一届毕业生，我们毕业后栈头中学就和干江中学合并了。两层的教学楼和后来建的三层的教师宿舍全部被包在暗红色的院墙里，满是花木的院子是我们以前的煤渣操场。我在绿植中绕了好几圈，回味十三四岁时候的自己跑三千米的感觉。

以前的操场可没有围墙，黄土夯过，填上煤渣都算高级了。操场还是当时的杨宝林校长带着全校师生利用劳动课时间用锄头、簸箕一点一点平整出来的。然后我们才有了像模像样的体育课、正儿八经的升国旗仪式。

我想起几十年不见的同学们来，多数已经面目模糊，唯有一个姓陈的同学却是不能忘记。他矮小瘦弱，很调皮，从早到晚的话跟下栈头码头的浪花一样多，我们很多人都烦他。突然初三上学期的一天，他就不来上课了，据说是被高压线"电"了。到初三第二个学期，再出现时，他拄着拐杖，一瘸一拐地从操场下面的石头路爬上来，少了一只胳膊一条腿。宽大的白衬衫在风里"哗啦"作响，整个人像一只风筝，稍有一阵风就飞起来了。在我们所有人诧异、惊吓、同情等种种目光里，他面无表情地走向底楼初二的教室。他的脸仍是少年的，可是我们都觉得他已经是一个沧桑的老人，似乎这场变故让几十年以后才会有的皱纹一下子爬满了他的脸颊。

他拒绝和原来的同学讲话，也几乎不再在课间出来。他上学放学都和他同班的妹妹一起，她比他更加矮小瘦弱，背着两个书包，有时走在他边上，有时走在他身后。所有人都对他抱有真切的同情，可是他们似乎并不领情。

时间一长，大家的同情淡了，总有好事的男生或饶舌的女生要做点什么，说点什么。可能也不是恶意，就是好奇，但妹妹会立刻站到哥哥前面，像凶猛的小兽伸出尖利的爪子一样，纤细的手指指着一个个敢开她哥哥玩笑的人，一句一句骂人的话像小刀子一样飞出去。很多年来，我一直不能忘记她蓬着的细软的小辫，紫红着脸，褐色的瞳孔里燃烧着的两簇愤怒的火苗。而哥哥脸色苍白，一声不吭。当然更多的同学会去指责那些胡言乱语的人，可她也并不领情，依然板着脸瞪着所有人。甚至放学时有同学说帮他们拿书包或者做点什么，也会被她骂走。时间久了，他们成了学校里最孤独的风景。

不知道他们现在生活得怎么样，我离开那么久，和初中同学基本没有交集，也无从打听他们。但是我想，玻璃桥2018年底建成，2019年、2020年的分红就有400万元。几年时间，上栈头的游乐项目就从单一的玻璃桥，增加到十个，来的人多了，清洁、售票、检票等方方面面需要人的岗位也多了。村里150多名60岁以上的老人每月就多了两三千元的收入，低保户、低劳动力的人也有了工作。

村里还将11幢47间闲置石屋流转到村集体，村里再将石屋租给外来投资企业，15年的时间，由他们综合开发文化旅游项目，打造包含文化活动、青创基地、夜间休闲、民宿集群等元素于一身的综合性旅游聚集区。这样村集体每年又可获得当年营业额3%的分红。

我的同学应该也是其中一个受益者吧。

五

院子围墙外的一座石头房子竟然还在。出了院门，加保（音）大叔正用双手半握半夹地挥着锄头。很小的一块直角三角形土地，贴着屋子的石围墙，尖的一端已经种了几株番茄和一些葱蒜。他在给底边的几畦田松土。看见我一个人无所事事的样子，就问："来玩的？"我说，是啊。他指着远处的摩天轮说："那里好玩。"我说："去过了，现在想去那边的亭子。"他点点头说："亭子这里风景好啊，洋屿、鸡山、大鹿岛、坎门、乐清都看得到。"

我问他："您这是要种什么吗？"他说："种点小菜啊。"我说："买菜要到下栈头吧。"他说："是啊，现在年纪大了，不愿上上下下，走不动了要叫三轮车，五六块钱呢。鱼啊，虾啊，肉啊，家里有一个冰柜、一个冰箱装得'满墩墩'的，再种点菜，就不需要买了。"我看他握着锄头很吃力的样子，说："那您得多少时间才能锄好啊？"他拄着锄头说："闲嘛，慢慢弄啊，又不等着吃。"我回头望向远处无尽的天与海，时间在此处好像真的慢一些。

我问："这是您的房子？"他说："是啊，45年了，这算得上是上栈头（现存）最早的房子了。""看着还挺好的呀。""我四五年前从玉环解放塘回来，花了四五万修的。"我看两间房子里有两个空调，边上的小屋大概是厨房。村子里有许多新建的三四层的小洋房，但更多的还是这样的老石头房子，每座房子外面都挂着空调，从开着的门能看到屋里的冰箱、洗衣机。

加保大叔干脆松了锄头，跟我说话。他说他有九个兄弟姐妹，以前是捕鱼的，年轻的时候也是很"红"的。怕我不信，他补充说："我们五兄弟啊，在上栈头我们是最早有了自己的船。我的两个姐姐和妹妹嫁到温岭，兄弟现在都在玉环城里、干江镇里，都被儿女接去了。我自己的两个儿子在解放塘农场有两间的四层楼呢！现在一个在甘肃做生意，一个在跑业务，钱都挣得挺多的。我女儿也在解放塘农场，有自己的屋和车子。"

我说："那您怎么回来了？""哎呀，我六十九了，孙子孙女都大了，不需要我们带了，回来过清静日子。节假日他们回来看我们，都说到这里舒服——是回来度假了。"

这时一个穿粉色T恤的孩子从院子里跑出来，他拦住孩子说："这是我外孙。我女儿已经有一个儿子了，想要女儿，没承想又是儿子，这段时间被我们带回来住。"回头对孩子说，"叫阿姨"。孩子小脸晒得黑黑的，听话地叫了一声阿姨。一个穿红底黑色条纹格子围裙的阿姨紧跟在后面说慢点跑。大叔说这是我老婆，阿姨说："哎呀有客人哦。"我们都笑起来。

大叔说："是来玩的。"阿姨看着才锄了一丁点的地说："我来锄一点。"大叔说："你行不行呢？"阿姨说："我怎么就不行了？"伸手拿过锄头就锄起来。他看着老伴，叹气说："我以前的渔船是上栈头最大的，十几年前出了事故。"他伸出双手给我看，说两只手都残废了。我恍然大悟，怪不得他握锄头的姿势如此古怪。

他看着自己的手，两只曾经能抬起一两百斤鱼货的双手如今无力地蜷缩着。半晌，他说："两只手使不上力了，就把船卖了……"我一时不知该如何接话，半晌才叹息着说："船卖了，您干什么去了？"

他爽朗一笑，说："我就去给我儿子带孩子啊。"他似乎并不觉得这是多大的悲剧，说："做什么不得有风险啊。我现在不是蛮好的吗？"他老伴不说话，笑眯眯地瞅着他。

我觉得耽搁得有点久了，准备先去亭子那边。他们挥着手说去吧，然后叫宝宝带阿姨去亭子那里。孩子才四岁多，小兔子一样一蹦一蹦地就过去了。

亭子叫望海楼，站在楼上看，天日高远，"海水无风时，波涛安悠悠"，一艘小船正无声地驶向洋屿岛。"浮天沧海远，去世法舟轻"写的就是此景吧。想起前年的中秋夜，我开车来到这里，两个穿工装的老头就着花生米喝酒，一个操着外地口音，一个是本地人。楼外月色如水，海面光亮如月，张若虚的那首《春江花月夜》仿佛浮现在眼前。我想，这里的村民不一定知道这首诗，但是一定懂得生活的诗意。突然觉得每一年的中秋都应该来，因为黄遵宪的"茫茫东海波连天，天边大月光团圆"，更因为张九龄的"海上生明月，天涯共此时"。

孩子过来问我："阿姨你在看什么？"我抱起他，让他看在阳光下一片光亮的海和远处层叠的岛屿，问他好看吗？他笑嘻嘻地说好看。我心说，你是多么幸福地生活在这片美丽、充满诗意的土地上啊！

下楼，往回走，加保大叔和他老婆还在锄地，不过进程实在缓慢，两三平方米的地，到现在还留了三分之二。大叔说他老伴做不来，阿姨说她自己不是弄得蛮好的嘛。看见我，说："我们这里什么都好，就是到现在还没有饭店，吃饭要到下栈头去。你留下来吃午饭啊。"我赶紧推辞说不了。他们一再挽留，"家里海鲜有的，吃一碗海鲜面再走"。那必定是最传统正宗的渔家面，我有点心动，但是想起答应了母亲要回家，最终还是坚决拒绝了。

大叔恳切地说："我们家里也难得来客人的。不要看我们现在年纪大了，没什么收入，但村里开始分红了，我们大钱没有，请个客的小钱还是有的。"我知道他误会了，赶紧说自己是答应了要回家吃饭，否则家里人要吃冷饭了。他们又拉着我，问我是哪里人，确定我是真的要回家吃饭，才放心地说"那你早点回去，现在也蛮晚了"。

六

夜晚来临，白日里散落在各个房子里的人都集中了起来。仕芳超市前面的圆形小广场是最热闹的——在乡村，好像所有的小店门口都是人群的聚集地。在白天没有看到的中青年人，坐满了边上弧形的石沿。一个穿黑色Ｔ恤、迷彩裤的中年人问我为什么他的手机老是有什么东西跳出来……我说我也不知道怎么弄。他说看来只能等他儿子回来帮他弄了。一个穿红Ｔ恤的男人说："等你儿子回来几时了？还不如去手机店。"另一个穿花Ｔ恤的阿姨说："你儿子是干大事的，管你这种破事情。"人们都笑起来，附和着。他也笑了，露出雪白的牙齿。我觉得他不是为了弄手机，而是想在人们面前炫耀一下他的儿子。虽然我不知道他儿子具体干什么，但是从边上人的言辞里可以知道肯定是个有出息的。

一个一岁多的宝宝跌跌撞撞地向我跑来，站在我面前，仰头"咿咿呀呀"地说着。我蹲下去，逗她："叫什么呀？阿姨抱抱可以不？"她"哦哦"地扭头向穿红Ｔ恤的男人跑去，叫着"爷爷"。刚才穿迷彩裤的男子逗她："叫爸爸，叫爸爸。"人们一阵哄笑，那个当爷爷的也笑，骂了他一句，说："我孙女聪明着呢，不听你旋（骗）。"

超市边上，画着猫、狗的门现在也打开了，左边的屋子里只看见床尾一双穿着袜子的脚，凤凰传奇的歌声从里面飘出来；中间的屋子里一个黑瘦的中年男子佝偻着坐在桌子前，吃着简单的饭菜；右边的屋子里只有一张挂着蚊帐的床和一张破旧的老式长方桌。当然回来的已经不是屋子的主人，他们早已在镇上落脚，回来的是在镇上打工的外地人，镇上的房租要四五百元一个月，这里只要50元。他们住在这里，代替了原屋主，把日子在上栈头继续下去。

从仕芳超市后面上去，很多老人家坐在福清家的院子里。陪我的老膨（上栈头村民，大名詹必平）给我介绍这是谁谁的妈，那是谁谁的妈。都是90多岁的老太太，一位头发已经全白了，说已经96岁了，儿子在沙门镇上办厂子，自己一个人住着，手脚还很灵便，烧饭、洗衣服、串门都不在话下。我想起大地巷7号的王阿婆，矮矮小小的，头发漆黑不见一丝白。下午下雨时，我刚好站在她家门口，看见院子里晒着三条毛毯，就大叫："屋里有人否？落雨了！"她三步两步地窜出来，三下两下地把又厚又重的毛毯收起来抱进屋了。抱完了，很郑重地感谢我，说落雨了，进屋躲一下。闲谈中知道她有两个女儿，小女儿在楚门镇教小学，大女儿在镇上，大女婿是开游船的，这三条毯子就是他船上的……她一个人住着，不愿意去镇上，"村里还有两三百人呢，也不冷清，有个什么（不舒服），村里也有自己的医生嘛，都方便的"。等她说到她80岁了的时候，不说我，连老膨都震惊了。老膨说他50多岁，头发也没有她黑。

村里的老人都长寿，光90岁以上的就有十多个，生活基本能自理。不知道是山海风光养人，还是这诗意宁静的日子养人，抑或是两者兼有。

他们和我一起坐着，把我也当作了他们的小辈。福清老屋的围墙外种了一棵葡萄，说老膨帮他收了二三十斤。老膨说"小小个，酸溜溜"。他说："你来晚了，吃不到了，都酿葡萄酒了。"围墙内，小院子里干干净净的，种满了多肉，一看就觉得主人很有闲情。福清原先也是办厂子的，两层高的老屋子后面还有一座老厂房，边上又建了三间三层楼，一楼就当厂房。前几年，他大病一场，厂子就没有再办了，把厂房租给别人。这几年，他跟儿子商量着要办民宿，儿子不同意。我说，你这房子不是民宿，但是看着很像民宿啊。

从福清家回去时，路边一座小平房里传出来震耳的摇滚音乐，像给上栈头夜晚的平静注入了一道闪耀的激光。平房看着有三间，一间卧室，外面挂着空调，中间一边堆满煤球，一边靠墙放着音响和唱机，歌声就是从这里传开，另一间大约是盥洗室。老膨说，这是仕青（音）家，他在龙溪马山有房子，但就是喜欢跑回来。我想他肯定不仅有一颗摇滚的心，也有一个安静的灵魂，还有就是应该只有上栈头能接受他这样放肆的音乐声吧。老膨说，有些人就是喜欢住村里，干净、安静、安心。比如他兄弟，就是把山下的屋子给儿子，自己回山上来住老屋。他说，他没在别处买房子，也喜欢山上，全天下都没有地方比自己的老屋住着舒心。他家在后山那边，树影重重的，一路黄狗随着人，夜色里村庄幽静得像在梦里一样，但是视野却又出奇地好，无遮无拦，满天满海，对面的洋岐、鸡山、坎门的灯火像他家花园湖泊里洒落的繁星一样。

有些人一直住村里，有些人想回村里。加青（音）家的中国院落式别墅，反反复复装修了好几次，现在还没有好，大约只有想回家终老的人才会如此折腾吧。此时这硕大的别墅融合在夜色里，安安静静的。再往下走是菊明（音）家，正在装修。他们家镇上的套房不够住了，于是回来把两层的老房子装修好，这样老人住着舒服，自己家人也可以回来住。白天看着工人在三间屋子里进进出出，粉墙、吊顶、铺地板、装马桶等，一样不落。买房子没钱，但要在经济承受能力范围内过得更好，这是许多上栈头人拥有的"实在"。现在村子成了景区，热闹起来，有些人年纪大了也想着回来，长住不长住再说，房子装修得好一些，觉得也可以是一个闲暇时的好去处。

从仕芳超市前面下去，白天敞开的门大多关上了，有些屋子已经陷入黑夜，有些只从窗户里透出明亮的灯光，有些传出电视的声音，还有些可能灯亮着，人跑到超市那边聊天了。我把白天的一些人和夜晚的屋子对应起来。最下边的屋子是金娥（音）家，夫妻都是打工的，在别处没有屋子，把自己的两间两层老屋粉刷一白，看着崭新，周日时还看到他们夫妻两人坐在门前吃饭，儿子在楼上玩电脑。从他们的屋子往后，一座老石屋里住着一位90来岁的阿公，再往后的一排四间三层楼里，最东边住着90多岁的阿婆，最西边租住着外来的打工人。两头的灯呼应似的亮着，寂寥中有一点暖意。

金娥家上边是松国家的两间两层楼，原来是平顶，后来翻新时加盖了一层。松国是干江镇上排得上号的企业老板，老膨说他想拆了盖别墅，他爸妈不答应，说要盖等他们过（世）了再盖，现在的房子他们已经觉得很好了，"儿孙回来也不住，就是过年过节有个地方热闹"。一楼右边房间的灯亮着，里面隐隐有越剧声，大概老人家正在看电视。松国家再上去是王义岗家的三间三层楼，就是白天看到的洗菜的盘发女人家，自己是不住了，租给三四户外地的工人。房租便宜，房子设施齐全，无论从哪方面看都不坏。

在村子里好些天，没想到竟然碰见了初中的同学。她家房子就在老朴树边上，她妈妈开了一间小食杂店，很小的店面，卖些饮料、饼干之类的小零食，来聊天的人比来买东西的多。她哥哥在宁波，她在楚门，她丈夫也是我的同学，在城关上班。她家的老房子就在新房子前面，是两间三层高的楼房，看着还很不错的样子，和现在一般的房子外形似乎也差不了多少。不一样的是内里，新房子装修得时尚简洁，跟广告里面的样板房一样。

我开玩笑这屋子在城里就是成百上千万的别墅了。可惜这样的房子，就她父母住着，她和她哥哥最多过年回来一趟。这次如果不是她父亲有事要出门，她回来送他父亲去动车站，可能我们不会碰见。老膨说："你爸说一下，我们都有车的，谁不能送？你还跑回来一趟。"村里老人居多，像老膨这样50来岁的就是中坚力量了，村里人有什么事，他们自然奔在前头。这是村人旧有的情谊，也是传统里的互助吧。

同学陪我绕了一圈，从她口中我知道林姓女同学的家现在还在路边，砌了围墙种了许多花。房子她父母还住着，吴姓女同学父母住在镇上，基本也不回来了。岁月变迁，有些人离开村子，有些人一直留着，有些人离开了又回来。不管离开的还是回来的，他们都觉得上栈头在变美变干净，他们的日子也在变得更好。

那一晚，我住在安冉，在被海与天包裹的亘古的宁静里，在温馨充满现代气息的房间里，体会了一个历史悠久的乡村的平和与安宁。

七

我准备离开村子时，特意开车绕村子转了一圈。上半年的白改黑工程已经结束，村子里能通车的每一条路都平整干净。1997年以前的上栈头村，水路靠乘船，陆路靠脚力，村里都是又窄又脏的黄泥石子路，村民们偶尔的代步工具就是摩托车。

是村里的老书记黄松土把水泥路铺到了上栈头，铺遍了村子里的角角落落。

为了这一条路，黄松土跑断了腿，磨破了嘴。为了让村民把庭院的地腾出来修路，他吃尽闭门羹，受过责难谩骂，甚至家门口夜里还被人扔过粪包。但是他都忍了。他知道一个村党支部书记就是一个村子的带头人，他的眼界、格局就是一个村子的眼界、格局。他不是不气不恼，而是觉得自古以来办事无不会遇到点难处，自己遇到的困难无非也是其中一种。村人们宁愿留在原地不向前走，宁可固守一点地，自封一角，也不想撕开一个边角找一条大路以出入自由。黄松土觉得这正是自己做事的意义，他要先做一个钻出去的人，然后才能带着大家走出去。

天大的憋屈都先放一边，黄松土久站在村头，徘徊在村尾，审视那条祖辈行走的黄泥路，它应该也是村里的先人们用勇气和斗志开出来的，但是它已经不能再带着现在的村人跑起来。山下已经是汽车飞驰的年代，山上不能永远停留在两脚行走的岁月里。

通仁电气的林仁云说自己在2001年办小厂，三部玉环坎门产的车床安装在窟里（现在玻璃桥所在地）的家里。工人就是自己、母亲和妹妹，要起三更落五更地赶航船去买料。回来，他和父亲两人先扛着铜棒，要先沿着沙岙坑边上的卵石小路，爬到仕芳超市边上，然后沿着黄泥小路，绕着山坳向下走回家。路只有两只脚宽，他说扛着几百斤的铜棒，不能回头，怕侧翻；不能低头，怕摔跤；甚至不敢停脚，因为怕有惯性被铜棒带着往前冲……现在的通仁电气已经成为干江镇的龙头企业，搬到滨港工业城了，但是想起过去，林仁云仍忍不住唏嘘，说自己和父亲两个人七八年时间如此上上下下没有意外真的也是运气了。我想起现在还留在村里的那些小厂子，如果没有路，他们还能生存下去吗？

黄松土肯定无数次地站在仕芳超市门口，带着真心和诚心，又装作无意，装作闲聊，叫着仕青、士东、义康等等的名字，揣着无数的希望，带了热情和亲热，乃至带了一点点讨好和心酸，把香烟散发给在场的男人们。他肯定也嘱咐妻子和儿媳去和村里的女人们搞好关系，要求其他村干部做好村民的思想工作。

一切都是为了这条路。2002年到2012年，十年时间，上栈头村终于全村都通上了水泥路，其中1800米长的村主干道还拓至6米宽，可以让两辆车子交会通过。施工的那段时间，黄松土几乎把自己变成了一堆水泥、一堆沙子，他走到哪里，路就立刻修到哪里。用村民的话来说，村里当初的这条道路每一寸都有他的汗水在里面。

有了路，就有了梦想的翅膀。让村民在家门口赚到钱，就是黄松土的梦想。作为一个渔民，黄松土的家庭并不富裕，所以他更清楚大多数曾以捕鱼为生的村民的日子的窘迫。虽然从2013年开始，上栈头村一年一个模样，拆除了112个露天粪坑，建了3所公厕，再进行户改厕，家家有了抽水马桶。修建了垃圾中转房，在村主支道路及各居住区设置了70多只垃圾桶，安排了2名专职卫生保洁员，每天清扫道路和公厕，及时将垃圾运到镇中转站，做到村内不留卫生死角。村子实实在在地变美了、整洁了，但是黄松土知道村子的底子还是没有多大改变，村集体收入还不到一万元，生活困难的村民还有好些。2018年，干江镇人民政府提出了建设滨海景观带的设想。黄松土觉得，这是一次千载难逢的机遇，决心发展乡村旅游。

黄松土和村两委一行马不停蹄，五天跑七省考察项目，最终决定新建一座横跨两个山头的玻璃吊桥。根据设计方案，造玻璃吊桥要投资近700万元，这对除了只有老屋、老人和几条老船，村集体年收入不足8000元的上栈头村，简直是个天文数字。于是一个"4951"的新式融资模式诞生了，以"村民49%＋村集体51%"的股权分配比例筹措资金，将村民利益与集资建设项目收益紧密捆绑。全村980位村民，每人投入5500元入股，最多一家9个人入股，最少3个，只要是上栈头户口的都可以入股，但不管钱多钱少每人只限一股。公平，建立了村民对村干部的信任。人心齐了，钱也够了，于是全省第一座滨海玻璃吊桥跨在上栈头的山崖上了。桥下是树木，桥外是大海，风从桥上过，也从桥下穿过，桥下窸窣的树叶和喧哗的海浪一起翻滚，桥上的人发丝飞舞，卞之琳的《风景》就活在这里了。几年时间，村民们切切实实地分到了钱。老膨说现在已经回本了，还多了一百元，接下来就是开始挣钱了。

黄松土的书记一干就是20多年，栈头村村两委连任四届，班子没有换过一人，也从没吵过架、红过脸。凡事有商有量，哪怕有不同意见，大家都会坐下来心平气和地探讨问题。涉及全村发展大事，全部实行民主表决，少数服从多数，村干部更是作表率。2018年，村里建玻璃栈桥时，需要搬迁几十座坟墓，黄松土带领村干部以身作则，率先搬迁，所以短短两个月，42座坟墓就搬迁完成。所有看似冰冷的数字后面，都是黄松土付出的激情、投入的心血。

上栈头村是肉眼可见地富起来了，可是黄松土却因劳累过度，身染重疾。2019年11月，考虑身体情况，组织上安排他担任村党支部副书记。可他依旧"卸职不卸责、离岗不离心"，坚守岗位。疫情防控、消防铁拳整治、旅游项目推进……各项工作他一个都没落下，直到2021年10月，溘然长逝。

黄松土，男，1956年12月出生，浙江玉环人，从1997年7月起至2020年一直担任玉环市干江镇上栈头村党支部书记，帮助上栈头村从一个破旧的小渔村、空心村一跃成为国家级文明村、中国好玩村，村集体经济年经营性收入也从原先空白增长到数百万元，村民年人均收入翻了两番。黄松土个人先后获得浙江省"千名好支书""浙江好人""浙江省担当作为好支书"等荣誉称号。……

这是他先进事迹介绍里的部分内容。但是一篇短短千字的先进事迹介绍，怎么说得尽他为上栈头村付出的心血？怎么说得尽一名村干部默默地坚守？怎么说得尽一名共产党员无私的奉献？对黄松土来说，带领村民过上幸福生活早已成为他的人生使命。他是老黄牛，勤勤恳恳、任劳任怨地干实事；他是带头人，在荒芜衰败里开垦出一个振兴的村庄。

"村里振兴了，他却走了"，这是所有上栈头人的痛和遗憾。

经过村部边上的那棵百年朴树，树下坐满了吃过午饭的老人，闲闲地聊着天。对面写着"上栈头幸福里"字样的房子，是村里的托儿中心、长者照料中心、卫生健康中心，里面有儿童乐园、读书角、食堂、护理床，甚至还有一台价值近百万元的网络医疗诊断机器，村里的医生常年驻守。这个"幸福里"让假期回村的年轻人和孩子有了去处，让留村的老人有了守护。

看着老人们怡然自得地聊着天，感觉他们也正生活在幸福里。再回首看着远处旋转着的高耸的摩天轮，五颜六色的座舱像一个一个勺子，一点一点地把财富舀到了上栈头人的口袋里。沿着紫藤长廊向山脚的停车场走去，共富学院外墙已经接近完工，露出雏形，站在前面觉得它比我原先想象的还要高大宏伟。共富学院一楼将是展厅，展出整个玉环市的土特产，二楼是容纳300来人的报告厅。作为全国唯一的共同富裕示范村的代表，村党支部书记吴法林在中国—丹麦共同富裕与共同发展研讨会上，通过跨国视频连线、同声传译的方式，向海外友人分享上栈头村的共富模式，说建成后"将把培训这块做起来，带动整个产业链，包括民宿、餐饮。老百姓家的土特产，像我们海边的鱼干、鱼面、鱼皮馄饨，游客过来可以带走"。

　　黄松土让上栈头人的生活上升了好几个台阶，把上栈头村的财富抬上了一个好平台。疫情期间，全玉环、全台州的人都往上栈头跑，上栈头景区确实红火了几年，但是疫情结束，人们又都去了更远的地方，这对上栈头景区的客流量有不小的影响。如何继续抓住干江镇滨海旅游带开发的契机，融入整个玉环的乡村旅游开发中，如何在遍地开花的乡村旅游中，保持一定的客流量，同时让更多的年轻人回流，保证村子的持续发展，考验着上栈头人的智慧和勇气。

　　所幸黄松土的继任者们还在，他们继续他的精神、他的做法，幸福里的家具、办公用品、医疗器械都是村里企业捐助的，共富学院是村里的企业捐资建造的。用现任村党支部书记吴法林的话说，办企业的（人）是先富起来的一部分，这部分人要回报社会，要带领后富的村民一起富起来。而共富学院就是他们希望村子持续发展的一次新的投入和尝试，他们希望立体地发展上栈头景区，吃、喝、玩、购物、培训等项目齐备，留住人，也吸引更多的人。

　　共富学院，共富两个字意味着这个曾在光阴里老去的村庄正走在崭新的路上。锄地的加保大叔下次再碰见我会不会说现在他们有大钱了？

　　走到长廊的尽头，回到茅椋楼所在，不知茅椋呑何时被叫作了沙呑坑。岁月久远，沙呑坑从有沙到无沙再重新变成一个沙滩，这一变化似乎也在见证着上栈头的乡村振兴之路。现在的上栈头人显然用自己的方式挖掘到财富，走入幸福里。

歌声荡漾的村庄

一

从写着"下栈头村沙角头"的蓝色路牌进去，就通向了一个开阔的石坪，迎接我的是一句欢快的"我兴冲冲奉命把花选，哪顾得酷暑炎热日当中……"这是越剧《送花楼会》里的唱词。

石坪空荡荡的，屋子散在边上、坎下，只有一对老夫妻，相互挽着手站在路边，阿婆穿红底黑花的衬衣，阿公穿着深蓝色POLO衫，还挂着拐杖，似乎大病初愈。声音就是从阿婆脖子上挂着的手机里传出来。看见我，阿公翘了翘拐杖问："你晓得网线几时弄好？没网，日日流量，要多少铜钿啊？"我不知道他们为什么会问我，挠挠头皮说我不知道，我帮你问问。"嗯，问了得跟我讲。"我也不知道去问谁，赶紧溜走。

向下走，靠山坡的房子多是原来的石屋，有些坍圮了，有些在整修，有些仍有人居住，陈旧的门窗里透出过去的气息。靠海的一面，即使是石屋，也多粉刷、修葺过，墙面看着还算新。有一座四五间的屋子落在坡下，院子里晒着衣物、渔网，以前肯定是兄弟众多的一户人家。其中一两间的门窗干净，有人生活的痕迹，靠边一间的门上都爬了绿苔，显然主人很久没有回来了。更多的房子是新建的，像小别墅一样。有一座屋子，三间三层半，铁艺大门，米色瓷砖的外墙，每个房屋外都挂着空调，大理石栏杆，黑色铝合金窗，白色窗帘……院子里种了树，也留了好几个车位，但感觉好像没人居住，大约主人只有在节假日回来一下，算是度个假。与它斜对角的路边是一幢两层楼的房子，房子前后种了花，也种了一些豆子、青菜。下栈头人的地都是这样零零碎碎的，刨一点，算一点，种些蔬菜，可以日常吃。

我正数着架子上结了几个蒲瓜，一个细微的曲调钻入耳朵，一个干瘦的紫色身影，弓着腰在拔草。靠过去，声音正是她发出来的。这是我从小听的调子，很熟悉，但就是想不起叫什么。

蓦然发现，小时候常绕耳畔的越剧已离我的生活很远了。现在一下子听到了两次，感到分外亲切。可是却让人家误会了，紫色身影直起身来，瞪着眼问我："在寻哪个呢？"我说："没寻哪个，就随便逛逛。"她说："哦，要玩去上栈头那边。"我说："哦哦。"连哦了几声，才反应过来，自己怕是打断了人家的兴致，严格一点甚至可以说撞破了一个年老女人试图留住青春的秘密。怪不得她要瞪眼，是我冒失了。

干笑一声，赶紧抬头看海，无意瞥见几个工人正从停在路尽头的工具车上搬网线，我便像见了救星般奔过去。可惜身后的歌声已经停了。来到车子前面，问师傅网线什么时候会弄好。他们说快的话今天就可以了，慢的话明天上午完工。我记下这话，道了谢，向下面走去。

如果说上栈头是长在半山，下栈头就是落在半山以下到山脚的位置。下栈头的房子明显多，因为许多上栈头人也把屋子盖到沙头去了。这里的房子密密集集的，就像在一块礁石上长满了的藤壶，挤挤挨挨的。

在村子里乱走，老旧的废弃的石屋似乎还散发着鱼和渔网的气息，而粉白的石屋、修缮过的石屋用院子里晾晒着的衣服，宣告着主人的存在，一些建了有些年头的三层楼、四层楼用尚还留存的烟火诉说过去的红火，这可是一个有几百年历史的老渔村。想当然地以为，时光留给这个村庄的应该是安静，就像它边上的上栈头一样。

可总是有声音在流转，像风一样飘忽不定，是小时候学校操场戏台子上的清唱声，是村庙戏台子上的锣鼓声，还是姑姑们贴着嘴角的哼唱声？我在各种屋子间东奔西突，试图把它抓个现行。

村子的炊烟早已经消失，但是饭菜的香气与村子里的歌声永远不会散去。循着那些原真的蒜葱味、酒气、肉香寻去，与气味一起飘荡在空中的是哪些声音？有些从电视机里传出，有些从插在围裙兜里的手机里传出，还有一些从在灶台前晃动的人口中传出。一个种了葱和青菜的院子里，一双穿着半高跟皮鞋的脚在石条门槛上一闪而过，一句"官人，你好比天上月……"被留在了门外。这是《盘夫索夫》里的唱词吗？我绞尽脑汁地回想，脑海里浮现出《桑园访妻》《送凤冠》《穆桂英挂帅》等所有自己能记得的剧目。

我发觉自己似乎在某个屋子的转角，看见一个穿着斜领绣花古装的年轻男子，急促促地去桑园访妻；在某个院子的围墙外，穆桂英背插翎旗要赶着去挂帅；或者在某个敞亮的堂屋里，包文正正准备挥泪斩包新……好像有烟火冒起的屋子里就有越剧的声音在流淌。

我还没有深入这个村庄，就觉得自己已经迷失，像被困在烟火和歌声造就的玻璃罩里。到后来饭菜的气味消失，歌声也停止时，我怀疑刚才的一切是否真的发生。好几次，都走到死胡同，尽头是一座安静的房子，无声无息的，不知有没有人居住。

我头昏脑胀，根本不知自己走到了哪里。想起小学四年级时去当时的栈台中心小学跟一位姓吴的老师学画画，去的时候有同学带着，回来时在这个村子里迷路，被狗追着跑到连哭都忘记了。之后，明知道会辜负吴老师的好意，但还是怀着愧疚的心情再也不敢去了。现在我也像小时候一样不敢走下去，放弃了走到山下沙头的打算，只想原路返回。

二

走着走着，却想起另外一条路，从高岩寺下去才是以前经常走的路。于是开车到上栈头的文化礼堂，从高岩寺边上的路下去。

高岩寺边上，几块大石头堆起了景观，配了几丛竹子，竹子边上是高高的原始岩石。下去，看到一座房子二楼的阳台直接搭在山坡的地坎上。一座高大的房子外表装饰一新，很显然是要做民宿的，边上屋子的阿婆告诉我说，这就是以前的栈台中心小学。我盯着看了一分钟，也难以把它和记忆里的栈台中心小学联系起来。不明白，我印象里道阻且长的处所，难道它一直就在这么容易找到的路边？

再往下就是以前的老哨所，我记得小姑姑带我来这办身份证时，那个年轻的士兵身后放了一个收音机，他跟着哼着邓丽君的歌。哨所后来撤了，房子用来做了一段时间的乡养老院，整天响着的就是越剧。现在房子里面乱糟糟的，不知道是什么人在用，另一幢哨所旧址的屋外挂着红色基地字样的牌子，也许下次来，这里的歌声会重新响起吧。哨所围墙外是一片空地，有停车场，有水泥路，有三岔口，这里鱼腥味弥漫，有人在路边晒了虾干。对面路边有一座老房子，墙上钉着牌子，上面写着"清古屋"，台门上的灰雕表明它确实不简单。突然的静寂里冒出电视的声音，是《打金枝》，郭暧正在怒斥升平公主呢。我一时还以为是这充满古调的老屋里有久远的曲调留存。回身看到是边上的小屋子里，一位阿姨打开了电视，一边看一边吃饭。下栈头有自己的越剧团，20多个人，都是50岁左右的年纪，这个阿姨莫不是就是其中的一个成员。

转出来，沿着水泥路走，发现它直通沙头，这是我没有想到的。看门牌上面写着"双退"，与它对面的是沙角头，远远看着那些石屋密密地挨着，中间的通道跟迷宫一样。我明白过来，自己刚才就在那里迷路了。沙角头层层叠叠的屋子一直绵延到山脚，好像它的歌声也是这样绵延地流淌到山脚，最后流入大海，形成汪洋一片。

双退往东就是东向了，沿着石板路走，感觉自己像跟着一股水在走，它流到哪里，我跟到哪里。都是老旧的石屋，还有不少人住着，可能多数是老人，但路和院子都很干净，屋子边上有土的地方都种上了葱蒜和青菜。一户人家，院子里种满了花草，红的、紫的三角梅开得满园都是，坐在院子里，就是一幅"面朝大海，春暖花开"的写照。有两处屋子后面的坡地上还圈养了鸡鸭，在安静里显出一点喧闹。

我又迷路了，正纠结要不要冒昧地进到某个院子、某个大门里询问一下。身后有细微的哼哼声，赶紧回头。是一位穿着工作服的阿公，头发几乎全白了，但是身体看着很硬朗，他哼的调子我似乎有点熟悉，心想应该是越剧吧。他看我在一户人家院子下的岔路口踟蹰不前，便问我去哪家。我说，回去不知道往哪里走了。他说，跟我来。东拐西拐地，几分钟就带我回到了大路。我跟他道谢，他摆摆手，晃着头，进了边上一间屋子。我猜他在心里把刚才被打断的曲调续上了。

从高岩寺上去，踟蹰了一下，我走回到沙角头的石坪。下去时碰见的老夫妻刚好坐在路边的一间小店前，我过去告诉他们："装线的人说最快今天就好，最迟明天上午。"他们茫然地看着我，好一会才反应过来说，"哦，晓得了"。然后是沉默，这沉默让我生疑，我下去时他们真的哼唱过什么吗？

终于回到停在上栈头村口仕芳超市前的车子上，发动车子才发现已经一点多了。赶紧回家吃饭，吃完倒头就睡。——是这个村庄迷宫一样的道路，还是像海妖唱得一样缥缈的歌声让我如此疲倦，又或者只是4月的太阳更容易让人犯困？

三

5月，是跟着浙江省小百花越剧团的调研小组一起再去的，直接去了下栈头村的文化礼堂。记忆里它一直是渔民文化宫。1992年以前，在栈台乡和干江乡还没有合并为干江镇时，全栈台乡的小学会在这里举行六一汇演，栈头中学五一或国庆节的演出在这里，下栈头村的社戏也在这里，有什么慰问演出、报告都在这里。小学时，我在台下仰着头看演出，努力辨别哪个节目是我们学校的；初中时，学校的一次五四汇演，有一个节目剧本是我写的，但因为当时初三，大家没时间排练，节目的台词直接被拿掉，变成了哑剧。村里有社戏演出时，我和同学们会在课余溜进去看戏，嗑瓜子，偷看化妆的演员……这里曾是全栈台的文化娱乐中心。

戏台还在，且被整修一新，变成了二层回廊式结构，顶上盖了红色琉璃瓦，横梁上写着"盛景争春"四个字，两侧的对联是"选大昌黄钟乐奏中华开泰运，得良辰美景曲歌渔岛照棋星"，边上的屋子也终于向好奇多年的我打开了门。

楼梯的墙上挂着"玉环市越海戏曲艺术中心"的牌子。这是2017年设立的，同时设立的还有"杨珊玉越剧音乐工作室"。杨珊玉老人80岁了，是原来玉环越剧团主胡兼作曲，越剧是他一生的挚爱和追求。从20世纪60年代开始，他创作了《八一风暴》《越氏孤儿》《九曲桥》《朝阳沟》《血手印》等许多为人耳熟能详的越剧作品。即使在耄耋之年，他还来了个"京花移越"，把京剧现代样板戏《红灯记》改编成越剧。

2018年，杨珊玉戏曲音乐作品专场在玉环大剧院上演时，全国各地的票友纷纷慕名前来，大剧院内座无虚席。杨珊玉就是下栈头人。

从楼梯上去，右侧贴着越剧十流三派及代表人物的图文介绍。进去是一个排练厅，屋子尽头，是一个小舞台，舞台上挂着一架子的戏服，边上堆了好些箱子，里面也是戏服、道具，一个箱子上还放着一顶"相公帽"。舞台外两边的柱子上挂着音箱，左边柱子前放着各种乐器，右边柱子前是一台立式空调。我知道以前有戏班子来下栈头唱戏，这里就是演员的宿舍、化妆间，现在虽然空荡荡的，但是当随行的老师中有人随口起了一个调子，突然间，过去我和小伙伴们躲着偷看的那些演员穿着戏服走来走去的情景仿佛就在眼前复现了一般。

可惜杨珊玉老人没来，来的是他的弟弟杨宝林。他是以前栈台中学的校长，也是我的老师。我们快30年没见面，老爷子也快80岁了，非常健朗，身形高大挺拔，满面红光，映得皱纹也没有几条。

虽然我早就从干江镇的同志那里知道了杨珊玉越剧艺术工作室、越海戏曲艺术中心，也知道一直负责具体事宜的是杨宝林老师。可到当时那一刻，我才把那些名字与具体的人、事联系在一起。

他说，1953年，下栈头就有了自己的越剧社，虽然只是一个村级越剧社，但是走出了许多越剧名角。他说的那些名字，在越剧圈里肯定比较著名，随行的老师都频频点头，而我一无所知，只是想起小时候看戏，大人们会指着这个说那是下栈头谁谁的女儿，指着那个说这是下栈头谁谁的媳妇。不知道那些名角是不是就是那些人。

从1953年到2023年，70年了，下栈头的越剧历史竟然如此悠久，即使村子里的屋子倒塌了，那些石头也能发出主人曾经的吟唱吧。越剧是刻入下栈头人基因里的曲调。70年里，从狭小的渔船中，从海边堆积的渔网中，从屋角的厨间，从清晨的阳光到落日的余晖里，越剧跟柴米油盐一样伴着下栈头的每一个人。

海浪多险哪，日子苦啊，唱一段《葬花》，落几滴泪也就过了，或者唱曲《送凤冠》，嬉笑怒骂一番也就乐了。几个人凑一起，手里忙着晒鱼、挑担，忙着织网，嘴里来个联唱、对唱，一个日子就翻页了。苦乐自知，有了越剧就有了那苦药后的一口蜜糖。自导自演，自己人看，别村人也来看，越剧村的名气就传出去了。

下栈头的越剧，一代一代的孩子们爱上了，接上了。到了现在，村里还有一个小小的剧社，每周固定排练，请了县里专业的越剧老师当指导，平日里则是杨宝林老师负责教。

杨宝林老师在大学学的是中文，他热爱唱歌，在中学念书时就四处找老师学习，可惜20世纪五六十年代的玉环哪有什么正儿八经的音乐老师。他说在楚门中学念书时，有一个稍微有点懂的老师告诉他唱歌胸腔要打开，但是怎么打开，老师自己也不知道。他就自己摸索，他向他的三哥杨珊玉学了许多乐理知识，所以他还会作曲。老爷子在2000年左右退休时，在网上花钱报考了辽宁一个大学声乐教授的专业课，学了几年，终于有了系统的学习。后来在椒江住了些年，又去杭州住了些年，一有机会就学，就练，生生补上了几十年前的课，补上了年轻时的遗憾。2017年的时候，决定叶落归根，把家里的老房子翻新、装修了一下，回到了下栈头。"50年代栈台的学校就办在这里，"他说，"我小时候，清港一个姓严的老师，她教自己带的这一届学生学越剧，还排成戏演出。我看她排了陈世美的这个戏，她还自己上台演，演得很好，渔民也喜欢。排戏演出需要行头，没钱买，渔民们纷纷出资。后来学生们结婚了，出不去演出了，她就一家一户地拜访过去，邀请她们出来。就是她这样的积极性、这种热爱影响、感动了我，50年以后，我回到了家乡，觉得应该要继承这种传统和热爱。"

继承传统，传递热爱。因而，下栈头人的越剧从过去唱到了现在。过去是老师逐字逐句、手把手地教，现在师生是拿着手机、iPad，对着视频学。别处的越剧多是女角，在这里从来是男女分演。但是村里人习惯了自由自在的"野唱"，觉得调门对就可以了，但唱法很多都不对，唱久了，改变起来也难。杨老师把毕生所学和满腔热情都投入进去，和他们一起慢慢磨，慢慢改。四五年时间，他们怀着从头再来的勇气，竟然改成了。

整本的《西厢记》排了，演了，在干江镇每月一次的越剧集市上，几乎都能看到他们越剧社的身影。他们把自己排的戏送到四乡八村，他们的名气越来越大。他们快乐了自己，也快乐了别人。

杨宝林会改编戏，也能写戏，他说自己写了一个《碧海丹心》的剧本，写的是一个解放洋屿牺牲的烈士，希望专家领导能帮忙指点一下。我说："杨老师，这是不是您保持年轻的法宝啊。您看快30年了，我都老了，您几乎没什么变化。"他说："不知道啊，但做这些，我喜欢，我快乐。"他又说他已经把《雷雨》改成越剧版了，请了杭州的名家来编曲，希望能早点完成，他们也要排练起来了。他说这话时，我觉得他还是以前带着我们一起动手平整出一个像样的操场，让栈台中学第一次有了正儿八经的体育课时的他，仿佛也与他以前和学校里的实习老师一起打篮球时的样子没有什么不同。可能音乐让他保持了活力和年轻。

和他一起的还有两位中年女人，短发、穿长裙的那位还带着自己的孙子。她们是下栈头村越剧社的成员。2007年台州市首届越剧演唱大赛冠军龚灵花因有事情没来。杨宝林老师提议说让她们唱一段，让省里和市里的专家们指导一下。她们站到舞台中央，起了势，蓦地就从两个平常的农村妇女变成了耀眼的明星。唱腔清亮婉转，我是不懂，听不出她们唱的跟现在的视频或者以前的磁带唱的有什么不同。就是专家们都笑着说有专业味了，引得一位老师兴起，也上去露了一嗓子。

当然，村里越剧社自然也有许多难处，没有钱请团队演奏，只能让社员们跟着伴奏带一次次地练，没有像样的演出服，租的、借的、自己做的都有，每个人都有自己的日子，琐碎，繁杂，但是社里的音响一响，都会放下杂七杂八的事情，赶过来。这种刻在了骨子里的喜爱和热情，促使他们坚持下去，这也是杨珊玉、杨宝林两位老师坚持的动力。

杨宝林老师说他50年后回来是为了热爱和继承，杨珊玉老师更是做了一辈子的越剧，而下栈头人的一辈子都离不开越剧。

越剧已经成为下栈头人柴米油盐之外的另一样生活必需品。

　　几个月后，又去了下栈头沙头，从堤坝卖鱼货的贩子，到停车场边上的小饭馆老板，再到码头路边摊的阿姨、排档的老板娘……留心点，他们在闲歇时听的，哼的，唱的，都是那些熟悉的曲调——越剧。

　　所以，上次我听到的歌声，不是幻觉，而是这个村庄它的日常生活。

　　后记：2024 年 7 月 8 日晚，杨宝林老师编排的越剧现代戏《雷雨》在上礁门村广场上演。

复兴的沙滩

　　我记忆里的沙岙坑除了黑乎乎的海涂泥，就是船，各种漆迹斑驳的小船和偶尔一见的航船。

　　那时候，父亲和母亲都在村里人办的修船厂上班，我也跟着去"上班"。很多时间里，我都坐在靠山脚的两层小楼底下晒太阳、发呆、打盹。房子原本应该是刷了白色石灰的吧，但是时间久了，墙上全是大片黑色的污渍，墙的下半截尤其明显，好像整座房子是从黑色的海涂泥里被拔出来似的，滴滴答答的涂泥沿着墙壁往下淌，在墙的白灰上留下一处处痕迹。

　　被太阳晒过的涂泥，在靠近屋子的地方，变干、皲裂，在海水滋漫的地方，仍是烂汪汪一片。于是，房子又像是树分散的根系一样伸向泥涂，汲取强壮的力量。屋子右边是一条宽一些的土路，左边有一个码头，码头上有几间小屋，小屋前经常铺满渔网，坐满了补网的女人，码头一边有一座两层小楼，是我同学的外婆家，她屋子后面是石头筑的台阶。

　　禁渔期码头停满了渔船，沙岙坑的泥涂上也满是船，参差排开。修船的人爬上爬下地忙碌，电焊的光，在炎炎的夏日里不时发出烟花炸裂似的耀眼光芒。有穿蓝色卡其布衣服的人影钻进船的油柜里作业，人就像被关进了烤箱里烘烤，一架破电风扇嘎吱嘎吱地响，徒劳地往狭小的口子里输送凉意，其实它的风即使进去，也会在密封的空间被电焊的高温烘成热气。

我坐在阴影处，看着海风也被阳光烤干，油柜里的人出来，浑身湿透，似乎里面装满了热油，他像戏台前小吃摊炸的油鼓泡虾一样，刚被炸过，淌着油被夹了出来。

有些小船的油漆被刮光，已经重新批上了腻子、抹上了桐油，米色的腻子填补了船木之间的缝隙，一层又一层，等上好了新漆，似乎就是一艘船的新生了。有的船大一些，人被吊着，在船尾或船头作业，麻绳秋千一样晃荡着，人坐在用麻绳系着的木板上，没有任何保护，用脚的摆动来掌控方向，敲钉子、刷油漆，甚至电焊。还有一些船，露着崭新的木色，龙骨两旁刚刚搭上撑木，等着包上外层的船板，木头在阳光下泛着接近阳光的颜色。

如果雨天，整个沙呑坑就沉浸在灰暗里，天空也是泥涂的颜色，三面的山像腐朽的船板被生锈的铁钉钉在沙呑坑的周围，灰浊的海水漫上来，退下去，加深了泥涂的幽暗和深邃。所有的船都在雨里沉默，和它们在洋面经历的风雨相比，这其实不算什么。船在码头，就如同人在屋子里，沉静的空间里，仍有冷意流转，"屋"外几乎没有了"人"，"人"都在修船厂里面。当外面的天空越来越暗时，船厂的炉火就是光暖的来源。

中午歇息的时候，大家拿出自带的饭菜或者刚蒸好的饭盒，就着炉火吃起来。父亲拿出家里的搪瓷罐，里面四分之三是米饭，米饭上是鱼鲞和咸菜、蚕豆，母亲拿出两个大搪瓷碗，把饭菜分出来。父亲端着碗坐到男人堆里，母亲端着碗，边吃边照看我。

周边满是黑暗，铁锈斑斑的炉子里燃烧的煤块缓缓释放着昏黄的火光。我穿着粉色小碎花罩衫，把脸埋进搪瓷罐里，等抬起来，脸上总是有一两颗饭粒，母亲就轻轻地帮我摘下。

不知道为什么，那一刻的饭菜特别香，身边吃完饭或者正在吃饭的女人们都在夸奖我小小年纪，吃饭认真，饭量不错。男人们隐在炉火的阴影里抽烟闲聊，父亲的身影混迹其中。风从窗外呼啸而过，雨"噼噼啪啪"地叩击着门窗，那一簇炉火和我粉色的罩衫成了许多人后来这一段记忆里难以抹去的亮点。

这时候的沙岙坑还没有通电，只能靠柴油机发电，修船厂没多久就亏损了，老板之一的老谢的儿子高中毕业后回来接了这个摊子，但是我的父亲和母亲都没有再在这里上班。

等终于通上电的时候，小谢（现在也是老谢了）的修船厂也开始像模像样了，白色的屋子仍是脏兮兮的，但是门口挂上了修船厂的牌子。村子出入没有公路，所有重要的物资、大型的机器都要从码头上下，码头也日益兴旺。放学的时候，我们跑到码头，还能看到人们用滑轮吊着一些铁家伙，几十个壮小伙一起"哼哧哼哧""嗨哟嗨哟"地把它们从船上拉起来。有时候码头还堆满了沙子，男人们一担一担踩着石头台阶挑上来，挑到路边堆着。

到90年代初，有人在码头开了一家小饭店，工厂早已不再蒸饭，挑担子的人也不自己带饭了，到小店买份热汤热饭也就五毛、一块的，奢侈一点叫几个肉菜也就几块钱。还有人在路边的空地上办了一座冷冻厂，码头上来的海鲜可以直接进冷库。

渔船、货船、运沙船进进出出，每日都有许多人来来往往——这大概是沙呑坑最红火的时候了。

后来，公路通了，机器、沙子都可以用卡车运输，人们出门可以坐车了，沙呑坑的航船、运沙船就慢慢少了。小谢的修船厂开始搬到外边的码头上，冷冻厂还在，但是人少了，饭店也开不下去了。我同学外婆一家早已经搬走，撤乡并镇，人们都开始往镇子集中。

我读大学时有一次去栈台同学家，经过沙呑坑，看见白色的房子几乎成了灰黑色，门窗残破，码头上原来开饭店的小屋子成了人们放渔网的仓库。我同学外婆家的屋子也租给了一些渔民。等我大学毕业回来，小屋顶上破了一个大洞，也没有人修，怕是老早废弃了吧。同学的外婆家，屋顶瓦片滑落，窗玻璃也破了几块。

我站在公路边张望，发现沙呑坑的泥涂也没有了那种浓重的光彩，像一夜之间老去的人，原本饱满的脸庞变得千沟万壑，任海水澎湃也无法恢复它的青春。泥涂上残留的船骸，空洞、残缺，像最哀伤的挽歌，和沙呑坑一起唱着彼此的末路。码头也开始荒芜，水泥剥落。而栈台的防风码头正风光无限呢。

沙呑坑上面山头的人家也搬离了，半腰的石头屋都空荡荡的，其中有一户是我同学家，屋子椽子脱落，院子里荒草淹没。路边原来倒沙子的地方建了一座教堂，山半腰的水库也做了水泥的堤坝。公交车奔跑着，越来越多的轿车也跑起来了，但是没有人停下来看一眼沙吞坑。它在人们的视而不见里消沉。

我问过父亲，沙吞坑叫"沙吞坑"，但为什么没有沙子？父亲说以前有的，但是后来被人挖没了。"为什么挖没了？""要用沙啊，就挖，挖挖就挖没了。"我有点遗憾，我见过沙吞坑的热闹兴盛，见过它的没落荒凉，却独独没有见过它满是沙子的样子。

沙吞坑没有沙子很多年，没有人烟的时日也渐长，涂泥上漂浮的机油没有了，船骸也慢慢消失。最后一次看到的是，一艘只剩下一副龙骨的小船歪躺在泥土里，一艘舢板横亘在岸边，一个穿着防水背带裤的中年男子拿着一把木桨正从船上下来。

太多的人坐着车子或者开着车子从沙吞坑边上经过，鲜有人停步来看望一下曾经火热的沙吞坑，他们有更加火热的日子要过。沙吞坑有过村子里最早的工厂，而这个最早的厂子，也早已改行，不修船，改做柴油机轴了。现在村子里开了大大小小近20家工厂，村里的大部分人习惯了去工厂上班的生活。

好多年后，对面的鸡山岛开始成为网红岛，上、下栈头两个村庄开始开发旅游业，富裕起来的人们似乎突然意识到，挣钱之外，人还是需要休闲的。一夜之间，整个镇子的人们都好像觉得自己需要一块眼皮底下的休闲地。于是，人们从一些老人久远的记忆里挖掘出：沙吞坑以前是有沙子的，荒弃它太可惜了。

他们着手重塑这个被忽视了好多年的地方。2015年的冬天，破烂的屋子被拆掉，沙吞坑停车场外侧，好几台挖掘机同时开工，将工程车倾倒下来的黄沙往海涂上送……从福建平潭购入的

9000多吨黄沙要铺满这片泥土地，最后要建成一个长120米，宽60多米的人工沙滩。

沙滩上方还有一个可停放200多辆车子的停车场，周边还种上了遮阳纳凉的树木，西侧建了一个截溪水的蓄水池。车子停在这里，人可以到上栈头玩，也可以就在沙滩上玩。

夏日的傍晚和周末，沙岙坑的停车场上停满了车子，沙滩上挤满了带着孩子来玩耍的父母。在海风的轻抚中、海浪的涌动里，孩子的笑闹声、尖叫声此起彼伏。

沉寂了几十年的沙岙坑复兴了。

门前屋后

1993年，我们刚搬到山下的时候，房子门前是楚栈公路，屋后是一片稻田。公路对面是同村与我们一起移民下来的人家，他们住的是和我们一样的临时住房，稻田的另一边是干江村的几户人家。

村子搬到新的地方，人们都开始尝试新的行业。我们这排的房子都是一层的砖瓦房，从左到右，依次是鸡山人租下来开的瓷砖店、老六家的铝合金店、我家的早餐店、老滥的理发店和老滥堂兄弟的小厂子，对面的房子是晚几个月后建的，基本是用来自己住的，只有一间租给湖山头人卖水泥。对面的房子虽然也是一层的砖瓦房，屋后也是田地，但是都有一个地下层做厨房（不像我们这边都浪费了这几平方米的空间）。最右边的那间是阿林家，办了一个小汽配厂。

鸡山人的瓷砖店开了一年多，就出去做生意了，店转给了胖子夫妻。老滥一边开着理发店，一边在堂兄弟老秋的厂子上班，干了一年多后就基本歇业，也买了几部车床开始和后门的阿华一起办小厂了。我们的住房前都还有几十平方米的空地，老秋他妈就在老秋的屋子前搭了一点铁皮，放了几张台球桌，每天傍晚，都挤满了打球的年轻人。同样挤满人的还有对面梅家姐妹的小店，那里是打牌、搓麻将的地方。这十几间隔路对望的临时住房，就是村子重新开始的地方。

接下来的几年，陆续有人再搬迁下来，后建的房子都是三四层高的联建楼房，接在一层的砖瓦房边上，也分列路两旁，向山脚延伸。另一头隔河的楼房就是别村的了，再过河，是综合市场，市场边上的房子，有我们村的，也有别村的。

最初几年，门前屋后的格局没有什么改变。我们的屋子搬到这里，感觉就是从树林里搬到田野间。我家屋后虽说是杂地，但是地主人原来还在上面种过一季稻子，几茬番薯、土豆。但是，地很快就荒着了，变成水汪汪的杂地。冬天水干了，泥土没干透，像毯子一样软绵，我们穿着鞋子跑上去玩，一踩一个浅坑，却又不会陷下去，这里就成了孩子的游乐园。到了夏天，却是蚊虫的摇篮，青蛙也多，从早到晚"呱呱呱"地叫个没完。有月亮的晚上，搬个小凳子坐在家后面的水泥板上，月光清亮，田里的水接着月光映出杂草疏密有致的影子，像一片浓缩的丛林，萤火虫不失时机地出没，闪烁着光的荧光虫像精灵提着灯笼穿梭在丛林中间。我们把手电筒打开，照着田野，不用走过去，就觉得自己已经行走在田野里了。这时候的村子还充满泥土的气息。站在院子里远眺，可以看到远处高墙头山腰上的老房子，那边还有人住着。

那几年是做什么都红火的几年，大家都忙忙碌碌地挣钱。小房子里的人挣了钱，就想着办个小厂子；办了小厂子的人挣了钱，就想着办大一点的厂子。

首先是老秋，把屋后的地填满了石渣，很快在靠河边的地方接着原来的小房子，盖了两间两层楼的房子，再在空地上搭了铁皮屋，一个简易的厂房便成了。我来不及遗憾青蛙们少了一半的家，隔壁的老滥也把屋后的空地填了，因为少了卡车进出的地方，连带着把我家后面的空地也填了，他家的空地上建了两间砖瓦厂房，我家的空地就做了停车场和装卸货的场所。我高二暑假回来，看到的就是我家空心板下面几棵杂草在黄泥的威压下耷拉着脑袋，等待枯萎。有几日，听着青蛙们的叫声似乎凄楚了不少。

对面房子后的空地倒是没有被填埋，但是大约主人都去工厂上班了，地里一直半空半种的样子。他们的厨房门口直接对着田埂，经常有青蛙、萤火虫到家里拜访，看得我挺羡慕的。但是我也很快习惯了我家后面的空地，后门也有路出入了，其实挺方便的。隔了一道水渠，还是田地，过了一些日子，青蛙们大约在那边安顿好了，"呱呱"声如常响起。

等1998年我去读大学的时候，水渠被填了，从水渠一直到山脚，干江村几户人家边上的大片土地都被填了。老秋在他家后门的空地上，建了两座大厂房。老滥叔紧跟着在他家和我家对出去的空地上也建了厂房，靠山脚的那边好像是中山老度叔的厂房。有一就有二，有二就有三、四、五。他们的厂房建起来后，我们这边的房子，一直到老粮站，屋后的空地很快全部都被填了，都建了高大的厂房。那时候也不管手续齐不齐全，好像只要土地一个愿卖，一个愿买，厂房就可以建了，如果要审批通过就要各显神通了。（2020年前后都被整改了，全部要求重新补办审批手续。）

门前的路也变了一下，从黄泥路变成了水泥路。没有变的是对面房子后面的田地，被县里定位为基本农田，是受保护的，虽然没有全部被耕种，但也是不允许被侵占的。而对面高墙头山上的房子也没了房顶，人们搬迁到镇上了。

厂房的增多，见出厂子规模的变化，村子似乎从泥土中被拔出了一截，不再是只有单一的泥土气息了。

我有点惋惜对面土地的荒芜，这时来了一个芦浦人，包了这几十亩地，挖出了一个鱼塘。他在鱼塘边上搭建了两间铁皮屋，一间住人，一间当厨房兼仓库。他养鱼卖给饭店，也让人们去钓鱼，一个人50元，生意竟然很不错。

他这边鱼塘一开业，边上的土地仿佛也活了过来。不断有外面的人过来承包，种花菜、西瓜。这显然和国家对农业的补助有关，不过当土地再次焕发生机，人们还是很高兴的，尤其是有了一点年纪的人，觉得种满庄稼的土地才是真正的土地，拥有种满庄稼的土地的村庄才是真正令人舒心的村庄。

十多年来，我们屋后的厂房建成后，外观几乎没有变化，变的是里面的老板。老度叔的红冲厂亏了，于是他入了一点股份到他兄弟的齿轮厂，自己的就不办了，厂房就租出去了。他隔壁原来是村里大清的厂房，但是他在1998年就亏了，非法集资了100多万元，全家跑得无影无踪。老秋叔的大厂房原来是和他的兄弟老谢合用的，后来老谢的厂搬到小屿门工业区了，他自己的最近几年不办了，就把厂房也租了。老滥叔十几年前就亏了，厂房早就租出去了。边上的厂房原来是蒋家兄弟齿轮厂的老厂，但是兄弟几个的厂子越办越大，早已一分成三，都搬到外边的工业区了，这个地方也租给别人了。最靠近山边的老粮站，是村里阿旺叔他们最早办厂的地方，后来他们买下来了，但是现在他们的厂子早都搬到镇工业区了，每个厂房面积都有三四十亩。老粮站后边的地方建了一座三四层高的厂房，里面有好几个厂子，门口挂着的是一家家具厂的牌子。

我家后面的空地，说起应该可以算是村里最早的"工业区"了吧。30年的时间里，从无到有，从兴旺到平淡，见证的是此处企业的诞生、发展、壮大和搬迁。唯一遗憾的是，我再也没有见到过萤火虫了，不知道这算不算是发展的代价。

我们屋前，老秋娘的台球桌转给了隔壁村的楚方，他找了一个湖北的有点残疾的姑娘。我们经常看着他们一边管摊子，一边谈恋爱。但是到后来，大约2008年前后，因统一整改，屋子前面不允许私搭乱建，铁皮屋被拆掉，台球摊子就没有了。不过这个时间，其他娱乐开始多起来，来玩台球的也没有几个人了。

没有变化的是对面屋子后面的田地。不，也是有变化的，芦浦人的鱼塘兴盛了几年后，在几次大台风的攻击下，损失惨重，最后也停业了，空荡荡的鱼塘渐渐干涸，慢慢地又变成了土地，只是暂时还没有人去承包。但是它边上的土地，已经被大棚覆盖，西瓜、西兰花、盘菜、葡萄、萝卜……承包土地的不再是外地人，而是村里或者隔壁村的人，他们有些是原先到外地承包土地的，有些是做过生意、到工厂上过班的，有年纪大的一直种田的，也有年纪不大，回到土地的，大概经过几十年工业社会生活的洗礼后，他们觉得最为亲切熟悉的仍是土地吧。

田野上也造了可以通车的水泥路，果蔬、搭建大棚的物资的搬运都很方便，一般人都有车子，实在不济的也有一辆电动三轮车。用我父亲的话说就是，现在种田和以前不一样了，也是要讲现代化的。田地边上靠近山脚的高墙头，许多人家也拆了老房子，建了高大的新房，但是也有人竟然花了十几万买了人家几近损毁的老屋子，重新修建，将它变成自己喝茶养生会友的处所。

2019年，我家屋子后面的道路扩建、改造了，村里最后一条泥路变成了水泥路，可以让车子自由进出，大卡车也可以通行了，厂子里的材料、产品的进出也便捷了许多。而屋前，也统一用水泥浇筑了院子，修建了下水道，造了绿化带。原先水泥路和屋子中间还夹着几米的泥地，一到雨天，还得自己挖沟导水。我们屋前到绿化带的地方，刚好可以停车子。现在过年过节回家，可以看到每户人家的前院至少都停了一辆小轿车，好几户人家还有两三辆。2020年年初，村里统一又为我们屋后修建了围墙，整齐美观了许多。

对面的砖瓦房因为土地面积不够，没有办法拆了申请重建，而我们这边几乎都是三四层的立地房了。站在家里的顶楼，整个镇子都能纳入眼里，右边大棚的尽头，白马岙新村已经建好几年了，一批商住套房也基本建好了，现在还有高楼和新的工业区在建。而在屋子的正前方，依然是农田和茂密的山林。山林中有一条灯带会在晚上亮起，那是通往白马岙金沙滩的公路，夏日的晚上和周末，总有车子不断上下。

　　不下雨的晚上，我喜欢出去，穿过马路，走几步，就能进入田野，那里依然有河流在静静流淌，有泥土的气息、化肥的气味和果蔬生长的声息，有还没回家的农人的话语，和田野特有的昆虫的鸣叫。这个村子，似乎一半在机器的轰鸣里狂奔，一半仍在农人的手里梳理。

最早的和最后的房子

1998 年前后，村里的许多临时住房都可以申请重新建造，成为正式住房。当时的政策是审批通过后必须马上拆了重建，我们这一排右边的几家就拆了重建了，左边几家的房子因为当时正当厂房用着，就没有申请重建；我家，因为我妈一股砸锅卖铁也要送我姐俩上大学的勇气，没有钱盖。马路对面的七八户人家，像老满叔、老福叔、阿飞婶他们也是因为没钱，就没有去申请。

结果 1998 年是一个分水岭，此后想要获得审批，重建房子，难度就大多了。2004 年，我家的两间临时住房里还住着人呢，而镇政府的规划图上，右边的一间地基已经变成了消防通道。对面五六户人家更惨，因为他们房子后面的土地被划为基本农田，根据国家基本农田保护政策，那些地是动不得的。他们的位置就有点尴尬，整块地沿着马路呈一个三角形，西边的地势开阔一些，有足够位置能够按要求建下三四层的屋子，东边他们这里，地变窄，又不可能侵占农田，房子长度明显不能达到造房要求，就是想审批也批不了。2002 年后，村里在镇综合市场边上开发了商品房，但是他们也没有买，可能在潜意识里，总觉得套房不如自己建的立地房好。而我家的房子在经历了一些波折后，终于建成了。我们这边场地开阔，按照规划要求往后退了2米，房子长15米，后面与路还有十来米的距离。房子建成后，后面的空地都算我家的，我爸把围墙一造，圈出七八十平方米的院子，开辟了一块菜地，一年四季青菜、白菜、卷心菜轮着种，还种番薯、土豆等。家里的田是早没有了的，山上还有一点地，早些时候他也是每年都跑上去耕作，但是山上没什么人了，野猪多了起来，他种什么都被拱掉，也就不去了。现在他似乎从这一点零星的泥土里找回了劳作收获的快乐，勤劳地耙地、拔草，然后叉着腰，一脸的满足。似乎房子建成，然后还能拥有这么一小块土地可以耕种，他的人生理想就已经完全实现了。

我家左边的老滥叔和老秋，他们的房子也批了下来，但不是作为住宅，依然是厂房。因为他们早已经在镇子中心的位置买了地基，造了房子了。按农村宅基地审批政策，他们不可能再在这里拆了房子重建。老滥叔后来干脆把这两间屋子卖给卖农药的阿兰夫妻开店。作为村里最早一批高山移民，我们这一边的房子，算是全部重建了。

对面的梅家姐妹，她们也在镇子的大街上买了地基建了房子，一般是子女住着，现在的临时住房是两层的，姐姐的屋子楼下开小店，开了快30年了，每天打牌、搓麻将的人都闹到深夜，这是她家一笔不算小的收入。妹妹的楼下曾租给人家开小饭馆，也是家庭额外的一笔收入。所以，她们不拆不建更划算。不过去年，路口改造，她们说伤了房子的根基，要求拆了原地重建。现在建成了两间两层半的钢筋水泥的小楼，村人说她们也算赚了。中间两间是老尧的，他也是有另外的房子，住不住、租不租都不要紧，他不差钱。最边上的阿林，在1998年躲债跑掉了，房子关了好多年，后来回来把债还完了，就把房子租给阿水当修车铺，自己在外地有房子，在镇上也买了地基准备建房。

对面只剩下三户人家是一直住着的，就是老福叔、老满叔和阿飞婶。2008年，村里在镇综合市场后面兴建村里的2号小区，地基涨到好几万了，要求统一建成五层高。有人极力建议他们去买，但是他们说买了也没钱建。最后禁不住怂恿，老满叔去抓阄，但也没有抓到，就不了了之。

阿飞婶夫妻都是在诸暨、东阳那边承包土地种西瓜的，种了十几年，我妈说应该有点积蓄。但是她说养了三个孩子，接着儿子要读大学，都要花钱，这些年攒了一点，但是总还是差一点。我爸说老喜在人家厂里打工都买了房子了，你家怎么可能比他还不如。阿飞婶说他其实没什么钱的，是他老板叫他贷款，"买屋还要贷款，胆子多少大啊！我们不敢的，还不出来，屋子也要被没收了"。听她这话的时候，我就想起看过的一个笑话，说两个老太太同时去天堂，美国的老太太说我终于还完了买房子的贷款，中国的老太太说我终于攒够了买房子的钱。我把这个笑话说出来，阿飞婶倒坦然，说我们就是中国人啊，贷款这种事情就是外国人做的。我一时语塞，不知该如何接话。于是阿飞婶一家，除了念书的儿子，她的两个女儿也在为家里的房子努力挣钱。

可是不久后，我听我妈说他们在东阳种的西瓜因为台风，被雨水淹了，要大亏。阿飞婶回来时，去找人借钱。我们奇怪她家的钱哪里去了。我妈说借给别人放利息了，时间还没到，拿不回来，现在暂时向别人借钱周转一下，缓过去再说。我说干吗借利息，银行贷款不就行了。我妈斜我一眼，说："农村人习惯借来借去的嘛。"这是什么逻辑，我半天也想不明白。

不过，阿飞婶还是蛮幸运的，借出去的钱时间一到就拿回来了。我妈劝她不要再借别人了，说："老六家的钱借给邻居，第一次五万元连本带利还了，第二次又借出去二十万，人家死活不还，自己都替别人挣钱了。你儿子大了要娶媳妇，没房子怎么行，还是赶紧想办法造个房子吧。"

阿飞婶听进去了，叫女儿把钱存了银行，也开始留心镇上的房子，但似乎也并不着急。后来女儿出嫁，他们干脆回村里承包土地，发现这样更划算，就不出去了。等儿子大学毕业，女朋友也带到家里了。姑娘挺好的，但是看到他家是这样的房子，来一个客人也没处可住，脸上就有些失望，她父母更是直接反对。阿飞婶才有点着急起来。

她还是想要立地栋的房子，想等有了地基就建。可是第三批地基村里还在和隔壁村谈判，真正批下来要等一两年。儿子在女朋友老家那边找好工作，结婚都提到日程了。阿飞婶才终于不执着于立地栋，刚好综合市场边上的套房有人在卖，四五十万。她就一次性全部付完，然后装修，给儿子结婚用，原来的房子租给人家办兴趣班。

我咂舌："买房带装修，不要六七十万啊？全部付完，不是挺有钱的嘛。有这钱不是老早可以买房子了。"我妈说："也就是这几年攒起来的吧，原本没那么多的。"我叫："分期付款也可以啊。"我爸说："我们怎么懂这些，欠银行几十万，不要夜里都睡不着啊。"

不过不管如何，阿飞婶家的房子终是有了，我妈只遗憾又少了一个好邻居。

那就只有老满叔和老富叔没有像样的房子了，我觉得他们也可以借鉴阿飞婶，买个套房也挺好，他们的兄弟老友叔就直接买了套房的。但是我妈说他们在等村里的第三批宅基地，他们是不愿意住套房的，觉得楼上楼下都是别人家，不舒服。

2019年前后吧，村里的最后一批宅基地终于出来了，15万元一间。我听了直吐舌头，几年时间呀，翻了好几番。但是我妈说他们都已经报名了，钱他们也攒好了，建房子如果还不够，现在信用社贷款也方便。

我诧异，他们现在会想到贷款了。我爸白我一眼："我们又不是傻子，以前不懂，难道一直不懂啊。账我们难道不会算吗？向银行贷款不比向人家借利息便宜？"

现在最后一批宅基地的房子已经开始建造，老满叔和老富叔的新房指日可待。然而，他们那边的一排旧房子，并不会被拆。它们将作为因高山移民政策兴建的最早一批房子的最后留存，见证村子30多年的变迁。

美丽庭院

一、滨海村

一河之隔，是滨海村的新旧两半。

旧的村落沿着山脚，被田野裹了一层，又被河流包了一圈，依次过去的那些名字——东渔、鲍家、断岙、大岙，就都被包裹在山岙里。从中穿过的水泥路，跟一根葡萄藤似的，串起葡萄般的房子与叶子般的田地，房子散落在地里，田地间隔在房子中。

和干江别的村子不同，滨海村几乎没有像样的企业，村民们拥有的就是有限的土地和无垠的大海。村里有五六只渔船，数量大概是镇子里最多的，土地就在门前屋后，不必包给别人，自己晨作夕归就可以了。旧村子没有规划，屋子都是在从前老房子的地基上重建的，有的屋子琉璃瓦顶，小别墅形式，涂料粉墙；有的是联建房，四五间、五六间连着，四五层高，外墙贴的是瓷砖；更多的房子是独栋的，两间两层，水泥墙面；还有许多两层的石头老屋；最差的是黑瓦顶红砖墙，连水泥也不曾粉上一层——有一间屋子甚至窗户玻璃都破了一块，用塑料膜蒙上。院子里晒的衣服说明还是有人居住的，可能是出租房。房子错落在一起，颇有点谁也用不着瞧不上谁的味道。不过有一点它们出奇的一致，每一座房子外面至少都有一个空调，屋角多少种了一些青菜、葱、蒜。有些房子的院子里停了汽车，有些停了工具车，更多的是电瓶车。

从外面，肉眼就可以看到这个村子从20世纪50年代（甚至更早），到90年代乃至新世纪流行的各种乡村建筑的风格。

在房子中间穿行，主人把行业和生活都直白地放在院子里展示。堆满泡沫浮球、渔网，肯定是个捕鱼的，通过看浮球大小、渔网网眼粗细，也能判断主人家渔船的大小，它们之间是成正比的。院子里堆着锄头、皮水桶、长舀勺、化肥袋的肯定还在种地。有些院子搭着铁皮棚子，锈迹斑斑的，即使看不见里面堆了什么，也能猜出这家肯定办着小厂或办过小厂，如果边上还堆了一些铁屑或铜粉，那肯定是还在办的……

村子里也交织着各种透露出信息的气味，田野十分之八九被大棚占领，但塑料薄膜掩不住里面化肥或粪便的气味，越浓说明施肥的日期越新鲜。向海边走，越近，鱼腥气就越重，到了大岙码头，停泊的渔船、滴着海水的鱼筐会很坦白地告诉你腥气的源头就在这里。

几个老太坐在一间小屋子前面晒太阳聊天，身后的木门开着，可以看到一张铺着被褥的木床和一张四方木桌、一张骨牌凳。另一边墙上的玻璃窗上挂着天蓝色的雪纺窗帘。路另一边，对着一座两间三层楼的屋子，应该也有些年头了，水泥墙都泛出了青苔。楼上阳台一个50来岁的女人冲下喊："阿姆，今日日头好，我给你晒晒被子哦。"小屋前一个穿花棉袄，套了黑罩衫的老太抬头说："不用，不用，太阳晒间里去了，晒到床了。"女人"哦"了一声，进去了，老太们接着闲聊。

转过屋子，到一个拐弯的地方。两口水井在路边，井台用水泥砌得平整，靠路边的原来的井口用石块砌成，后来又加了一圈水泥，里面的水很满，看着很深，另一口井用石板砌成六边形。两口水井都有七八支水管通向路边的好几户人家，还通向一处田里，井台边放了一个打水用的塑料桶。这两口井应该为村里人省了不少水费。

井水浇灌的地里，白菜已经丰收，丢弃的白菜叶花瓣一样地散落了整个地面。地那头，一位60来岁的老人正躬着腰，把白菜一棵一棵整齐地码进红色的编织袋里。他身后，装满白菜并捆扎好的袋子有几十个。他的左前方，还有一块地搭着黑色的棚子，不知里面种了什么，也不知是否是他的土地。隔壁的土地已经被平整过，似在等待下轮播种。再过去，一座两层半的水泥屋子和一座两层的灰砖瓦房边上，油菜花漫不经心地开得旺盛。靠近河边的小块小块的地上，芥菜、芹菜、葱、蒜与杂草、荒树间隔着生长。

在断岙和大岙交界的地方，夹在两端大棚中间的一大块地上种了许多一种叫"红美人"的柑橘树，树苗不高，大约才种不久，不知有没有到了开花结果的树龄。地头有一口水泥井，还有一个简易的竹棚，下面堆了木头、竹之类的杂物，看来这块地的主人是有好好耕种的打算的。

可能几步之外，就是主人的屋子。想起在大岙山脚碰见的李大伯，60岁了，年轻时出去包地种西瓜，现在儿子出去包地种西瓜。他说儿子包得多，都用机器耕作，跟自己以前不同了，自己在村里，捣腾着保留的几畦地。山脚与路隔了一条山沟，他用竹排搭了一个简易的桥。年纪大了，没有力气挑水浇灌，就在地头放了许多塑料桶，又挖了一个坑，铺上防水布作为蓄水池。边上的地是侄子的，侄子外出打工，地不种了，他拿了过来。几十株"红美人"，就是他生活的重心，是他的创收。自己屋前的地种菜，管日常菜蔬。"'红美人'这些年行情好啊，我挣几个钱是几个钱。"他说。乡下人是没有退休一说的，他们闲不住，不刨点地，也要去找个什么手工活做做，挣一点蝇头小钱，买个烟酒。再不济，种点天然有机的果蔬哄儿孙高兴也是美事一件。

种地的多是老人，他们守着村里的土地，也相当于守着村子里的生活。他们与土地的相处，正是延续了千百年来传统农业社会里人与土地的亲近关系。

河右边的半个滨海村，在新旧交替的房子中间，在一块一块仍被耕作的土地中间，在工业文明的时代里，是滨海人仍旧坚守农村原本生活状态的缩影。

河左边，是滨海新村，小区整齐划一，清一色的联排小洋楼，三四十幢，共150多户。屋子边上种的是花，摆的是多肉。屋子后面都有停车位。广场上有各种健身设施，小区中间有廉政文化长廊，有小广场，边上还有一个在建的篮球场。有老人带着孩子在广场上玩，有老人打开大门，在客厅门口晒太阳。一个中年男子，扛了一个白色的塑料桶，放上五菱车，嘟嘟地开走了。

美丽乡村

这完全不同于滨海旧村的面貌，也许他们的生活仍有许多共同之处，但是在居住条件和环境上还是有了很大的差异。

新村北面沿河的地方保留了一片木麻黄，这种只生长在海边的树木成了干江许多上了年纪的人的记忆。通过木麻黄，可以看到原先的垟坑盐场，而现在的滨港工业城上建起了许多高大的、现代化的工厂。也是一河之隔啊，新村是夹在两条河中间的地带，它的一边是过去，一边是未来。

听说滨海旧村改造美丽庭院工程即将开始，那时灰扑扑的水泥色的房子，裸露的砖墙都将被刷上色彩，在屋角地头的空隙种着的蔬菜将被换成鲜花，乱堆乱放的杂物将被整理整齐，犄角旮旯将被打扫干净。那时生活的朴素本真与庭院的美丽整洁会相得益彰，与新村同美在河两侧吧。

二、白马岙村和垟岭村

从滨海村到垟坑村，驶上南北大道，在南北大道的左侧，远眺可以看见白马岙村，而右侧路边是垟岭村。

白马岙老村，位于观音礁隔壁、鲍家南面的山脚下，是离镇中心最远的村子，是传统的渔业村。村子边上是一个300来米的黄金沙滩，现在村里除了少数几户人家留着做农家乐，大部分也搬到了新村。2009年，村里对镇上村属的黄家塘75亩农田进行了改造，将之建成了白马岙居住小区，盖得早的是联建房，有10来幢，后来建的都是联排小洋房，一户一个小院子，大多种了月季、三角梅、多肉，瞧着都像小花园。小区还建有一幢小高层，也是村里的，算是满足了村民的住房需求。

山上的村子，石屋、沙滩，充满渔家风情；山下的新村，整洁美丽，富有现代生活气息。白马岙既是需要保护的传统古村落，又是美丽宜居示范村。

白马岙小区西边的学苑小区，建成于2016年，是干江镇最早的安置小区之一，"旨在解决干江镇上、下栈头等村一批无土地但符合建房条件村民的住房问题，同时也面向乡镇范围内符合建房条件的高山移民、无房户及困难户"。学苑小区与干江中学一墙之隔，与干江中心小学一条马路之隔，瞧着和城里的那些小区还真没啥不同，更算得上是位置绝佳的"学区房"。

和学苑小区遥遥相对的是垟岭村。垟岭村是因为整个村子在海拔100多米的垟岭山头而得名，以前村里只有一条崎岖的小路供人上下山，村民经济收入有限不说，生产、生活也是很不方便。村里人都希望下山。1996年前，村里结合高山移民政策，用本村山下的耕地安置移民66户。1996年后，村里山下的土地被划为农保地，不能作为建设用地，移民工作就停了下来。2003年，垟岭村的人均收入不到3000元，低于全镇5000元的平均水平，还不到市人均水平的一半，是玉环市十个后进贫困村之一。

山上老旧的石屋一座又一座地沉默在垟岭人的无奈与叹息中。直到2004年，垟岭的农村指导员李荣江提出采用置换的办法获取建设用地。村里投入近50万元，先整理、复垦山上的旧宅基地29.7亩，然后通过置换土地的办法获得建设用地，完成第一期的目标后，第二期又整理出25亩，才基本解决了移民新村的用地指标。

垟岭新村在南北大道和麦莎大道交叉的东北角，贴着两条大道，在麦莎大道左侧有一部分比较早的房子，右侧则是村子主体。在南北大道上，远远就能看见"垟岭村文化礼堂"字样的建筑，进到村里，才看到家家户户门牌上写的是"阳光家园"。

村子200多间房子，除了1996年建的66户，剩下的100多户也是分成三批建成的。2006年报批建成22间街面屋、60间排屋和相关配套建筑，2013年建成76间排屋，2018年建成38座联排小洋房，2020年建成8间街面屋。这就是垟岭新村房屋建设的数据。随着村庄建设而来的是村民收入的提高，2012年村人均收入达11344元（2012年后无统计数据）。

走进垟岭新村，走进他们的阳光家园。沿街的屋子都做了店面，开着小吃店、小饭馆，挂了"××公司"的招牌，后面的小洋房都是一幢两户或四户人家，统一的构造，半地下室，台阶上一楼。每户人家的台阶上都摆了盆栽，有多肉、金橘、杜鹃、绣球、幸福树、百里香、六月雪、茉莉、兰花……台阶边，相邻两户人家共用一个小花园，种有柚子、铁树、桂花、菩提树……有些人家的窗下还会放一个架子，上面摆满了各种各样的多肉。有一户人家用小叶黄杨做了一个小隔离带，有一户人家屋角的小花园里，三角梅开得正鲜红，还有一户人家的三角梅已攀上了二楼的窗口。

小区三面环水，很安静，车子在屋子中间穿梭，也在他们的花园中间穿梭，屋前都划了停车位，有好些车子停着，屋后墙脚摆放着大理石洗衣池、分类垃圾桶。屋子后头自带有车库，门向上拉起，里面有的停了轿车，有的停了三轮车，也有的放了几辆电瓶车和晾衣服的竹架子、藤椅之类的东西，这车库是当仓库了。有些人家车库边地下室的门开着，里面放着煤气灶，这是简易的厨房；还有的放着锄头，放着老旧的厨柜、桌凳、咸菜缸子，这是杂物间。不时有穿着花围裙的老太在转悠，摸摸这里，扫扫那里……一个女孩子站在大门口梳头，一个老太从她面前走过。女孩问："阿婶干嘛去？"她说，去地里拔点菜，回来炒猪肉。

开着车子在村子里乱转，发现各家院子里最多的就是三角梅，每一株都有一两米高，花开得团团簇簇、红红火火的，像把房子托在花丛中。随手用手机拍了几张照片，都跟罗曼特·雷雅科夫的作品一样。

无论是统一的旧房改造，还是村里沿河修建的长廊，民居门前屋后的绿化，污水管网及处理设施的建设，村部综合楼、休闲广场、健身运动场所的建造，生态垃圾房、小区监控的设置，这个村子的规划、建设，都是严格按照人居环境"八化"标准和社区服务"八个配套"的要求，以"五统一"的方式规划、实施的。所以垟岭人在旧生活中拥有了完全崭新、美丽的家园也就丝毫不奇怪了；所以它获得"省级农房示范村""美丽乡村精品村"的称号也丝毫不奇怪了；所以在垟岭待了七年的驻村指导员李荣江入选"浙江骄傲——2010年度最具影响力人物"也丝毫不奇怪了……

垟岭村一天天美起来，好起来。垟岭村人的日子也一天天美起来，好起来。

三、木杓头和其他

从垟岭绕盐盘过，可以看见干江唯一的高层住宅小区江鸿尚品就在路旁，它是由原来干江兽王皮鞋厂的老厂房拆除后重建而成的。

沿楚栈线，向梅岭方向走，梅岭新村几十幢黑白灰的新中式小洋楼在马路一侧铺开，房前屋后的鲜花绿植映着后面的田野、边上的河流，这就是大家向往的生活了吧。从梅岭新村过去，南塘新区的小区也初具雏形，99栋田园风格的房子，两户一栋，虽然配套的绿化还没有弄好，但是和对面的干江中学新校区、边上的梅岭新村呼应，将来应该也是如诗如画的所在吧。

沿楚栈线，向栈台方向走，在镇政府对面的是下礁门新村，联建房一座又一座地整齐排开。下礁门南面隔河的是木杓头新村，又叫"海锦小区"，外围的联建房是大约十来年前建的，里面的联排小洋房，是最近一两年建的，有些已经装修入住了，更多的还在装修。木杓头山上的老村子我不久前才去过，除了南面山还有些人家，山顶上的屋子基本上都颓败、被废弃了。原来人们早把日子种到新的地面了。

木杓头新村东边隔河的小区，除了七八幢是本村的屋子，其他都是炮台村的。炮台村又不同，全部是联建房，一幢七八间，一户人家一间，门牌上写的是"海蓝花苑"，而木杓头新村那七八幢房子的门牌写的是"海蓝小区"。

房子的前后都种了花，还有很多多肉盆栽。有些屋子装满旧家什，弥漫的仍是以往的日子气息；有些屋子已完全抹去了过往，全欧式的装修，让人一时不知身在何处。从炮台村出来，可以看到干江卫生院边上的上礁村高山移民的最后一批新房子主体已经完工，从1992年（开始移民）到2022年（开始建造），刚好30年。

山上山下，是白马峤、垟岭、上礁门、下礁门、炮台、木杓头等村子的新旧两种生活。山下的新村是时代向前的痕迹。每一座新建的房子，每一个美丽的庭院，都是乡村的一处美景，都是人们对更加美好生活的追求和努力。

台风过境

当广播里开始反复播报今年第几号台风，将于某月某日在某地登陆时，男人们就会开始检查门窗上的油纸和插销，拿出木板备着，还要去屋后的水沟，挖掉里面的落叶和淤泥。屋子和屋后的土坡就半米左右距离，人在中间挤来挤去，不能高扬锄头，只能将它轻轻抬起，轻轻放下，多张开一点，说不定就碰到墙或伤到坡上的泥土。水沟清理干净，家里的水缸装满水，锅灶前的柴爿堆满，就已经充分展现了人们对一场风雨的重视和尊敬。

当窗外的风呼啸着，木门、木窗砰砰作响，人在屋里烧旺了柴火，烧出喷香的米饭。吃饱后，早早地卧床，再甜畅地睡上一觉，任风大雨大，屋子就是人们的万能堡垒。第二天，天一亮，十有八九风停雨霁，人们撤去把屋子封得严实、漆黑的木板，光亮就充满了角落，日子又恢复了生机。许多年来，人们就是这样习惯了台风，但是习惯归习惯，恐惧和损失还是会伴随着风雨骤变而来。

有一年父亲要去管船，这是唯一一次母亲唠叨着让他先安顿好家里再去。他似乎不大听，觉得这次台风和以往也不会有什么不同，敷衍了几句就走了。

下午3点，天就全黑了，雨像密集的剑阵一样把我们的房子包围在一小块天地的中央，令我们动弹不得，压得人大气都不敢喘。我和妹妹窝在灶台前像两只面对着猛虎的小兽，母亲竭力表现出平淡从容的样子，催促我们尽快吃完饭上床。木板隔断了屋子和外界的接触，我趁母亲去楼下，斗胆偷偷趴在窗缝上张望。黑乎乎的，什么也看不清，但因为贴近木板，突然放大的风雨声却把我吓到，似乎外面下的不是雨，而是千万挺机枪扫出的子弹，人一吱声就会暴露目标，然后被打成筛子。

风夹杂着尖利的呼啸声往门缝隙里钻，我觉得寒意从脚底传来，一哆嗦，赶紧躲回床上，裹着被单不再吱声。母亲在楼下，我听见她拖动木棍顶门的声音，她肯定还用力拉了拉，环视一圈后才上来。5点不到，母亲就关了灯，妹妹让她再开，她不答应，说开灯太危险了。怎么危险？刮台风是因为海里的龙王生气了跑出来喷水、刮风。屋子亮着灯，他看见了就会扑过来……

我们马上噤若寒蝉，身体不自主地贴近母亲。妹妹要上厕所也不敢说要开灯，要母亲陪着摸索着下楼。于是母亲又有一些不忍，只好又拉了电灯，说尽量快一点。昏黄的灯光映亮了屋子，添了一些暖意，也显露出更多黑暗的角落。平时熟视无睹的家具，都成了制造幽暗的元凶，我盯着电灯，心怦怦跳，希望妹妹快点回来，仿佛只要迟上三四秒的，那条凶煞的恶龙就会把我们当作攻击目标。

关了灯重新回到黑暗——黑暗成了保护我们的盔甲，我们三个人挤在大床上，老式的木雕大床像另一座堡垒一般给我们增加了一点安全感。母亲一手搂着一个，给我们讲故事，妹妹很快睡着了，我却睡不着。不管她讲什么，我眼前总有一条金色的巨龙在张牙舞爪，用被子蒙着头赶不走，用手捂着眼赶不走，侧过头赶不走，又急又无奈，干脆伸出双手在空中乱抓和它搏斗。母亲以为我梦魇了，在伸手不见五指的黑暗里，竟能准确无误地一把握住我的一只手。

她的手干燥、温暖、有力，抓着我，嘴里轻轻地念了一句"泼爽"。这是乡下碰见鬼怪，人人都会念的咒语，我不吭声，用力闭着眼一动不动地躺着，装作是梦魇。她握了一会，以为我没事了，就放开了。她这一握似乎给了我力量，金龙不见了，我的眼皮开始沉重，不一会儿就睡着了。不知睡了多久，迷糊地睁开眼，灯亮着，母亲站在床前的桌子边上不知在干什么。我斜了一眼她的背影，没有多想又睡回去了。

第二天一早，妹妹还在沉睡，我醒了，母亲不在。楼下传来一阵饭香，我拉了一下灯，灯没有亮，但屋子敞亮，愣了一会儿才反应过来，窗上的木板已经卸下，天光照拂了进来，台风已经过境。听见母亲在楼下跟人说话，起床，发现床前的桌子上放了一个脸盆，里面的水有几寸高，楼板中央放了脚盆，窗前的书桌上是一个大洋碗，我们小床靠屋角的地方，也有一个——昨晚屋子漏水了。漏水当然也是常见的，但我竟然毫无知觉，那昨晚的台风到底是大，还是不大呢？

下楼，母亲在院子里，我也出去，脚刚迈出去就吓了一跳，院子里满是瓦片和楝树的枝叶，楝树小臂粗的枝断了一截，垂挂下来，贴着墙面轻轻摆动。

母亲跟坎下的堂伯母抱怨，说："叫他把树杈锯掉就不锯，还说刮了这么多次都没事。好了，现在你看屋角的瓦都被扫了一片，差点没把我吓死。""幸亏树枝是'上掼下'，如果是'下掼上'，那可要连屋顶都掀走了。真是阿弥陀佛。"堂伯母接口说。母亲叹气说："可不是?"我也忍不住在心里说："可不是。"

中午父亲回来看着满院子的狼藉，愣了半晌，终于拿起锯子锯了楝树伸到屋顶的那一枝大树杈，然后又开始上屋顶捡碎瓦片，把新瓦铺盖回去。这一天村里每户人家的男人都爬上屋顶铺瓦补漏，预防下一次的台风。但后来的台风都没有这一次厉害，直到1994年吧，好像是17号台风。那时距离我们家响应高山移民政策迁到山下，已经两三年了，但住的仍是瓦房，还是一层的。

父亲已经认真仔细地把屋顶全部整修过，可仍有漏水，不知是他疏漏了什么地方，还是风势太大，又摧残了瓦片。家里的猫咪吓得不肯着地，一个劲地缠着人抱。

天是大军压境似的墨黑，屋里的灯开着，雨打在玻璃上都看不见水纹，只有"噼噼啪啪"马蹄炮一样的爆裂声，每一声都让我吓了一跳，以为玻璃被敲裂了。父亲把东西尽量都放在高处，母亲收拾了一些细软，叫我们换好衣服，穿上套鞋到沙发上去，说万一小屿门或洋坑塘决堤，房子被淹了，我们就逃回山上去。

全家人整装待发，挤在沙发上，父亲手里拿着手电筒，母亲一只手抓着布袋，一只手搂着妹妹，我抱着猫靠在母亲身上。风雨在头顶咆哮，蒙在屋顶的油布被风一吸就全部贴在了椽条和瓦片上，再一呼，又"啪"地扑向地面，里面的沙子、泥土纷纷扬扬地落了下来。我都不敢抬头看，怕一抬头屋顶就被整个给掀走了。但父亲在看，边看边留意声音特别大的地方，说风太大，有几处的图钉都被"掼"掉了。母亲轻声问："屋子没事的吧？"父亲说："你怕屋顶被掀了？这不会。"说着伸手关了灯，在黑暗里我们关上了眼睛，却努力打开耳朵，通过辨别、捕捉风雨里细微的声响，来判断屋外的状况。

也不知道过了多久，无端地想起了小时候母亲说的刮台风是龙王发怒的事。如果真的决堤了，那么就是龙王暴怒，率领虾兵蟹将席卷大地了。但是在这黑暗中，龙王应该辨别不出哪里是哪里吧，那我们是可以逃脱的吧？又想风雨这么大，如果真的要逃到山上去，风会不会把我们都吹得掉到坎下去了，我们还能活着上山吗？我胡思乱想着，怀里的猫咪却发出了轻轻的呼噜声，仿佛事先上蹿下跳、仓皇乱叫的不是它。我抚摸着它温暖柔软的身体，又觉得到时逃回山上的肯定不止我们家，边上的人家不都要逃吗？那人多力量大，应该可以抗争一下的吧……想着，想着，眼皮奋下，几时睡去也不知晓了。

次日醒来，一切都好好的，父亲早早出门打探消息，母亲在门口站着和邻居交流心得。妹妹不知什么时候睡到床上去了，只有我还抱着猫歪倒在沙发上，水漫到沙发脚下，并不算多，大约拖鞋底的厚度。家里没什么损失，只是水难以退下去。父亲在架空的水泥板地面上钻了几个洞，用大扫把将水扫下去，不消一刻水也就流尽了。

我问父亲昨夜是真的准备逃回去吗？父亲说："刚开始不是

很吓人嘛，熬到12点多就回南了，风小了，雨也小了，还逃什么？"原来台风在半夜就过境了，我觉得虚惊一场。

2004年的"云娜"是吓人的，2005年的"麦莎"更是直接在干江登陆，父亲母亲再也没有逃跑的念头，说现在的塘坝牢固得很，又不是以前泥土筑的，怕什么。

2009年一次台风来，我们问父亲四楼的竹架要不要搬进屋，父亲说怕什么，阳台半封闭，吹不走。那次台风，记得也不小，可全家人站在窗前，大有笑看风雨的架势。儿子和外甥还吵着要去玩水，不知妹妹还是妹夫提议说吃火锅。晚上一家人围着火锅，吃得热火朝天，任凭窗外风雨交加，屋内却有腊月吃火锅般的惬意。第二天起来，阳光明媚，昨日的风雨像是久远之前的事了。

2019年"利奇马"来时，我在椒江，一夜无眠后，打电话给父亲母亲。他们竟然还睡着，说："难得台风天可以睡个懒觉，被你吵醒了。"我问家里怎么样，母亲轻描淡写地说就地下室淹了尺把深的水，水泵可能要坏。我说昨夜睡不着，风把窗户打得"咣当"响。她打着哈欠说我好眠得很，咱们家的窗户没有"咣当"响。顿了一顿，又说："你干什么睡不着？台风又不是没见过，大又怎么样，现在的房子又高又牢，又不是以前的小矮屋。"

我挠挠头皮，一时没有消化母亲的态度。挂了电话仔细想想，也许她的那句"现在的房子又高又牢"是答案吧，再想现在的堤坝也是又高又牢。

也许不是母亲对台风的心态变化有多大，而是现在与以前的生活条件变化巨大。

一个村庄的前世今生

一

从历史上说，整个玉环在地理上都堪称偏远之地，而上礁门，这个位于玉环海岸线上的边角渔村，简直是如同天涯海角般的存在。

村子因海边的冲担屿和小屿门两块大礁石相对，形成一道门的形状而得名。礁门村东起长大厂，西至现在漩门三期的冲担屿，村民居住分散，来往很不方便。1950年，干江解放后，村里要开展土地改革工作，每次开会，光送通知就要花大半天的时间。为了便于工作，经过村民代表的同意，经原干江乡人民政府同意批准，以现上礁门的毛竹园与下礁门的翁家里之间的中界线为界，将礁门大队分为上礁门与下礁门两个大队，毛竹园及以上为上礁门大队，翁家里及以下为下礁门大队（1992年搬乡并镇后，将大队改为村），直至现在。

但在我眼里整个上礁门是由连着的三座山组成，最靠海的俗称"前山"，中间的叫"中山"，也叫"二队、上厂"，后面的就是长大厂，又叫"后山、青龙岗头"。中山对面是干江村的暗墩岗，整个村子就像一个字母"U"，后山就是"U"字底部，正对着海，位于其上，冲担屿、小屿门也尽收眼底。我家就在后山。整个村子几乎都在山上，所以人们习惯叫我们村子"礁门山头"。

礁门山头原来就是一片偏僻的无人居住的荒山。村里人的祖上大多是在清代，为了躲避战乱、灾荒从福建迁过来的，我家的祖籍就是福建莆田。最初人很少，整个礁门山不到三四十人。后来不断有人从温岭、临海迁来，慢慢才形成一个像样的村庄。人们隐蔽在山林里，依着山势在茂密的树木中间建立茅草屋。很多年后，当我出生的时候，我们的房子背靠着土坡，周围是密密匝匝的树枝树叶。房子在树木的包围中，或者说所有的房子跟随着树木，在这一片山林里扎根、生长，到最后人就难以分辨到底是树生在了房子的周围，还是房子长在了树木丛中。

从懂事起，我一直都觉得我的村庄是长在树上的。当我从山脚往上走，看到的是依稀的屋顶浮在树间，灰黑的瓦片似乎也盖在树顶上，随着人走动时目光的起伏而起伏。一阵风来，摇晃着树，也摇晃着房子；雨丝飘过，雨水滋养着树木，也滋养着房屋。如果来一场大雪，雪白的覆盖下，屋子就是树，树就是屋子了吧。这时候已经是20世纪90年代了，离村庄建立（或者按村里老人的说法"礁门开山"）已有200多年的时间，礁门的人口不断增多，到目前为止光上礁门就已有1165人。我常想，200多年前的祖先们，在简陋的茅草屋里进出，在繁茂的枝叶间穿行，是不是就像人猿踩着树干上上下下？然后，随着时间的推移，人从山上搬到了山下，如同人猿从树上转移到了平原。

山下的日子虽然相对安全了，但是赖以生存的只有几块狭小的山地和几条破旧的小船，生计自然困难。解放后土改，在干江塘分到了水田和山地，村民的温饱问题才基本解决。

原本的村庄，因着村民的居住点分作九个自然村，分别是长大厂、上厂、陈家、郭家、蒋家、谢家、冯家、东向和毛竹园。长大厂是因以前这里有一幢较长较大的"茅草厂"（我们把茅草屋叫做茅草厂）而得名；上厂是因为它的地理位置在陈家的上方，而且村民又都居住在茅草厂，所以称作"上厂"；东向是因为它的地理方向朝东而得名；毛竹园是因为原先这里生长着大片的毛竹；而其他几个自然村都是以居住村民家族的姓氏命名。

村庄拆分后，上礁门村就将九个自然村划分成七个生产小队。其中长大厂为第一生产队，上厂与陈家为第二生产队，郭家为第三生产队，蒋家为第四生产队，谢家为第五生产队，冯家为第六生产队，东向和毛竹园为第七生产队。在1970年间，为了方便管理，振兴生产，提高生产效益，将原来七个生产队又改分成13个生产队。

在生产队的年代里，村里人最迫切的任务就是活下去，水田和为数不多的山地的产出远远不能满足每家每户迅速增多的吃饭的嘴巴，庆幸的是还有海。在最困难的几年里，慷慨的大海给了村人丰富的馈赠，村子里才没有人饿死。一些温岭、临海的人，尤其是女人逃到我们村里，就留了下来。我的前山外婆就是带着女儿从温岭逃荒过来的，她在温岭还有男人和孩子，但是来了村里用自己换了口粮送回去后，就和女儿都留在村里，再也没有回去过。

进村，我们日日行走的卵石路，从我们的院子下面蜿蜒向远方，有了经年的风雨洗礼和路人鞋、脚的磨砺，纵使边上青苔蔓生，路面却是光可鉴人。我对这条路习以为常，并不觉得它的特别和重要。现在才知道它是一条有着一两百年历史的古道，"是从干江沙地经上礁门长大厂到炮台，上、下栈头三村去内陆各地都要经过的唯一通道，也是炮台，上、下栈头三个村子的大门。上、下栈头两个村子是没有水田的，是一个纯渔业地区，温岭、乐清两县的好多海产品商贩来上、下栈头购买海产品时，都要经过这条古道"，上礁门村文化礼堂的展板上如此介绍。不夸张地说，它就是一条被世人忽略了的古商道。走完这段古道要多少时间？以前鲜有车轿，更别说驴马，仅靠着两条腿在山林穿梭，一走就是半天。何况走这条古道，还需穿过更多的山路。有船来往，慢悠悠地在海天晃荡，那是现在人的闲情，对于那时的人来说就是时日漫长的煎熬。人也好，物也好，进来难出去也难。一代一代的人守着这片狭窄的天地，守着一成不变的日子，男人不是种田就是捕鱼，女人则是绣花或织网。

不是不勤劳，但村子总体仍是贫穷（那个时代出生的男人名字中许多都带了"福""富""发""财"，以此来表达对未来的期盼）。到20世纪80年代初，村子都没有通电。外面的世界在翻天覆地地变化，但是等这些变化跨过海、穿过盘盘绕绕的山路传到村人面前，不是消息滞后了，就是村人心有余而力不足的无奈：交通不便是当然的，但生存艰难也是当然的吗？一代代人或用穿着草鞋的脚跨越山林，或用小小的舢板冲向广阔的海洋，然后铩羽而归也是命中注定的吗？老人习惯了日出日落的劳作，但是更多的村人，尤其是年轻人，是不甘的，他们期望在一个时间里能实现某种希望，等待一个时机来冲出这一片海角的局限。

1979年，当改革的春风吹拂大地，村里人突然意识到日子还有另一种过法，于是村里的第一个工厂诞生了，很小的一个修船厂，用柴油机发电，用壮劳力扛动笨重的机器。这不是一次成功的试验，却激发了村人血液里一直潜伏着的拼搏的激情。这是另一种冒险，是一种不必担心在汪洋里丢失生命的冒险。敢出海拿命搏一口饭的人，怕什么？这是另一波浪潮，一波全新的充满机遇的大浪，祖祖辈辈在波涛中出没的人，怎么会放过？

这一个开始，意味着东海已经潮起，海滨的人们准备扬帆。

1992年撤乡并镇后，开始建造楚栈公路，正好经过村子的土地（也就是现在干江的麦莎大道）。村里开始动员部分村民进行高山移民。第一批高山移民在三角塘建起了临时住房，村里则开始兴建干江综合贸易市场作为村集体经济的来源，摊位、店面的租金从最初的几万元到现在的几百万元。而真正打开村人视野，把他们名字中的"福""富""财"变为现实的，是那条一开始是黄泥路面的公路。

顺着这条路，村里的年轻人跑出去，见识了世界的新奇和精彩，更愿意把这一份新奇、精彩带回村子。他们出去的时候，都是学徒、打工人，近一些的在楚门、坎门、清港，远一点的到乐清、温岭、路桥，长一点的做个十年八年，短一些的做个三年五年。回家借钱，一分利、两分利，甚至三分利的高利贷也借，办厂子。

　　1993年到1995年间，村里的小厂，更确切地说是家庭作坊，四处开花，光我家边上的十几户人家就有一半在办。那些外出回来的年轻人，既是老板也是技术指导，同时还是自己厂的工人。当时正是国家快速发展的初期，似乎到处都需要东西，整个玉环的齿轮、阀门产业也开始兴起。村里人办的也是齿轮厂和阀门厂居多。每一个人都是用青春熬夜，把厂子办在我家对面的中富，经常上夜班到三四点钟，然后用编织袋一铺，就在铁屑上睡一两个钟头，起床，买点简单的早餐，再干活。隔壁老谢家的兄弟，长年满身油污地钻在车间里，不到半夜十一二点不会出来。1992年，沙吞坑码头还需要靠几十个壮小伙拉着滑轮从船上卸下笨重的机器，到1993年就可以用大卡车把设备直接运到厂子门口。

　　蒋家三兄弟和两个连襟，一起办了一个小齿轮厂，五个人一起起早摸黑地干，才几年工夫就拆分了一次，产值翻倍。几年后又拆分，拆分后的厂子产值继续翻倍。

　　虾米一样的小厂子，在浪潮里经历各种大浪淘沙。熬不过去的就歇了，熬下来的终于都成了像模像样的企业。到今日，村里各类的中小企业有十几家，规上企业2家，2010年前后村企业总年产值7000多万元，现在光振华齿轮一家年产值就上亿。

　　移民下来的村人也开始从事新的行业，"全村1165人，劳动力720人，从业人员630人"，仍有人捕鱼、有人种地、有人开店，但是大部分人进厂务工，台州南氏一个企业的工人中就有几十个村的人。

二

高山移民，让整个村子在新的地方落脚生根，生长、繁荣。继1992年的第一批高山移民之后，1994年又有三分之二的村民移居到现麦莎大道两旁，建立了上礁门新村小区。"2008年，在综合贸易市场后面的二号小区得到了顺利的落实，又解决了一批村民住房难的问题。2019年，三号小区启动，同时建立了一幢占地面积140平方米的两层老年活动室，并且完成了公厕改造。"

我们家是第一批高山移民，刚住到山下的时候，建的都是一层高的砖瓦房，从地基到房子，建好几千块钱就够了，但除了位置不同，屋子里的设施其实和在山上并没有多少区别。没有抽水马桶，每日还是要倒马桶。在山上，马桶可以倒自己家的茅坑里，山下连茅坑也没有，只有倒到人家田头挖的一些粪坑里。倒多了，人家也不高兴。刷马桶都要到河边去，也没有像样的埠头，只是一些石块胡乱堆着，勉强可以站人。第二年，村里建了综合市场，也建了一个公厕，才稍微好些。可是倒马桶的路却长了不止一倍。第二批移民的人就好多了，似乎经过一年多的实践摸索，房子的建设有了质的突破。他们在新村小区建的都是三四层高的联排小楼，里面都配备了专门的卫生间。第一批和第二批的房子在一块，从外观看着就像两个时代的建筑。

到2008年二号小区开建的时候，有一个词就流行起来——装修。用什么样的瓷砖、楼梯扶手、地板，墙面粉白灰还是刷漆，或者贴墙纸，哪种抽水马桶好看又省水，装什么牌子的浴缸，用什么淋浴喷头，用电热水器还是太阳能热水器……习惯了红砖墙、水泥墙面的村人，他们的审美仿佛觉醒了一般，纷纷开始努力装扮自己的房子。

这个时候，另一个词语也开始从村里冒出来——套房。在综合市场边上，村里建了人们原以为城里才会有的套房，一套一百多平方米，起价才几万。习惯了立地房的人们新奇地去看，别说买的人还是很多的，因为地基越来越难批，也越来越贵，买套房似乎也很合算。2019年，村里最后一批地基的销售优先考虑村里至今还没有房子的村民，但一间就要15万元。这个价钱和十年前比，和第一批移民买的价格相比，差的真不是一点两点。

和最后一批房子一起建起的，还有新的村部。原来的村部就在综合市场店面楼上，新的村部要建成六间五层高的大楼，计划底楼租给银行，上面作村里的各类活动室。据说房子还没建好，好几家银行已经来洽谈租金了。

三

山下的新村在蓬勃发展，山上的一切在时间里荒芜，但许多故事仍未被人们遗忘。

村子曾是党的地下活动基地。"在1945年，红军十三军在温岭坞根受到国民党军的袭击，十三军的应保寿同志与其他几位同志被追杀，其中应保寿同志从温岭坞根一直被追杀到上礁门，正当走投无路之际，得到了村民应仁福等人的大力帮助。他们将他藏在村里关庙的天花板上，帮他逃过一劫。应保寿与上级组织和其他几位同志失去了联系，独自一人隐藏在庙内，日常生活都是由应仁福进行料理照顾。约半月后，在村人的多方打听和支持下，应保寿终于与其他几个同志取得了联系，自此他们就把关庙当作联络地点，隐蔽在庙内开展地下工作。而上礁门村就成为红十三军党的地下活动基地之一。直到一年后，因组织的要求，他们才离开了这里。"

村子还曾是军事基地和民兵基地。"在解放玉环期间，隔海的洋屿岛被国民党残余部队占领，为了解放洋屿岛，解放军部队就在上礁门建立起军事基地，把上礁门长大厂的娘娘庙作为弹药库使用，在庙后的山顶上修建了一条长达300米的战壕。"我们小时候常去这里玩，还捡到过许多弹壳。

"解放初期，周边海上还留有国民党零星的残余部队，还有海盗、窃贼和土匪频繁出没，整个栈台乡百姓的生命财产受到很大的威胁。为了人民的生命和财产的安全，乡里建立了民兵组织，因栈头港一带海域是边防海岸线的要道，毛竹园岗头正好与栈头港遥遥相对，又是这要道的制高点，所以就将村民王守才家作为民兵房，关庙作为民兵训练基地，毛竹园岗头就是民兵站岗点。"

几十年时间过去了，许多村里的老人把这些历史口口相传下来，记录在村志上，张贴在村部的公告栏里，让下一代人阅读、熟知、铭记。

四

2015 年，公厕翻新，楼下是公厕，楼上是老年活动中心。边上原来的公交车停车场改建成了村民活动广场，在路边竖了一块太湖石，上面写着"上礁门"三个字。靠河的一边修建了大理石围栏，种了绿植，设了公告栏。靠近公告栏边上这一端建了一个小亭子，里面有石桌、石凳。公厕边上建了一个现代化的戏台，是在原来水泥戏台的基础上用钢架扩建出来的，原来只有一面白墙，现在装上了 LED 电子屏，还在墙面上做了简单的修饰，用红色楷体写着"文化礼堂　精神家园"，两边是黑体的"务实守信　崇学向善"八个字。原本的戏台是没有顶的，遇到做社戏，就要像过去的大戏台一样，先用毛竹搭好架子，再蒙上篷布。如果下雨，看戏的就要自备雨伞、雨衣，冒雨看。现在的戏台顶可以伸缩，不仅包住了台面，而且连下面看戏的地方也都包了进去，人们也不用担心风吹雨淋了。原来唱戏的音响设备需要戏班子自带，现在音响、投影等设备一应俱全。

新戏台启用后，我去看过一次。当时正做着散场（我们把正戏前唱的剧目片段叫做"散场"）《送凤冠》，天空飘了一丝小雨，人们挤在戏台底下，相互招呼着往里挤挤，说"这么多年第一次看戏落雨也不用带雨伞，（这戏台）和城里大剧院比也差不到哪里去"。

乡下唱戏，来来去去似乎就是这些剧目，看了这么多年，人们也不曾厌烦。那晚，因为这能遮风挡雨的戏台，耳熟能详的唱词也变得分外动听。

我想起小时候去看戏，看的都是庙戏，就是在祝贺庙里神灵的寿辰时，请戏班子在庙里做的戏。村里总共三个庙，娘娘庙、关庙、杨府庙。娘娘庙供的是天后娘娘，其实就是妈祖，村里讨海捕鱼的人多，自然觉得需要；关庙供的是关公；杨府庙供的是杨家将。反映了村里人对保家卫国的英雄最为直接简单的崇敬，也觉得他们定然能保护村子的平安。所以，村里每年至少有三次庙戏。

请的戏班子以玉环越剧团居多，如果温岭、黄岩的越剧团来，简直就是了不得的事情，来看戏的人肯定要比往常多。剧团的行头都要靠船运到栈台或者沙岙坑码头，哪个庙做戏，庙边上的人就组织青壮小伙子去抬戏箱，十几箱的行头，全靠人抬上来。然后还要组织搭戏台，戏人[1]就在庙里的地上或者戏台上铺稻草，打地铺睡觉。女戏人娇贵一些，会安排住到边上人家里去。

唱一次庙戏就是村里的一件大事，人们老早就会通知四亲六眷来家里作客。戏台前挤满了男女老少，小吃摊子见缝插针地摆到人群里，不落下一单生意。这个时候的大人大约都是心情愉快，会比平时慷慨，总会小小纵容一下孩子，买一些往常舍不得的零嘴。

现在的戏台前，小吃摊子也是挤挤挨挨地排着，摊子前的大人小孩也是挤挤挨挨的。其实就是平日常买的摊子，但是因为这

---

[1] 当地村民把唱戏的演员称作"戏人"。

戏台前卖小吃的小妇人

氛围，似乎东西就比往常好吃一点。

灯光亮起，后面的背景根据剧情变化自动变换，以前是一块块大布，要换，就要合上幕布卷起旧的，再露出新的。以前的人们看戏经常可以看到熟人，现在的戏人都是外地的。人们写戏[1]都是开着车子去嵊州、杭州实地看过演出了才定的，来的戏人里

_____

[1] 就是某地方或某庙会，邀请戏剧班社去演出。

说不定就有一个两个国家级的演员。我的父亲是经常去写戏的，略微懂一些，说以前一夜戏合着就几百一千，现在一个好的戏人一夜就要几千，一台戏都要两万多。但是他又说贵也值得，现在什么都不一样了，专业的就是好。

看戏，我是不大懂的，图的只是一个热闹。这份热闹好像几十年都没有变过，人们劳作之余，有这样的一份热闹，自然是日子的需要，精神的需要，变的是展现热闹的各种硬件吧。

但是做庙戏的时间毕竟少，更多时候，戏台是空着的。有些节假日，就会放电影，《战狼》《红海行动》什么的都放，但是看的人并不多，一般是老头老太太，还有一些孩子，来得最多的是外地的务工人员。村里的小伙、姑娘们要看，早就舒舒服服地躺家里，在电脑前看完了。我就想起小时候去看电影，也是难得的盛事。村里人早早吃完晚饭，呼朋引伴地赶到村部。放映员放电影是一个村子一个村子轮着过来的，有些年轻人等不到自己村子放，早跑到别村看了。等轮到自己村子了，他们就再看一遍，边看还边解说。放完，到下一个村子了，他们还会赶过去。有时，电影就放一个晚上，有时会连着放三个晚上。夏天还好些，最多被蚊虫咬几口，冬天，有时真的是冷得一把眼泪一把鼻涕的，但是人们就往中间挤挤，似乎足够的热情能产生足够的热量以抵御寒冷。冷热之间，自是今时不同往日。

白天的广场总归还是清冷的，不是没有人——依然有小摊小贩，清冷的是没有电影放映，人就三三两两地散在广场的角角落落。老头们有的在亭子里下棋聊天，有的在活动中心里搓麻将，更多的是一人一台智能机，坐在椅子上看抖音，时髦一点的还下载了专门的越剧 App，偶尔还相互交流。到了夜晚，广场就火热起来，成为"广场舞大妈"的天下，一群白天在家带孙子孙女、在工厂上班，甚至下地干活的老太太，在夜色的掩映下，在音乐的律动中，挥舞着手脚扭动起来——这一点好像城乡都一样。

新村的建设，日新月异的变化都是显而易见的，别的不说，村子里的380多户人家，就有二三百辆车子。路修了，车子有了，脚就分外长了。以前都是往外面跑，往杭州、上海、北京，现在出国也不稀奇了（村里好几户人家的孩子在国外读书，还有人专门跑国外做代购），而现在人们竟然更愿意往山上跑。似乎几十年前向往的生活如今有了着落，反倒怀念起原先在山上的日子。边上的炮台开始修栈道，宣传卵石沙滩，白马㟅更是把金沙滩的广告做得满镇都是，栈台修建了休闲娱乐设施，老傲前村的果园也形成产业了。镇子提出滨海景观带建设，村里也要借着美丽乡村建设的东风，把村子祖辈生活的山林重新开发起来。

村人对山林的记忆、自带的农耕的基因仿佛再次被激活，老根率先在村里包了大片的山林种红心柚，决心建水果采摘园。

我去采访村主任的时候，他拿出一沓村子航拍的照片，一张一张、一处一处、一点一点地指着地图上的废屋、山地、林子等，介绍说这里要修古商道，那里要修从炮台到礁门的小火车轨道，这里是水果采摘园，那里的壕沟可以建教育基地……要和其他村子联合，共同搞旅游开发，村民投资入股，可以分红……村子新一轮的发展指日可待。

我在这个村子里出生、成长，其间不断离开又不断回来，从对它的逃离、疏远，到接近、深入，我无法走遍沿海的所有村落，但是我觉得这个村子，从几百年前的无到有，从40多年前的贫困到今日的小康，从农渔的单一产业到工农渔等产业综合性发展，从发展过程中对工业产值的片面追求而忽视土地生态，到现在力求各项产业均衡发展、重新重视土地的回归……

上礁门村的前世今生，何尝不是中国改革开放40多年乡村发展、振兴的一个缩影，是不同时代风采在民间的鲜活书写。而对于那些在大潮中沉浮搏杀，练出一身的胆色和本领的人们，我能做的就是走近他们，记录他们，展现他们弄潮的风采。

乡村舞台

在镇子里闲逛，总会有意外收获。比如刚为错过上礁门村的社戏遗憾，隔几日就在下礁门村听到了锣鼓声。

新建的文化礼堂就在路边村部的后面，戏台外的钢架蒙了篷布，就搭成了几百平方米的简易剧场。简陋的长靠背椅挤挤挨挨地放了十几排，一排六张，一张可以坐七八个人，虽不至于每张坐满，但密麻麻的，估摸着也有两三百人了。自然是老头老太居多，孩子也有一些。

我坐在末排，和边上的大伯闲聊，他说自己是上礁门的，骑个电瓶车不过几分钟，为什么不来呢。他边上的另一位大伯说自己是木构头的，就喜欢看老戏，不论哪个村做戏，都要去。我犹豫一下，开口："比如栈头、炮台，夜里也去？""去，"他们齐口同声，"现在方便得'猛'，乘车、骑电瓶车，不行就叫屋里人车子送一下。"顿一顿，上礁门的大伯说："我们俩经常一起，电话一打，讲去，我就电瓶车'杀'过去接他，看了一起回去。"我想了一下，现在木杓头新村和上礁门新村的距离，电瓶车不过几分钟，还有一个看戏搭子，实在是不错。

"我们年轻的时候……"大爷还想聊，前排的几个大妈转过来，瞪着我们，我们三个尴尬地笑了笑，只好闭上了嘴巴，专心看戏。

总是听父亲说哪村哪村的戏班子，多少多少（钱）一夜，班子里有什么什么角儿，光她一个就值得。记得有一次晚上七点多回家，经过楚栈公路盐盘段时，路上挤满了车子，大大小小、各种各样，空隙间还堆满了电瓶车、三轮车。看得我心慌慌的，以为出了什么大事，结果听山脚那边传来一阵锣鼓声，摇下车窗问车边一辆电瓶车上的人："这是发生什么事啊？"他用外地口音回答："看戏，看戏呢。"他后边的一个女人用干江话说："介[1]小生，赞些赞呢。"我说："整干江人都跑过来了，忒挤。"她说："玉环过来的多些呢。我迟了，好位置没了。"前面刚空出一条缝，她油门一加，电瓶车就"射"出去了。

好不容易开出盐盘，到上礁门那里又堵了，因为也在做戏。广场上人山，马路边车海。剧目已经开始，无非是《送凤冠》。我急着回家，未细听。回到家，只有母亲等着，见我们回来就说，"你爸已赶去看戏了，介旦赞些赞[2]，现在我也要去了，你们管自己"。后来父亲说我们村请的旦是国家级演员，不得了的。

---

[1] 介：当地方言，"这"的意思。
[2] 赞些赞：当地方言，"很赞""很好"的意思。

我就想那几晚，盐盘和上礁门是打上擂台了，全干江人到夜晚大概就是分成了两拨，一拨去看盐盘的小生，一拨来看上礁门的花旦。

不过，现在看眼前的花旦，似乎上了一点年纪，妆容掩不住眼角的皱纹，身态也没有年轻人的轻盈、灵动，但是端庄、柔美，唱腔深沉，戚派的特点很明显。舞台上只有她一个人，一侧有一张桌子，两把椅子，一把在桌前，一把在桌上。整个舞台显得有些空荡，但她一动，身影就能填满视觉的空，一唱，声音则充实了人的身心。演的是《方玉娘祭塔》，果然是"老戏"，且是辛苦的"独角戏"。七层宝塔，走一层，唱一层，演一层，方玉娘的委屈、痛苦、祈愿也随之层层打开，从祝愿丈夫、儿子、父母等亲人到祝愿地方兴隆吉天、五谷丰登、风调雨顺、太平安乐，从人生的辛酸到为人处世的哲理，无不包罗其中。虽说有些唱词已显陈旧，但是对生活的深思与对人世的美好祝愿也无不切中每一个平常人的内心。

近半小时的演出，很少有人走动、说话，快要结束时，有人走到台前，放上水果，更多的是钱，几十元到数百不等。这是观众对演员最朴素的认可，也是最传统的打赏。小时候，我也见过有人把油鼓、瓜子、甘蔗、苹果放上戏台，那时放钱的很少，有的只是几角一元的。

不过既然讲到油鼓，自然要介绍一下，因为它和石莲豆腐实在是我几十年记忆中干江人看戏的标配，如没有它们，这戏似乎也少了一点趣味。油鼓便是"泡虾"，但与别处形状不规则的"泡虾"不同，它真的如一个小鼓。在浅口近乎平坦的圆勺上抹一层面粉糊，加上卷心菜、肉、虾皮或虾仁（加鸡蛋得另外加钱），再浇上一层面粉糊，盖住，放入油里炸至两面金黄，捞出来，便是边沿薄脆，中间饱满的"油鼓"了。再配一杯一种干江人叫"石莲"的用爬藤植物的果子做的饮品，一场戏就看得圆满了。当然还得为不能来看戏的家人带上一份，真切的惦念就尽在这一缕油香之中了。

戏还在继续，我却得走了。站在礼堂门口买油鼓和石莲豆腐，看见路边房子的阳台上，有女人一边洗衣服一边看戏，有老人坐在轮椅上看，不一定看得真切，但肯定听得清楚。到夜晚，年轻人下班了，怕是要把戏台前长椅之外的空间也挤满了吧。

二

干江人不仅爱看戏，而且还很能自己演戏，因此，干江一月一次的越剧集市很火热，大部分剧目就是自己演的。

终于让我赶上了一场。上礁门村文化礼堂的舞台灯光一亮，天仿佛就主动暗了一般，吃过晚饭的人自动地从家门流出汇聚到广场上来。能坐两百多人的一排排长条凳很快就被占满了，还有人往这里赶。广场外被汽车围得水泄不通，广场边沿则被各种小吃摊、文旅小摊占据。

锣鼓在写着"越剧集市——玉环越韵青苗·少儿越剧折子戏剧场"字样的背景幕布前敲响。舞台一侧挤满穿了戏服底衣、化了戏妆的小演员。

等锣鼓定了点，二胡起了调，小演员就从边侧依次出来。舞台前端一侧的LED屏上跳出"送凤冠"三个字，虽然三个孩子只有一个着了粉红的戏服，另两个都是穿着戏服底衣，但人们立刻就明白了哪个是婆婆、哪个是媳妇、哪个是玉林了。

演婆婆的别了扩音器，一字一句清晰入耳，儿子和媳妇没有别扩音器，只看得见嘴巴动，听不见声音，但举手投足，闺秀有闺秀的气度，媳妇有媳妇的懊恼委屈，演玉林的小姑娘是上次在干江小学见过的，穿着厚底戏靴，身量高了不少，演出了状元郎的架子，也演出了丈夫的愧疚。三个人在台上你来我往，坐、站、转、推、送、接，一板一眼，颇有看头。一折终了，指导老师走过来，指着台面，谁进一点，谁出一点，重新走位一遍。孩子们听老师说完，自己又走了一遍，才小麻雀一样地飞下场。然后另一拨孩子踩着新的曲调与鼓点上台。

而台下，许多小孩子捧着棉花糖、石莲豆腐、油鼓一边吃，一边在人群中乱钻。有几个初中生模样的小演员，妆已化好，穿着戏服底衣和厚底戏靴，一只手拿着折扇，一只手拿着古茗奶茶，一边唱，一边笑着聊天。后台设在村子文化礼堂的活动室，有孩子和大人（有家长，也有指导老师）在上下、进出。有些小豆包一样的孩子已经戴上宫花、穿上戏服，围在老师边上。从屋子里出来一个戴凤冠、穿凤袍的小姑娘，边上的村人都一声惊叹：真漂亮。马上就有小孩跟过去看了。

7点20分，主持人站上舞台，开始报幕。一折《打金枝闯宫》就上演了。原来头戴宫花的小姑娘们演的是宫女，着凤冠霞帔的是公主，穿大红官袍的是驸马爷，他们就是干江镇中心小学的孩子们。演宫女的小姑娘们也有板有眼的，明显比几个月前我在学校看表演时要沉稳了。台下的一个阿婆感叹："多少赞，比大人唱得还好。"

《打金枝》后是《追鱼观灯》，再是《三河恋·送信》，还有《西厢记·琴心》《牡丹亭·醉画》《白蛇传·断桥》《天女散花》《越剧串烧》，竟还有《祥林嫂·问苍天》和《窦娥冤·斩娥》。

扮演祥林嫂的小姑娘才十一二岁，老年妆也压不住她的娇嫩，但一开嗓，祥林嫂的悲苦、愤懑却是震耳欲聋的。一声声质问虽不能说多么起伏跌宕，但也真的称得上情感饱满动人。祥林嫂的悲愤在清越的唱腔中倾泻而出，边上好几个妇人听得落了眼泪。有一个胖男人说："这么细的小人怎么会理解祥林嫂？"另一个男人说："不是唱得蛮好的啊。"等窦娥上场，亦是满台的冤屈与悲伤。而后《双枪陆文龙·归家》在悲伤中带壮烈，家国情怀中夹着儿女情长。最后的《送凤冠》则是欢喜收场。12个节目里，戏剧人物的喜怒哀乐，娇嗔怨怒，都在孩子的举手投足间展现，20多个小演员中，竟有一大半是获过省市奖项的，表演着实可圈可点，实力不容小觑。

演出结束，小演员就变回了小孩子，蹦蹦跳跳地跟着老师、家长去卸妆。看演出的人也心满意足地拢着手往家走去。这样的演出，是镇子各村、各庙社戏之外，人们日常娱乐的一个补充。

三

12月14日，元旦快到了，干江人要举办自己的村晚。大舞台在滨港工业城搭起，火红的背景、金色的大字，灯光一亮，闹热的气息扑面而来。

晚会在绚丽大气的开场舞《灯火里的中国》中拉开序幕。双兴村渔鼓队的舞蹈《敲响幸福》展现了灯火里的幸福中国。队员们都已不是年轻的姑娘，但拎着渔鼓敲起来，她们就仿佛回到了年轻时候了吧。不，年轻的时候，她们肯定都忙着织网、补网、做家务，或者为生计奔走，怕是没有这个闲情去敲渔鼓、跳舞的。现在是空了、闲了，当然也未必就完全空闲，但肯定不用为生计发愁奔波了，所以把藏在渔家骨子里的音乐给释放出来，敲出了自己的快乐，也敲出了日子的幸福。

大人乐，小孩也乐。奶奶们舞着太极剑，小孩子们露一手竞技叠杯。竞技叠杯是干江小学、幼儿园8月底才引进的体育项目，现在孩子们就可以上台表演了。太极剑讲慢，叠杯要求的是快，老和少，慢和快之间是老少皆宜的乐活时光。

小品《分红》的题目一报，大家都明白讲的是上栈头村民入股的"49＋51"制。有村民送礼给村党支部书记想要多入股，被拒绝，有村民无钱入股，村干部帮他垫资。等分红时，分红就成了困难群众一年中的一笔好收入。小品很简单，但十来分钟时间，就把上栈头村干部的作为、村民的喜悦演得淋漓尽致，共富经验被用一种浓缩、直接的形式呈现出来。果然艺术源于生活，又高于生活。台下掌声雷动。

几乎每个村都有节目。越剧村下栈头的越海文化艺术中心带来了一支越歌《唱支山歌给党听》，把歌曲变成越调，柔和中有别样的深情；垟岭村带来了一支歌伴舞《阳光路上》；滨海村的三句半《赞干江》，直白又幽默；干江小学的孩子们自然演一出越剧选段；炮台村的越音飞扬戏迷队赶紧送上一首越歌《我把美酒献给你》，小的，老的，都唱得有板有眼，堪比专业；下栈头拿出看家本事又来一个越剧流派名段联唱《四季飘香》，把戚派、袁派、范派、尹派都展现了一遍；白马岙村，歌舞不敌人家，亮出二胡、笛子、阮、大提琴、琵琶，合奏一曲民乐《紫竹调》，惊呆了乡人。真不知乡下还有这等藏龙卧虎的人物。

上礁门的老中青演了一出《又见江南雨》的旗袍秀，我瞪眼看了半天，只认出一个好像是我小学同学的妹妹，大约台上一站、妆一化，都美得不同平常，让我这平常不怎么与他们相处相见的人着实认不出了。

盐盘村的广场舞很实在，平时跳跳，现在换个地方再跳而已。甸山头村带来舞蹈《干江水月》，表演的姑娘又美又灵，是整场晚会中难得的年轻人。舞跳完，《我爱你中国》的歌声响起，晚会在木杓头村的三重唱里结束。

17个节目，几乎每个村都贡献了一个（有些还不止一个）。干江人的村晚，自己看、自己演、自己乐，从看别人演到自己演，这是乡村舞台的流变，也是干江人生活的变化，生活的富足从物质延伸到精神上来。

我因脚伤，未能去现场。现场观看的朋友跟我说，排场堪比春晚。我说我直播从头看到尾，春晚在我这也不曾有这待遇。

看完，心中有一种情感在冲撞，鲜发朋友圈的我也忍不住转发了一下"火红的日子——干江镇2023年乡村联欢晚会"报道，文案是"吾爱吾乡"。

第三辑

未来在前

建一座城堡

我小时候是没有上过幼儿园的，因为村里压根儿就没有幼儿园。在我4周岁（农村人习惯按虚岁算，就是6岁）时，母亲无暇顾及我，就"走了个后门"把我直接塞进小学了。那时的上礁门小学就是几间石头屋子，教室里年龄不同的孩子就跟教室墙上垒的大大小小的石头一样。

一间教室坐了两个年级，五年级和一年级。一年级中个最大的孩子可勉强跟五年级的比一比，而我是最小的，坐在第一桌，下巴勉强够着桌子。读了几个月，就去了楚门外婆家，玩到次年9月，母亲又想办法把我送进大姨他们龙王村的村小立新小学读一年级。

立新小学的校园中间是一个戏台，两边是矮小的教室，不新，但总归墙上刷了一点白灰。我的教室在戏台边上，在最北端。与我教室隔了两个教室的一个教室与众不同，里面的桌子特别小，是蓝色的，小木椅有靠背，墙上画了五颜六色的花草、动物，墙角还有积木以及我从未见过的玩具。每次经过我都要在窗外站上好久，不明白为什么它和所有的教室都不一样，又不好意思问别人。

疑惑在心里压了好多年，到了高中后，一次跟同学聊天，她说她小时候上幼儿班都自己回家。我吃惊小学前面还有一个班叫幼儿班，她同样吃惊，我没上过不说，竟然连幼儿班都不知道。

可能不仅是我，与我同龄的许多干江人小时候也不知道小学之前还可以有一个"幼儿班"。因为到了2001年，干江镇才出现第一家正儿八经的幼儿园，叫"小海螺幼儿园"，是老板在自己家开的，也是干江镇第一家正式注册的幼儿园。20世纪90年代初，干江镇与栈台乡合并，干江镇开始实施高山移民工程，工厂也在镇上不断冒出，人们向镇上汇集、聚居，迫切需要一个幼儿园。那种在家带几个孩子的所谓幼儿园，可能也是有的，但都是没有注册的"野班子"。

小小的小海螺幼儿园真像一只在干江海边常见的小馒头螺一样，散落在礁石的角落，最初班级也不多，设施也简陋，老师只有初、高中毕业，能唱会跳就可以了，加上一个能烧饭的阿姨，台子就搭起来了。

"小海螺"在干江镇上一吹，"小叮当"也在甸山头村敲响了。挤在村民的自建房中，小小的几个班，加上孩子们的吵吵闹闹就是一家幼儿园了。"小海螺"与"小叮当"是同年同月同日注册的兄弟。现在"小海螺"在干江镇镇政府大楼东侧，"小叮当"仍在甸山头村，但是看着也有些像模像样了。再晚一点，2007年干江星星幼儿园注册成立了，在盐盘村，也就招几个班，主要招生对象是外来务工人员的小孩和部分村里的孩子。2014

年注册成立的花朵幼儿园，在盐盘村转盘边上一排联建房中租了三间屋子，用漆成彩色的铁栅栏围出一个相对封闭的活动区域，摆了滑滑梯一类的儿童活动器械，玻璃门上贴着花和小动物。每次回家，必从它门口经过。时间恰巧，还可以看到萝卜头一样的孩子们，在老师的带领下跟着音乐蹦蹦跳跳。

"小海螺""小叮当""星星""花朵"，差不多是人们关于干江早期幼儿园的所有记忆了。干江一直没有公立幼儿园，很多家里有点钱的人家都把孩子送到玉环（城关）或楚门去接受正规的学前教育。家里有人跟过去照顾的还可以被来回接送，没家人照顾的孩子十有八九就寄宿在老师家里，周末再接回。在忙于挣钱、拼命奔波的岁月里，看似时髦的做法，实际是一种无奈的折中。

现在镇上20来岁的年轻人，有许多就是这样过来的，尤其是家里办企业的，有些甚至被送到杭州，一路从幼儿园到小学乃至初中、高中，吃住在老师家里，用老师的教导取代父母的陪伴。

私立幼儿园或许并没有什么不好，这么多年下来，填补着人们生活需求的空白。但偌大的镇子竟没有一个公立的幼儿园，这也真的是说不过去。直到2012年，干江公立幼儿园才正式审批下来，办在干江小学里面，就大、中、小三个班，和当初的"小海螺""小叮当"一样的规模，但场地甚至不如它们。所谓幼儿园，就是在干江小学的角落隔出一块地，造了几间一层高的小屋。虽然老师是正儿八经幼师专业毕业的，但设施实在简陋，颇有螺蛳壳内做道场的意味。

从名义上说，干江镇有了一所公立的幼儿园，是一个突破，但实际上，对干江人来说，承担学前教育主体的仍是那几所私立幼儿园。三间教室、三个班级能干什么呀？

2014年，真正意义上的干江幼儿园的园所开始建设，就在干江镇镇政府大楼东侧，是一幢"L"型的两层小楼。2016年8月30日，这座总投资1820万元，占地面积6091平方米，按照省二级以上标准建设，主体建筑3层的幼儿园正式投入使用，并迎来了第一批的学生。

"干江公立幼儿园"几个红色大字醒目地贴在教学楼墙体右上角的顶端，一楼到二楼的大厅墙体漆了一个红色背景，上面是白色的一行大字"假如我是孩子，假如是我的孩子"，塑胶操场上竖着大型游乐设施。教学楼建筑主体上有一个粉黄色和一个天蓝色的巨大方型框子，柱子一侧间隔着涂了鹅黄色、朱红色、深蓝色、粉色等温馨的色彩，充满教育理念的设计语言，瞬间让这座幼儿园在干江人眼里有了信任感和权威感。

这座幼儿园设了12个教室，可以容纳360个孩子。第一年秋季招生，招了3个小班、3个中班、2个大班，共240名孩子。

"干江公立幼儿园的建成，标志着该镇结束了没有公立幼儿园的历史，也预示着干江镇的学前幼儿教育迈入了一个全新的阶段。"这段话是当时《玉环报》报道时的结语，说得客观，但其中的心酸、喜悦也只有干江人自知。

在没有公立幼儿园的年月，民办幼儿园填补了干江学前教育的空白，但现在公立幼儿园无论硬件设施还是师资力量，明显都要更好一些。公立幼儿园有正规的操场让孩子们运动，有特设的自然角，可以种花草，每班配备专门的自然角观察日记本，就挂在大树上的小小木屋中，供孩子们记录浇水情况、禾苗发芽成长的过程，分析长势好坏的原因并总结经验。小木屋内摆放有绘本，孩子们可以在树下坐着阅读。有专门的社团活动、活动室和指导老师。48名教师都持有教师资格证书，至少具有大专的学历，本科学历的老师有20多名，占近一半。

2020年的时候，干江公立幼儿园升格成为浙江省一级幼儿园，是玉环除楚门镇中心幼儿园、沙门镇中心幼儿园外的第三家乡镇省一级幼儿园。

幼儿园教室内部都是严格按照省一级幼儿园的标准设计的，活动区域、手工区域等划分明确，教室长长的走廊上，墙上贴满了孩子们的手工和绘画作品。有环保主题、安全主题等，杨园长介绍说他们每月设定一个主题，确定后会带领孩子们自己动手，用心去寻找、发现，并最终形成图片等成果。有一期是"我的家乡"主题调查，小朋友用稚拙的笔画画出家乡的美好：干江玉环漩门三期工程、上栈头村玻璃桥、垟坑村的荷花池等景点；鱼饼、文旦、锡饼、干江盘菜等美食；开渔节、闹元宵、端午吃粽子等风俗。美景、美食、风俗全在他们的认知里了，看得出老师们的用心和孩子们的认真。

幼儿园充分利用每个角落设置阅读角，还有用回收垃圾做的小手工陈设区，同时开设了越剧社团、足球社团、乒乓球社团。社团聘请了专门的老师来教，配备了专门的活动场地。越剧社团设有越剧教室，教室里的装饰是老师带领孩子们一起做的越剧人物的脸谱，老师是玉环越剧传承中心的专业老师。小班阶段主要侧重美术、音乐和故事欣赏，中大班就开始教喜欢越剧的孩子们唱起来了。干江是一个越剧氛围极为浓厚的镇子，不说大人，一般小孩都能哼几句，镇上各个村子每年至少都有两次的社戏演出，请大小的越剧团来演上五天或七天。幼儿园设立越剧社团，也真的是贴合干江本土特色了。

社团教育是干江公立幼儿园的一大特色，杨园长说他们的理念是培养孩子多方面的兴趣，让孩子们懂生活，也懂艺术。

虽然干江真的是一个又小又偏僻的镇子，但是干江人都秉着一股"小镇办大教育"的思想来对待镇上的每一所学校。镇政府、乡贤联谊会对中小学和学前教育一视同仁地持续投入。其中，最有效的投入就是对教师的培训，每年都会组织一批老师前往上海等地接受先进教育理念、教育方法、心理学等方面的再教育。因此，虽在海之一隅，但干江镇的教育水平并不差。2023年，玉环市考上清华、北大的学子有4个，其中干江就占了2个。

然而这么一所只能招收两三百名孩子的幼儿园，其实也并不能满足干江人的实际需求。再加上滨港工业园开始建成并投入使用，企业纷纷入驻，于是建设新的幼儿园又提上了日程。

我起初看到的只是地图上的一个方框，里面一无所有。慢慢地，是一堆堆钢筋水泥，也瞧不出形状，只觉得明显和边上正规的小学不同，小学方方正正的，一眼瞧去就能辨出是所学校，而它仍是一片混沌似的。

2022年底，我们去南塘钓鱼，在密密层层的木麻黄枝叶间看见一座有尖顶的、涂成橘色的房子。它颜色娇艳、线条柔和，虽然没有完全竣工，但隔着河对岸那块泥泞的荒地，都能感受到

城堡

一种梦幻的气息。下意识地，我感觉它与周围的混沌杂乱格格不入，与周边灰暗冷硬的钢筋水泥格格不入，它像一朵玫瑰突然出现在荒野上。

我觉得自己似乎是窥探到了什么天机，问父亲这是不是镇上为了旅游开发建的游乐场。父亲含含糊糊地回答说好像是幼儿园吧。幼儿园不是说造在滨港工业园区吗？父亲说不清楚。可能这个每天混迹于镇菜市场这种信息集散地的老情报员也开始落伍了。我没有再问。直到有一天，开车回家，发现光伏基地边上突然多了一个红绿灯和一条水泥路。我毫不犹豫地右拐过去，开到尽头，一座粉白色的城堡出现在前方的视线里。

是的，城堡。四层高，橘粉色和乳白色相间的墙体，乳白色塔楼，蓝的尖顶，白色的齿垛，半圆形的窗户……远处的天空湛蓝，木杓头山上的草木葳蕤，在广阔的蓝和深茂的绿中，它的粉夺人眼球。它与干江所有的建筑都不同，它独立于它们，比远处镇上唯一的高层还要瞩目。把车子停在路边，盯了三秒，我才确定那不是画上去的画，也不是贴上去的图片，它后面一幢包着绿网的大房子仍然在建，它的围墙外还是杂乱的土堆、泥沙，它也是从一片混沌中生长出来的。那一刻，我确定这是一所幼儿园，更是干江人为孩子们建造的一座城堡。

它不需要借助任何童趣的装饰来说明它的身份、用途，它如同丹麦城堡一样的造型本身就蕴含着童真、童趣。

2023年5月19日，干江公立幼儿园的杨园长带我走进了这座城堡。城堡外的道路都已经修好，里面的硬件都已完备。她带着我去看教室，原木的小椅子还堆在一起，造型可爱的卫生间看着就觉得充满童趣。各种教室功能多而齐备，室内综合图书教学室，像一个小迷宫，每个孩子都可以寻到一处角落安静地阅读；科技教室，奇幻的星空顶，让大人也想去一探宇宙的奥秘；随处可见的阅读角，配有可坐的小柜子；开阔的连廊，即使下雨天，也不影响孩子们的体育活动；甚至还有一个开放式的大厨房，可以组织孩子们进行厨艺学习。杨园长说老园区因为场地限制，许多活动和技能学习开展不了，在这里都可以开展了。

我开玩笑说，您什么时候让我这个没上过幼儿园的人补上一下，弥补弥补我的遗憾呢。其实我们家不只是我，和我年龄相近的堂兄弟姐妹们也没有，连年龄小一些的包括刚上大学的小堂妹都没上过干江的公立幼儿园，甚至大堂哥家念高中的侄子也没上过，确定上过的大概就只有表弟家的孩子——算是我们的下一辈了。民办幼儿园也并非不好，但是真正体现一个乡镇对教育的投入与重视，真正解决一个乡镇的学前教育问题，体现其学前教育水平的并不能只靠民办学校吧。

四方形的城堡，我一层一层上去，一个教室一个教室转悠。9月，它就正式投入使用，开始招生了。在院子里看到玉环市干江公立幼儿园滨港分园简介："幼儿园项目总建设用地面积70亩，总建筑面积8525平方米，规划建设15个班，容纳在园幼儿450人……项目建设工期为36个月，工程于2018年12月23日开工。项目建设地点位于玉环干江滨港工业城南塘区块，建设的主要内容包括幼儿园主楼……以及室外活动场地……项目有效解决干江镇户籍儿童和外来务工人员子女的学前教育问题……"

8月22日，在正式开学前，我有幸先去做了一次学员。浙江第一个竞技叠杯赛训基地落户在干江公立幼儿园滨港分园。这一天举行基地成立、揭牌仪式，也开始第一期竞技叠杯教练员的集训。多媒体教室里坐着参加集训的干江中心小学、幼儿园的老师，也坐了许多好奇的孩子，省体育旅游产业促进会的副会长在几秒内就完成了6个杯子从合、拆、叠、拆，再回到合的整个过程，一下子吸引住了在场所有人的目光。

干江镇领导在致辞中说，干江致力打造滨海运动休闲镇，而干江的体育教育从娃娃抓起……我知道竞技叠杯运动将是干江镇中小学尤其是公立幼儿园的一项特色运动。

新的幼儿园建起来了，干江人建的不仅仅是一座城堡，提供一个优美的教育环境，他们是要引入更先进的教育理念，更优质的教育资源，打造一个干江人心中的属于孩子的大家园，书写干江孩子心中的童话世界。

2023年9月1日，干江公立幼儿园滨港分园迎来了第一批入学的孩子。

从无到有，从有到优，干江人用了11年的时间去改变、去建设，这座专为干江孩子建造的城堡，是干江人的用心和真心，是干江人的未来和希望。

再也不见的学校

很多年前，我曾多次在山顶游荡，寻找曾经的学校，一座三间两层楼的水泥瓦房。找了很多次也没找到，这座建筑就像从来没有在地球上出现过一样，我甚至怀疑是自己的记忆出了差错。

直到有一天，我站在一座铁门紧闭、只看得到院子上方搭着铁皮屋顶的小工厂旁边的路口，沿着它的围墙和边上一间还算完整的砖房中间的肮脏小路进去，看到了厂后面被堵死的台阶，台阶不远处是一间木板窗上还写着"小店"两个字的小屋子——这是以前的小店。小店上方，是以前的一个个茅坑，瓦片盖的、茅草盖的、篾席盖的茅坑顶都已经破碎、腐烂，只剩下一个个坑。茅坑对面的房子，门窗紧闭，其实已经是一堆断壁残垣。原先行走的石头路已经被草木封闭在幽暗处，连视线也无法穿透。

我倒退着走了出来，就像时间倒退着回到几十年前。我站到小工厂的台阶下，台阶上满是垃圾。这是我们以前奔跑着上下的台阶，至少有两米宽，现在大半被圈进了围墙，只留了半米多。我们学校以前是没有围墙的，学校的黄泥操场不仅学生们可以自由奔跑，到晚上，还是村人自由进出的休闲地，他们在这里纳凉、散步、闲聊。节假日放电影、搭戏台，村里没有比这里更大更好的地方了。以前一楼的玻璃窗装着铁条，现在被水泥和红砖封死，二楼的窗子，也被什么黑乎乎的东西封了起来，只看得见漆皮剥落的铁条还在勉强撑着。

这不是村里的第一所学校，却是最后一座。我退到大路上，站在围墙外向内张望，里面的铁皮顶锈迹斑斑，水泥墙上黑色的油污一片一片，再也没有学校的痕迹。

去开车，走到另一边山坡的平地上，顺着一条水泥路下去，山腰有座新建的关公庙，三开间大小，雕梁画栋，飞檐勾角，左边还有两间小房子。记忆里，30年前的关公庙是一座白墙黑瓦的小房子，前面有一块空地，庙里摆了三四张方桌，经常有人在打牌、打麻将，看不出几十年前，这里曾是村里的第一所小学的旧址——从解放初到20世纪60年代，村里的小学一直在这里。

最早的老师好像是芦浦的陆老师（村志记载的是"六爷"），具体姓名村里的老人们都已经说不清楚了。那个时候，关庙白天是小学教室，晚上就是农民业余文化学习的场所。也没有毕业班，到四年级就算课程结束。"破四旧"的时候，关庙被捣毁了，小学就搬到当时礁门村山头的老村部楼下，后来楚门的孔世德、张香、林雪兰等老师前后都在这里教过，那个时候，才勉强有了毕业班。1970年前后，那时候还有一位专门教音乐的陈金辉老师住在村部楼上。

老村部我还记得。我四五岁时，用我父亲的话说是"下巴挂桌档"的年纪，母亲把我硬塞进小学念一年级。学校总共有两个教室，大的原本是食堂，供三个年级合用，每个年级的学生排成长长的一排；小的则是一年级和五年级合用，有两排。桌子是两块板加四只脚，一块板是桌面，下面的一块板小一些，被夹在四只桌脚间形成放书包的桌格。这种桌子，现在的台州是看不见了，只在张艺谋的《一个都不能少》和一些关于落后山区学校的媒体照片上还曾见到过。一张桌子两个人合用，凳子就是长板凳，有时没放好，在坑坑洼洼的黑泥地上，人坐着就摇摇晃晃，一前一后，一后一前，摇船一般，让人想睡。

老师是半节课教五年级，半节课教一年级。教五年级的时候，一年级自修，教一年级的时候，五年级自修。我实在想不出，大教室三个年级一起，他们是怎么上课的？

这时离1972年，礁门村拆分成上、下礁门两个村已经过去十几年了。村分了，小学也分成两个，老师不够，村里原来的小学毕业生，我后来的三位老师王福连、尤治清、蒋胡标都是这一年进去当民办教师，一教几十年，直到退休。

分校后，小学还是在关庙，关庙重建后地方也不见得大，但是还算像样。海山的吴胜法当了第一任校长，前前后后有十来个公办老师来任教，但是教学主力仍然是民办老师。

1987年9月，我在楚门正儿八经地上了一年半学回来，还是在老教室上课，大教室两个班挤着，老师还是轮流上课。教室总是黑乎乎的，顶上的瓦片黢黑里泛出了灰白的水渍，只有几片玻璃瓦漏下一点光亮，即使屋外阳光猛烈，教室里也要开灯。老式的灯泡发出有限的黄光，老师写在黑板上的字必须写得大大的。黑板是用一块块长木板拼接好、刷上黑漆做的，时间长了，黑漆有点剥落，木板和木板之间的裂缝也清晰可见。据说每年都是要重新上一遍漆的，有一年边上要建新校舍，老师们把这事给忘了，黑板就有点褪色。如果下雨，雨伞不允许带进教室，教室里面偶尔还会漏，教室的泥地更是被踩得水汪汪。所以老师得在晴天补瓦，自己不补，也得叫人来补。有时外面雨大，教室里灯光昏暗，老师领着我们大声读书时，我感觉我们像是坐在一条在风雨里飘摇的小船上大声呼救。这条件和我在楚门念过的学校相比实在是天差地别。

幸而，半年后我们就搬进新教室了，虽然地还是泥地，但墙都是水泥墙了，每个教室两边都有三扇明亮的玻璃窗，黑板是水泥上面刷了黑色的漆，不用担心木板缝大，一个字会被断成"两瓣"。老学校拆了，建了一道围墙，还用黄土填了一个大操场。一所学校应该有的也算基本都有了。

这一年下半年，也就是1988年9月，上、下礁门两所小学又合并回来，后来最鼎盛时期，毕业班学生有180多人。到1992年撤乡并镇，学校里都还有一百六七十名的毕业班学生。但之后镇里开始推进高山移民，村里的人一拨一拨地从山上往山下走，学校里的学生就开始渐渐少下去。（村庄人少了，学校也就慢慢空了。）1998年，上礁门小学并到干江镇中心小学了，于是学校又变成了村部。

可是没几年，整个村子差不多空了，村部也名存实亡（新的村部建在山下综合市场楼上）。村部的房子，村里有人租去当了几年厂房，现在又不知是被谁租去当厂房了。

我把车子停在路旁，在围墙外徘徊，反复丈量，以前的校舍是这么矮的吗？操场是这么小的吗？是我见多了高楼，觉得它矮小呢，还是它本来就矮小。操场是因为被围墙围了显小了呢，还是它本来就小。更或者，它们的高大、开阔只相对于童年的我，只存在于我童年的记忆里。

现实与记忆有点出入，我怀疑自己的脚步，觉得应该带一卷皮尺来求证。但是从常识来说，20多米长、10来米宽的围墙围出的也只有几百平方米吧，我们以前几百个人列队做操，这点地方怎么可能够呢？可是如果不是，那些空间凭空消失了吗？

我在围墙外探头探脑，又转身看着路外的番薯地发呆。一辆车子从下边开上来，我担心它过不去，打算把自己的车子挪一挪，结果它呼啸而过，丝毫没有减速。我瞪着它，心想这路原来这么宽啊。猛然意识到，这路难不成就是以前的操场么。

如此浅显的事情，我却这么久摸不到真相。我看着学校，离开30多年了，它是山上目前保存最好的房子，虽然空了很久，也被弄得面目全非，但是它依然在。不对，它很早以前就不是学校了，但是我为什么要心心念念地寻找它呢？

我念过的小学撤销了，念过的初中撤销了，我住过的房子拆毁了，我生活过的村庄荒弃了……在山下，新的小学、中学建成，塑胶跑道、体育馆、活动中心齐备，我们钢筋水泥的房子高大坚固，我们的村子在一个新的地方重新发展……在不断前进的时代洪流里，我们在不断失去，也在不断得到。我一而再，再而三地来到这里，是为了寻找，也是为了印证。我只是怀旧，并不伤感。

开车下山，再见我的小学——再也不见的学校。

紫藤花开满校园

在我小时候，看戏是一件大事。为了看一场戏，人们得走村串乡地走上好长的路，而现在这小小的校园里竟就藏了一个越剧社。

站在门外，看到的是一个很普通的乡村小学，不是很大，建筑形式略显陈旧，教学楼阳台外面写着"团结、拼搏、务实、创新"。教室外墙的漆有些褪色，有些地方的水渍明显，看着就知道有些年头了。

跟着浙江省小百花越剧院调研小组一起走进大门，顿时感觉到它的一点与众不同来。教学楼右侧，彩旗之下，墙上悬挂着一幅十来米长的广告画，其上"干江中心小学"的LOGO之下，展现的是一个正在捧书苦读的古代年轻书生，然后才是学校的办学理念、校园文化的文字介绍。左侧从门口延伸到校内的宣传栏里，并未展示学校介绍、教师风采或孩子们的手工、画作，而是换上了宣传社会主义核心价值观的戏曲漫画。"公正"主题上画了包拯，配的是《包公断案》的故事；"法治"主题下画了一个立于公案之后右手举起令牌、一脸正气又双目含泪的年轻官员，讲的是《巡案斩父》的故事；"爱国"主题下是《岳母刺字》；"和谐"主题下是《将相和》；"敬业"主题下是杨家将的故事……全部源自越剧经典唱段，都是干江人耳熟能详的故事，画得也生动、形象。

走进教学楼，读书角里放满了课外阅读书，竟有一半是戏曲故事、戏曲知识的书，绘本、小人书里的小生、花旦，栩栩如生，仿佛一打开书页，他们就会从书中走出来，甩起衣袖唱起来，一瞬间，越剧的氛围就充满了整个校园。

穿过教学楼，在学校偏僻又安静的北角，有一个"校中曲苑"，这是学校紫藤花越剧社的排练场地。

这里真的有一个越剧社，社员就是那些小小的孩子们。

问起为什么要成立这么一个越剧社。校长黄国平说："因为2017年当时教育局来学校座谈时，说干江的越剧氛围很好，能把越剧引进校园，也算是把优秀传统文化传承下去。刚好我们有个音乐老师非常喜欢越剧，就把这担子挑起来，当年3月份我们就成立了'紫藤花越剧社'。"

干江人爱越剧，打小我就深有体会，随便井头、田头一站，船头、码头一坐，都能听到人们哼哼几句。1953年，下栈头村还成立了自己的渔村越剧团，70年后，它还在。只是时代变迁，现在的孩子接触的是电视机、手机，听的多是流行歌曲、钢琴曲，越剧对他们还有对他们父辈一样的吸引力吗？

紫藤花越剧社最初只有十来个孩子，教学场地在一间小小的简陋的教室里，学校里的老师先带着教，后来又邀请了玉环市越剧保护传承中心（原玉环县越剧团）的专业老师来指导。越剧社虽小，但也有点像模像样。孩子们认真地学旋律，学唱词，学台步，学亮相，学起袖丢袖，学上场下场……也认真地去了解戏曲唱段承载的故事背景，学习戏曲的历史发展，体味戏曲背后中国传统文化的艺术之美。

2018年，浙江省小百花越剧团把"小百花·浙江省十大校园爱越基地"的牌子挂到了干江小学。紫藤花越剧社有了一个过硬的艺术指导团队。

这一年6月，在台州市教育系统第十一届中小学生艺术节戏剧比赛中，越剧社孩子们表演的《手心手背都是肉》荣获戏曲节目二等奖，这是越剧社成立以来获得的最好的成绩，是对孩子们一年多努力的最好回报。

12个孩子，2个一年级，5个二年级，1个三年级，4个四年级。一二年级的孩子很多还在父母怀里撒娇呢，但是越剧社的小社员们就已经知道成功背后必须付出汗水。

排练的教室太小了，学校又没有更大的舞台，学校带队的老师和外聘的叶老师没办法，只能把孩子们带到操场上，戴上护膝练习。塑胶跑道粗糙的颗粒磨红了孩子们娇嫩的手掌，赤热的太阳晒黑了她们原本白嫩的皮肤。一次又一次的动作练习，让戴着护膝的膝盖也红肿了，疼得哭了，擦擦眼泪继续来，但是她们从没说过不练了。每次一上完课，就开始练习，一遍又一遍，唱腔、动作，绝无一丝马虎。

四年级的倪文慧，两年前在六一儿童节的班会上唱了一段越剧，两年后站上了台州市的比赛舞台。没有家庭的熏陶，这么小的孩子不可能会唱，且唱得有模有样；不是真心喜欢，这些孩子也吃不了苦，坚持不下来。后来因为场地限制，越剧社的人数每年只能固定在十五六个。

2018年10月，文化部全国公共文化发展中心、浙江图书馆"百场千校"戏曲动漫进校园活动在干江小学举行。来指导的老师用戏曲视频、戏曲动画给学校师生上了一堂别开生面的艺术课。四年级的陈芷巧和倪文慧还为在场的老师和同学表演了《手心手背都是肉》和《红楼梦越剧选段》。越剧名家王紫骅老师干脆来了一个现场教唱《天上掉下个林妹妹》，孩子们努力地模仿着动作和唱腔，稚嫩的声音里透着对越剧真诚的喜爱。越剧社再招人，一下子就有30多个孩子了，由学校的音乐老师负责。想来是我多虑了，电视、电影、手机里面的时髦音乐怎比得上家里长辈每日的哼唱，怎比得上干江十几个村子一年几十场社戏（一做便是五日、七日）中的越剧声清亮动听。我们是在越剧声中泡大的，现在的孩子想必也是。越剧的种子早已播入他们的心田，而紫藤花越剧社则让这颗种子生根、发芽，并茁壮成长。

走进他们的越剧天地——校中曲苑，于2020年建成投入使用，同年，干江镇被评为浙江省戏曲之乡。校中曲苑是由影像越剧馆设计的越剧主题展厅，全称是"校中曲苑·魅力越剧展厅"。展厅建成之时，学校还收到了浙江小百花越剧院院长王滨梅的祝贺。这位从玉环坎门镇走出去的越剧大家，对家乡学习越剧的孩子们寄予了无限厚望和真诚祝福。

展厅布置中粉墙黛瓦的造型有一种中国传统建筑之美，营造了一种古典风雅的氛围，生、旦、净、末、丑几个字又点出了主题。展厅集越剧展览、多媒体互动、排练和演出等功能为一体。进门首先是"序",简单介绍了越剧的历史和干江镇中心小学越剧教育的由来以及展厅情况。右边是"百年越剧展示墙",从1850年前后越剧诞生,到1984年成立小百花越剧团,展现了越剧百余年的发展、壮大和辉煌的过程,然后是有关越剧流派介绍、特色教育风采以及越剧人物介绍等。此外,还有越剧服饰、道具、伴奏乐器,以及相关音像出版物的实物展陈等,介绍了大量知识,也充分展现了越剧的魅力。看到LED屏幕中王文娟的黑白人像出现,听到她的乐声唱起时,深切感受到他们用心了——这种老音像资料是很珍贵,很难得的。

更难得的是"十二流派"后面接着展陈的干江小学学生们学习、演出、比赛的照片,黑白的影像到了此处突然色彩鲜明起来,就像是一种不用言说的继承和发扬。

最里面是演出厅。孩子们正在排练,没有化妆,但都盘了头发,穿上了戏装。一曲新排的《打金枝》正准备上演。演郭暧的小姑娘,有点胖胖的,圆润方正的脸,有股子英气,扮公主的小姑娘纤细,脸盘小巧,四个演宫女的小姑娘也非常秀气。一开嗓,浙江小百花越剧团的老师们就表扬说唱得不错,举手投足也有那股味。

两个小小的身影在台上你来我往,公主的娇憨、任性,驸马的不忿、气恼都表演得很到位;等公主越说越过分,驸马忍无可忍地举手打了一巴掌时,情绪的递进和爆发也可圈可点。四五年级的小朋友,学了三四年,《打金枝》才排了一两个月,演到这分上,的确不易了。年纪小一些的四个宫女,虽然没有唱词,但动作娴熟、流畅，也是演什么像什么。

驸马打了公主后跑了，当公主在台上表现出气愤、委屈、誓不甘休时，演驸马的小姑娘在边场的门后，捂着嘴笑嘻嘻地看着，台上那个恼羞成怒、稳步走台的驸马爷不见了，只有一个演完了偷着乐的小孩子在观望大人的反响，一脸的孩子气逗得老师们也忍不住笑了。

《打金枝》结束后，又上演了一段《五女拜寿》，差不多整个越剧社的主力都出动了，有三个小萝卜头一样的小姑娘，刚刚入社，只学了动作，唱词还没开始学，却也并不怯场，一举一动都努力做到位。主角们唱、念、做、打，倒也都符合各自的性格、身份。一下子把我带回了小时候看戏的情境中，好像电影中何英的杨三春、茅威涛的邹士龙、何赛飞的翠云都从记忆中走了出来。

演三春的小演员鲍鸣昱，算是社里的"角"了。个儿不高，黑黑瘦瘦的一个小姑娘，起势、唱做都很有"范儿"，一眼便能看出她和别的孩子的差距。听学校老师说，她的父母也是越剧迷，她妈妈也是能唱能演的。从小的熏陶加上天赋和勤奋，鲍鸣昱凭《双枪陆文龙·归宋》这一选段，拿下了第四届"台州少儿戏曲小丹桂荟萃"业余组B组金奖，还获得了"浙江省少儿金桂荟萃"业余组B组"小金桂"称号。我们看她的获奖视频，她唱腔嘹亮清脆，动作流畅干脆，一根马鞭高挑低捶，前晃后摇，左甩右摔，把陆文龙骑马飞驰的急促、紧张都表演出来了，让人也不由为在危机四伏中左冲右突的主人公担心。

但是小姑娘到五年级，老师发现她个儿矮、人也单薄，演小生撑不起架子，犹豫再三，和她家人商量后，让她转学花旦。孩子转得挺快，学了一段时间，竟有点大青衣的感觉，老师也惊喜。这倒是让人想起最近红火的小百花越剧团的小生陈丽君来，她原先学旦，却因为个儿太高，转学小生，把《新龙门客栈》的贾廷演得风流倜傥，大获成功。看着鲍鸣昱从扮演英武的陆文龙到温婉的杨三春，我们也体味了一个孩子从中付出的努力。所有人都祝愿这个小姑娘以后也能成大角。

而她身后三个一年级的小妹妹正目不转睛地盯着她在台上的表演，就像她一年级的时候，盯着台上高年级的倪文慧、陈芷巧一样。这种热爱也是会传递的吧。

我不由感叹，他们比我们那时幸福多了。现在的干江小学是1994年开始建的，占地30亩地，有专门的食堂、标准的塑胶跑道。1992年高山移民开始，各个村的村小慢慢都合并过来，垟坑、垟岭、白马岙、炮台、上下礁门两个村、上下栈台两个村都逐渐取消了村小。当时的上礁门小学校长蒋胡标说，上礁门小学是1998年并过来的，开始还有住校的孩子，毕竟从镇上到山上要走不少路，尤其是到白马岙，对一个孩子来说就是一段翻山越岭的路程。2004年，村村都有了公路可以通到家门口，村里大部分人也搬到了镇上，才开始全部走读。现在学校有24个班级。我们那时候，三年级以前，是一个教室坐两个年级，老师上半节课教这个年级，下半节课教那个年级，没有音乐课、美术课、体育课。到了三年级，盖了新校舍，才一个班级一个教室。学校也平了一块空地做操场，原来的数学老师、语文老师，男老师都兼职做体育老师，女老师们纷纷又去当美术老师、音乐老师。黑板上画朵花，大家照着画，就是一节美术课；抄个简谱、歌词，大家跟着唱就是音乐课。到了初中，也还是这个模式。

表演结束，15个小演员挤挤挨挨地排成一行和来调研的老师们合影，舞台挤得满满的，显得拥挤逼仄。黄国平校长说，现在的场地还是有局限的，等南塘的新校舍建成后，将会有专门的越剧教室。

新的干江中心小学，占地75亩，总面积有5万多平方米，有17幢单体建筑，建筑面积达2.7万平方米，投资1.93亿元。教学楼、行政楼、食堂、报告厅、操场等基础设施完备，孩子们学习、活动的设施也更齐备。我每次从南北大道经过，都可以看到三四层的楼群在空地上快速生长。

因为还在施工状态，我没能进入内部参观。它大门翘起的四角飞檐，对称的建筑布局，粉白的外墙，歇山顶的琉璃瓦屋顶，与隔壁完全欧式风格的干江幼儿园形成了强烈的对照。

如果说干江幼儿园是干江人为孩子们造的一座城堡，那么干江中心小学则是干江人为孩子们造的一座园林。在黛瓦白墙中，响起的越剧的曲调，是干江人对传统文化的继承和发扬，也是孩子们对梦想和艺术的追求。

我们离开时，干江小学校园里的紫藤花开得正艳，校园里的紫藤花越剧社也如花朵一般正在怒放。不久后，在新的校园，紫藤花将开得更加美丽。

撒豆子，收地瓜

必须得从小屿门说起。

小屿门原来是属于栈台乡的一片滩涂，夹在栈台乡和干江乡中间，东南边是栈台乡的下礁门村，东北面是干江乡的干江村，西北面是木杓头村。1972年，玉环水利局和栈台乡一起开始在小屿门围涂筑塘，栈台乡的上、下礁门，上、下栈头，炮台，白马峧六个村以劳动力入股，用了六年时间，筑了一条土夯塘坝。1979年8月16日，因台风加天文大潮，塘坝中间三分之一的位置被冲塌。塘坝荒废了多年，1985年，玉环水利局和栈台乡各村的村集体分别投资80%和20%，并协议后期利益分配各村占65%、水利局占35%，共同修复小屿门的塘坝，还在外层重新加固。1991年基本竣工，建成了标准海塘。

下礁门村的老书记杨加顺还拿出了自己保管的1985年村民投股的收据，从100元到150元不等，还有1986年村民第二次投股的票据，金额共5600元。

1992年，是邓小平南方谈话之年，也是栈台乡、干江乡合并为干江镇的一年。这一年，整个中国迎来改革开放和现代化建设的新阶段，干江镇政府出台了促进企业发展的相关政策，但谁都没有经验，只能摸着石头过河，镇政府乘着南方谈话的东风，规划出小屿门这一片区域作为工业区块。没有具体的规划，只成立了小屿门管委会，考虑企业利益和发展以及土地的有效利用，出台了土地出租的方法，企业可以租用土地，但要自建厂房。土地租金最早一亩500元，后来涨到800元。

以前的栈台乡是渔业乡，干江乡是农业乡，栈台乡只有一家集体工厂——栈台阀门厂，干江乡也只有一家集体工厂——干江农机厂，除此无他。1978年后，两个乡开始有人办起了家庭作坊——真的称不上工厂，机器只有一台两台，在里面做工的既是老板也是工人。这些作坊像野生的豆子一样随意散落在乡村的各个角落。当时第一家入驻小屿门的企业叫"振华阀门厂"（并非后来的振华齿轮厂）。

在这里，绕不开一家企业——太平洋机械有限公司，它就是当时极其微小的一颗豆子，也是最早落到小屿工业区的厂子之一。老板陈美青17岁初中毕业，在谢义龙的修船厂当了三年学徒，20岁时出来自己办厂。

三年的时间，他重点学了渔船机修，看到了渔船起网机的市场。1987年成立太平洋机械厂，他自己一分钱也没有，甚至家里还欠着盖房的工钱，却向当时村里鱼粉厂的大股东连加德借了十万元，还向刚订婚的未婚妻娘家人借了四千元，就把厂子支棱起来了。厂房就是自己家的房子，一间房子加院子，工厂就两个人：他和他妹妹。

　　他的老房子在下礁门山头的位置，离山脚小屿门的临时码头有 2 千米路。1987 年的栈台人出入靠船，干江人出入靠山路，办工厂所有的材料、设备都要靠船运到码头，若潮水上涨，来不及搬走，就扔在沙滩上，等退潮后再找人扛回来。

　　做网机需要能加工螺旋桨、尾轴的大车床。符合要求的车床在路桥的市场没有找到，翻遍整个玉环，只在楚门净化厂（现为净化集团）找到一台断面 3 米长，可以加工 2 米铸件的车床。陈美青买了断面 3 米长，可以加工 1.5 米铸件的相似的车床，磨破嘴皮，又贴了一万块钱才成功置换了这台车床。十万元钱一下子没了小一半，但合适的车床有了，相当于下蛋的母鸡有了，多贴一万元也是值得的。

　　然后在大坝借了渔船，费了许多人力将它运回到小屿门的临时码头，又叫了 30 多个人，邻居、朋友，能使劲的都来了，用三叉架、滑轮将车床卸下船。先拆了车床头（光一个车床头就两吨重），再用绳子把车床绑好，30 多个人，抬着，扛着，一步一步挪了两天。那条两千米的路，最宽处 50 厘米，最窄处 30 厘米，完全就是一条只能容一人通过的乡间小道。他的老家从现在的楚栈公路上去仅 50 多米，但是当年那段路走得是那样艰难和沉重，让那 30 多个人一生难忘。而对于一个 20 岁的年轻人来说，他和当时中国改革开放的政策一样年轻、有朝气，也和当时我们的国家一样知道要走过一条艰难的道路。

　　陈美青跟我说，小屿门是真正的改革开放的缩影。我说他也是那个时代中国千千万万个创业人的缩影。他的创业一直和小屿门在一起。20 世纪 80 年代，渔船、运输船很多，网机的生意自然很好，客户都拎着现金上门等。1988年注册了商标，叫"渔丰牌"——做的是起网机，自然希望渔民们丰收。生产的起网机根据船的吨位、渔网张数，分为0.5吨到1.5吨不等的无浪网机和2吨到10吨不等的对头浪网机。尽管只是一家作坊式的小厂子，尽管当时干江连公路都不通，太平洋的起网机却能够卖到象山甚至大连。现在太平洋小屿门老厂房的墙上都挂着"浙江省名优产品"的铜牌。

1992年，干江终于通了公路，陈美青把工厂搬到了山脚，通过和亲戚调换土地的方式，凑了1亩多的地，盖了一个新厂房，就在现在下礁门村部的对面，写着"正义环保研发销售中心"字样的一幢四间五层半的房子。"正义"是太平洋机械有限公司现在的产品品牌。

90年代后期，渔业走下坡路，起网机的需求量大大减少，而渔船从小吨位到大吨位的发展让渔网越来越大，张数越来越多。渔船在海上的许多不确定因素，让他生产的网机发生过一次意外：涡轮箱上下箱体的16个螺丝被头浪的巨大拉力一齐拉断。这次意外，促使陈美青转型去做了阀门。

2000年是千禧之年，新世纪的开始之年，对于干江镇而言也是跨越的一年。这一年的小屿门开始完善规划，土地出租政策取消，开始采用土地征用的方式，要求企业重新申请审批。陈美青通过技改项目批下了土地和厂房，正式在小屿门落户。一道的还有同村的海正阀门，两个工厂相距不到两米。大海鱼粉有限公司也在那时建成，厂房在2000年时只有5.27亩，到2006年又加了2.99亩。杨加顺翻着发黄的土地征用费收据给我看，2001年的，2002年的，一直到2008年的。在这些年里，小屿门工业区（村里人都这么叫）陆陆续续搬进了十几家企业，这些企业原先差不多都是窝在各个村子的住宅里。

2008年，小屿门还有三个鱼粉厂，做阀门、汽配等的工厂也有。在靠海一边的区块还有柏思达齿轮有限公司等企业，两个区块外还有100来亩的水田。但无论如何，小屿门拢着几十家企业，就像把原先散落的豆子开始拢到了一处，虽然仍是散种，却也有了收获，企业从一颗颗豆子也长成了一个个不错的"地瓜"。

2000年以前，干江的定位是农业渔业镇，2000年以后，干江要开始发展工业，这就必须要说到一个人和一块地。人是当时的干江镇党委书记林法土，他为干江争取到了工业发展的机会。地是盐盘村的地，林法土在盐盘村圈出一块200多亩的地，经审批后调整为工业区，2004年干江镇盐盘工业区开始建设。

如果说小屿门工业区当初是政府的无意为之，那么盐盘工业区就是有意的"播种"了。那些散落在角落逼仄空间的企业开始买地，在盐盘工业区建立起高大、宽敞的厂房，一些镇外的企业也被引进入户，比如德众汽车零部件制造有限公司、达柏林阀门有限公司。

从楚栈公路开车经过盐盘，远远便可以看到一个指示牌，最上面是一个白色箭头，写着一行蓝色的字"干江工业区欢迎您"，下面是11家企业的名称——巨龙阀门、浙江德众、振华精锻、亿源阀门、日利机械、通力电气、环宇光学、达柏林、欧莱诺、华通电气、志方科技，其实在外面一圈，还有东南机电、盛侯、南氏、中杰、绿力金属粉末处理有限公司等，共40多家企业，

盐盘工业区的工厂指示牌

基本上都是最早入驻的那一批企业。干江目前规上企业50来家，除新进驻滨港工业区的企业外，在盐盘工业区的有20多家。

这些企业基本都是从家庭作坊、几台小车床开始的，老板大部分都是干江本地人，在几十年的改革开放中，慢慢成长、发展、壮大，他们的根茎在干江，但是藤蔓却早已蔓延在外。习总书记当年提出的"地瓜经济"对他们而言真是贴切到不能再贴切的比喻。而说它们像地瓜也许还有一个原因是，这些企业的规模、产值都算不上大，多则几个亿，少则几千万。他们不是巨舰大船，也不是大西瓜、冬瓜，他们就像成串的地瓜，小而结实、多而低调地埋在干江这个弹丸之地。老老实实地做人，踏踏实实地做事，没有一家企业为了挣快钱去搞别的热门产业，他们只想把自己的本行做好、做精。

和他们接触了一圈，听他们讲得最多的就是把自己的事情做好，把自己的产品做好，把自己的品牌做好，做到同行业的"高、精、尖"。达柏林的老总林海林更是提出"向世界发声，为国货代言"的口号，这行字就写在达柏林厂房的围墙上，每个字一米多高，醒目地警醒每一个达柏林人，做好自己的品牌，做出中国的民族品牌。

我经过那些企业，一次又一次，每次都觉得它们是世界上最好的"地瓜"了。我最大的一个感触是，可以说中国制造有低端产品，但我们没有人要做劣质产品。

和盐盘工业区一比，小屿门因原先经验不足、相关政策不完善而产生的弊端就显出来了，"低、小、散"，"脏、乱、差"的缺点随时间流逝而日益突出，存在的隐患也日益明显。比如厂房高度没有统一标准，厂房与厂房间相隔不过两米，没有足够的消防间距等。这些按现在的规定是严重不符合生产、消防要求的。而且，当时盖厂房，房顶盖瓦即可，导致现在许多工厂还留有这种一层式的盖瓦厂房，安全问题就尤为突出。

2017年，小屿门被纳入玉环市老旧工业点改造和小微企业园升级工程。11月，镇政府下发了文件，正式召集企业进行厂房拆建改造。

在小屿门拆建、改造的同时，干江新的工业园区也在紧锣密鼓地筹备中。干江的垟坑盐场已完成历史任务，土地转为新的工业用地，人们要在上面建一座滨港工业城。2016年筹备，2018年开建，早于小屿门工业区的改造。滨港工业城有5500多亩土地，引进了一些大企业，比如东铁、华电、晶科，也有部分干江当地的企业转移过去，比如时森、中杰、达柏林等。还专设了小微园A园区块，有21幢标准厂房楼，除各企业的厂房外，镇政府自持1幢出租。2020年部分企业入驻并投产，2021年基本完成招商。

而小屿门工业区，2019年土地征用工作才真正得到落实，企业需重拍土地。太平洋公司早年购买的大海鱼粉厂的土地，因规划需要又被卖出，有几家企业外搬，部分搬到了滨港工业园区的小微园区。

现在的小屿门，10幢标准化厂房有序站立在楚栈公路一旁，企业大大小小的招牌挂在墙上，厂房与厂房之间留了消防通道，车子可以自如进出。虽然面积并不算大，一上一下两个区块加一起才200亩，但是企业有几十家，外边的水田被玉环的种粮大户林兴奎租去试种海水稻，五年时间，现在喜获丰收了，就像小屿门工业区的改造一样。

但改造的只是厂房，小屿门地偏、面积小，边上没有建设配套设施，而盐盘工业区的地理位置虽好，近镇中心，但20年前的建设理念也落伍了。它在建立之初也不曾考虑工人的需求，虽然厂里一般都有员工宿舍，却没有办法提供更进一步的娱乐生活。人在物质富裕后，对精神方面有了更高的需求，盐盘工业区就显得有些滞后了。

这一切在最新的仍在建的滨港工业城里得到了解决。滨港工业城分成两个区块，工业城5500亩，南塘新城约1000亩。工业城又分工业用地、教育科研用地、商业服务业设施用地。滨港工业城建了工厂，对企业需要的水、电、排污、燃气、通信等基本配套设施进行全面考量，消防站已竣工，变电站、天然气液化站、邮电所及通信管道等都在加紧投入后期建设。

同时也建了职工之家，可租作员工宿舍，底层是商业店铺，可以满足企业员工的日常生活需要，包括吃、住、用、玩。还建了邻里中心，服务企业，也服务企业员工。边上还规划了一个商业酒店，还有科技孵化中心，方便企业培训员工。而南塘新城区块布局建设了教育、卫生、文化、城市综合体以及田园小镇等项目。新的干江公立幼儿园、新的干江中心小学、康养中心、水上游乐园等都在南塘新城。硬件好，软件也要好，让工人的业余生活丰富起来，这是一种理念上的突破。

当然滨港工业城的区位优势也是其他两个工业区不能比的，玉环市"十二五"规划明确有两条通过干江的公路，一条是环岛快速路，一条是漩门二期和三期连接公路，目前南北大道干江段已竣工，西沙大桥引桥也已完成，大桥建成后，干江就突破了只有一条楚栈公路进出的桎梏，成为连接沙门、坎门、楚门的中心地带。

工业城内13条支路开工在建，7条已具备通行条件。"五横两纵"的路网结构初步形成，只待路网全部完工之时，一个全新的、现代化的工业城将呈现在干江人面前，吸引更多的企业来干江投资，吸引更多的人来干江创业、工作。

回顾这几十年，三个工业区是干江工业发展三个阶段的明证，而干江的发展是台州民营经济发展的缩影，更是我们国家经济发展的一个缩影。

从最初的豆子一般散落各地的小作坊，到成串的地瓜一般集中在各个工业区的企业，干江人践行了习总书记的"地瓜经济"的理念，用当初的一枝番薯藤插出了一片番薯地。

我们期待新的时期，滨港工业城能给干江经济带来新的腾飞，更期待新的时期，中国经济有新的腾飞。

第一家工厂

1978年还没有干江镇，只有干江乡和栈台乡。上礁门村属于栈台乡。干江乡只有一个农机站，栈台乡有一个机械厂，都是集体产业。上礁门村当时的村主任詹金梅与村党支部书记谢合财一起在上、下礁门与上栈头三村交界的沙呑坑办了一个修船厂，这是村里也是栈台乡的第一家民营企业。

20世纪七八十年代，栈台乡的木渔船跟大鱼一样，成群结队、密密麻麻地停靠在下栈头和沙呑坑的码头。我堂叔说那时他们一条12米长的渔船，就已经是村里最大的船了。红蓝的船身，油漆斑驳，在海水里浸泡久了，人和船都有了和浑黄的海水一样的颜色。那么多船出海、归航，人要休息，船要修理，修船是个不错的行业。

在沙呑坑黑乎乎的泥土上，修船厂的炉火像浓艳的鲜花一样常开不败。这是上礁门村，也是栈台乡第一次以个人的方式去展现钢铁的形态，让人们在拥有船只、拥有土地之外，知晓了另一种生活。冰冷的钢铁在锻火中烧热、变红，又被打压、冷淬成为另一种形态。乡人们当然知道火，知道钢铁，他们的锄头、镰刀也是用这样的方式制造的。可是这一个工厂似乎与他们已知的钢铁与火有所不同。在柴油发电机的轰鸣声里，在金属的结构中，在四射的火花里，幽暗杂乱的空间已为他们的未来开启了一扇窗，只等他们推开，祖祖辈辈耕海犁地的生活外就有了另一个世界，只不过他们一时还不知晓。

那么多船，一只接一只的，生意并不坏，可惜就是没有电。锯木头可以让两个人拉扯，可电焊必须要电呀。用柴油机发电，生意越好结果亏得越多，几年下来，工资都不能保证了。上礁门的第一家工厂眼看着以失败告终。

1979年，谢合财的大儿子谢义龙高中毕业了，想当兵，家里不让去。后来他心一横，干脆接过亏空的修船厂干起来。生意其实就在手边，熬了一两年，当电线终于拉到栈台乡这个玉环的犄角旮旯时，谢义龙如同诸葛亮借来了东风，修船厂开始盈利，厂子在他的手里活了过来。

谢义龙精明能干，能谋善断，是管理的好手，但他并不精于技术。这时谢良尧来了，也只有17岁，高中没毕业，因为在学校受了委屈，一怒之下就回家跑到修理厂打工了。他当了两年学徒，前几个月是白学白干活的，后来是30元一个月。一年后，他就算是厂里的大师傅了，工资涨到60元一个月。几十年后，他对我说："我们土话说，'好汉不挣六月钱'，六月天实在太热了，但凡有点本事的人都不会冒着大日头做事。但渔船的休整都在六七月份，我挣的每一分钱都是六月钱。在太阳最毒辣的日子里钻进油罐电焊，说自己是铁桶里被烙的烧饼也不为过，每一分钱都是千百滴汗啊。"

海边人能吃苦，也不甘于只吃苦，他们总是希望能在吃的苦里酿出蜜来，那才是他们吃苦的意义。谢良尧在修船厂干了两年，用最初只会拿焊枪的手，学会了各种修船的本领，也学会了这个行当里赚钱的诀窍。所以19岁时，他和自己的老板谈合作办厂，两个人都借了钱投进去，抱着让修船厂这朵曾枯萎的花重新绽放的决心，在沙岙坑这个小海湾里，他们合作了两年。

1992年干江乡和栈台乡合并为干江镇。修船厂也迎来了新的发展，谢义龙留在原地继续原来的生意，谢良尧搬到沙岙坑外边的皮岩头，开起了自己的修船厂。厂子一分为二，就像一枝茎秆上开出了两朵花。

接下来的十年，是渔业从巅峰走向低谷的时间段，渔船一艘艘变大，也在一艘艘地减少。木船几乎绝迹，取而代之的是设备精良、马力吨位都适合远洋操作的钢铁大船。谢良尧在坎门又开了一个修船厂，整个乐清湾的修船技术、业务没有谁能和他相比。但谢义龙在行业开始走下坡路时，就果断地放弃了修船的业务，关闭了沙岙坑的修船厂。这个从1978年开始办的厂子，在24年后终是关闭了。可这又并不是悲剧。对生意人来说，积累资本，抓住机遇才是生存的关键。

谢义龙转型去做柴油机了。他曾在我家隔壁后面办过几年，后来又搬到了小屿门工业园，算起来也差不多有20年了。2002年开始，他为宁波中策动力机电集团有限公司生产配套设施，中策动力的柴油机广泛应用于渔轮内核及沿海运输船、工程作业船、滚装船及各类商船作主推进动力和辅机。虽然谢义龙不说，但我们可以合理推测一下，修船厂原先应该是中策动力的客户。当修船业走向衰败的同时，其他行业却在飞速发展，到处需要电却时不时停电，生产柴油发电机就成了一门好生意。他的转型很成功。

当我问他疫情对产业的影响大不大。他说："我自己都没想到，生意好到令人意外，工人都来不及招。我为宁波的厂生产配套，自己也生产295型、2100型动力机，省里（目前）只有我一家缸径是95、100（毫米）的哦……"

我看他的厂房，一座灰扑扑的L型的两层楼房，就在路边，连个正儿八经的大门也没有，更别说厂名。只有一个过道很大、很高，可以让一辆大卡车直接开到厂里面。走到二楼的楼梯口，才看到"玉环东宏机械有限公司"的字样，边上就是他的办公室。

他带着我在厂子里转，东西很多，但是条理清楚，没有特意标出功能区域，但一看就能明白。生产区在楼的另一边，工人们在机器前忙碌。楼上主要是仓库，放着半成品，一边是中策的货，一边是他自己的货，码得整齐，令人一目了然。

厂房上下两层共1746平方米。原先因为市里小微工业园区改造，许多不规范的厂房被政府回收后再拍卖，这些厂房是他花了400多万元重新拍回来的。边上的一块地原来也是他的厂房，但因为没有审批过也要重拍，他也拍回来了，计划在上面扩建标准化厂房。"到那时候，什么消防、环保都规范了，也就不怕什么了。"全部建好，他的厂房应该有三四亩大吧，和原来的规模一样。

"等建好，绿化美化一下，像大姑娘一样，新衣裳穿起来，雪花膏涂起来，打扮一下吧，就好看了"，他说。那下次去，看到的应该是一个整洁漂亮的标准化工厂了吧，我想。

又想起以前他们建在泥涂上的造船厂，厂子里面因为没有电，黑乎乎的，厂子外面的泥土也泛着黑黝黝的光。几十年过去了，造船厂消失了，但结局也是挺美好的。也许更美好的是，它如一颗种子，改变的不只是两个人的命运，而是一个村庄、一个乡镇的命运。它是时代的产物，是一个崭新时代的开端，它打开了乡人们认识新世界的窗子，让新的理念、新的生活在乡人中生根发芽，到了八九十年代，尤其是90年代初，镇上办厂的人多到了一个顶峰，换一个官方的说法，就是民营企业迅速发展。

45年过去了，从1到现在的390（干江镇2024年统计的企业数），其中50多家规上企业，有一半是从上世纪90年代初成立（算起来也有30年了），发展壮大至今。

一个家族的三十年

　　村里人看病都喜欢找蒋根才，以前他在楚门医院，大家去楚门医院，现在他去了玉环中医院，大家就跟着去中医院。即使看的不是外科，也会找他询问，似乎问过他，诊断的结果才是准确的。他是蒋家七个兄弟姐妹中的老大，在村里有声望，在兄弟姐妹间也有威信。在乡下，一个家族里出了这样一两个有出息的人就已经很了不起了，但是他们一家个个都是"豪杰"。

　　1991年，栈台和干江——一个渔业乡和一个农业镇合并之前，两个地方几乎都没有什么私人企业，蒋家兄弟中的老三兴西、老幺兴金都在给人打工，老四高中毕业后去当兵刚回来，两个姐妹和各自的丈夫也在外面一起打工、做小生意。老二蒋根清把他们找回来，建议他们乘着镇里要开始工业建设的势头合力办一个厂子。三个舅子和两个连襟都拿出了全部家底，租了干江老粮站当厂房，凑了十来万元，合资买了几台车床，玉环汽车齿轮厂就这样开业了。

　　1991年，干江镇的工业基础说是一穷二白也不过分，基础设施几乎没有，进出镇子只有一条不像样的盘山公路，设备要靠船运到码头，再搬回厂里。他们中的小妹夫阿旺回忆说，都是一些基础设备，又大又重，要几十个"大蛮后生"用滑轮拉着从船上卸下，又人力扛到拖拉机上，用那种喷着黑烟的老爷车突突突地挪回厂里，然后又是几十个人用滑轮拉着卸下，再人扛着抬着安装。1992年乡镇合并，沿海公路开始筑造，造好后才解决了设备运输的问题。

五个人是老板，也是工人。除了老四外，其他都是学技术出来的，活到手里都不是问题，经常一早就可以看到他们一身油污地从厂子里出来，带着满眼的红血丝来吃早饭，吃完又回去继续上班。

那时候，模具、刀具的技术都达不到要求，只能靠自己的技术和经验来加强品控，一天能做下百来只合格产品，都是不错的成绩。不过，生产设备差，检测设备也同样落后，总体来说通过率还算过得去，再说产量虽然少，但是产品价格高，利润还是很可观的。

20世纪90年代初的国家，正在经历大腾飞，就算他们这样小厂产品的销路也是很好。第一年产值就有几十万元，到1994年，就达一百万了。原来觉得宽敞的粮站立马变逼仄了，五个人立刻作出决定：分厂。很快，一个工厂分成了两个，三兄弟留在粮站老厂，两个连襟出去办新厂，还是以做汽车齿轮为主。

工厂里已经不需要他们作为技术人员存在，分厂带来的业务拆分让他们每个人都必须自己开拓销路，去找客户。如果产品过于重复，那内部自相残杀式的竞争，不仅会影响彼此的亲情，更会导致发展空间的受限。不管哪一条，都是五个人不愿意看到的。阿旺说，他是腰头缝着几十块钱出去跑的，近一点的杭州、上海，远一点的山东、黑龙江，只要有机会都要去。三兄弟中的老幺兴金，我们常看他上午西装革履地出门，下午回来换上油腻腻、脏兮兮的工作服，钻进车间捣鼓产品。

在1994年到2000年的五六年时间里，中国的汽车行业飞速发展，两个厂子几乎都是以每年翻倍的速度增加产量。拿两个连襟的原玉环县振华精锻齿轮厂来说，产值从开始的百来万，到两三百万，再到三四百万，最后达一千万元，原有的产能又跟不上了，于是两个人再次考虑拆分。同样三兄弟那边，当初分厂后不久在粮站前造的近千平方米的厂房，也不够用了，也不得不考虑拆分。

2001年，对于这个家族来说，是一个大年。

这一年，两个连襟的齿轮厂变成玉环振华精锻齿轮有限公司和玉环法林精锻齿轮厂两个企业，他们把各自的业务也再次拆分、细化，尽量避免彼此的冲撞。

2001年开始，几个人都开始购置、兴建新厂房，他们都已经意识到下一步的发展规模会更大。2007年，最后合伙的兄弟也进行了拆分，老幺成立台州南氏金属制品有限公司，老三和老四保留了原厂（后改名为"台州中杰齿轮股份有限公司"）。

2008年，金融风暴来袭的时候，他们受到的冲击都不大，因为他们做法都比较保守、传统，就是贷款少，稳扎稳打。虽然他们自己开玩笑说这样的做法容易失去快速发展的时机，企业会"长不大"，但是，在危机中却有很好的抗压力。危机也是时机，这时的干江镇上，同时期兴办的齿轮厂，大多都不办了，剩下的就是他们家族的几家。但是他们没有幸灾乐祸，在别人的失败里看到教训，而且他们的最大优势就是家族之间的守望相助。用阿旺的话说，竞争肯定是有的，但是我们知道真正的竞争是和全国企业的竞争。言外之意，自然是目光要长远。这一年，大姐夫阿林把厂子更名为"柏思达有限公司"，兄弟中的老幺又成立了台州盛侯齿轮有限公司。2010 年，几个人的新厂房都开始动工，2013 年前后，开始分别陆续迁入标准化的新厂房，企业的产能进一步提升，产值也进一步提高了。2014 年，蒋兴西成立了玉兴精锻齿轮有限公司。五个人从一家类似作坊的小厂子变成了五家公司。

作为一个门外汉，我实在不清楚齿轮除了大小的区别，还有其他什么不同。我看到他们企业对经营范围的介绍：台州中杰齿轮股份有限公司经营范围包括齿轮、汽车配件、紧固件制造、技术研发，货物进出口、技术进出口；台州南氏金属制品有限公司经营范围包括水暖管件、汽车配件、摩托车配件、电动车配件、建筑家具金属配件制造；台州盛侯齿轮有限公司经营范围包括齿轮、汽车配件、农用车配件、水暖管件、阀门、洁具、不锈钢制品、塑料制品、橡胶制品制造及加工；玉环县玉兴精锻齿轮有限公司主要经营齿轮、汽车配件、摩托车配件、紧固件的制造、加工、销售；浙江振华精锻齿轮股份有限公司经营范围包括精锻齿轮、农用车辆齿轮、紧固件、阀门制造，货物进出口，技术进出口；浙江柏思达齿轮有限公司开发生产精锻差速器的半轴齿轮、行星齿轮及各种机械传动的伞形齿轮。确实如他们自己说的，产品有交集也有不同，姐夫的柏思达是专做汽车齿轮，老幺的两家企业，做的好像挺杂的。我心里疑问：世界需要这么多齿轮吗？边上有人拿起一支弹簧笔，转开，倒出顶端的按钮，举起来说，这也是齿轮。这也是齿轮？我承认车间里盘子大小的、拳头大小的、手指大小的铁家伙们都是齿轮，但是这笔杆里似雪花一般突起的竟也是齿轮……那生活中齿轮真是无处不需要啊，看来这还真是一门大生意呢。

17年时间，从白手起家，将一个小厂子，细胞分裂般分出几个产值都达几千万元的中型企业，想想也是不容易的事情。

经过了十几年的沉淀、扩张，他们开始从管理上入手，出租或卖掉原来的小厂房，整合厂房，走规范化道路。几个人对政策变化都很敏感，不知道是不是和他们家在机关工作过的老二的把控有关，也许一开始是需要指点的，到后来对政策的了解、把握、运用就成为他们的自觉行为了吧。和他们聊天，觉得他们从产业形势到国内外政治经济局势和国内外政策变化，无一不了然于心，对自己企业发展困难和前景的预判也是很实在的，要创新，要提升科技含量，要稳中求发展，绝不冒进。

现在，姐夫阿林的柏思达，是规模最大的，产值上亿，拥有自己的科研队伍，拥有多项国家专利，是获国家认证的高新科技企业；妹夫阿旺的振华，产值也已上亿，有自己的科研队伍，产品向高精尖发展；三兄弟中，老三规模最小，厂房15亩，老四的有40多亩，老幺的两个厂子合在一起也有40来亩，他们目前还是以做中低端产品为主，但是也都已经意识到科技创新的力量，在技术改造上的投入是不遗余力的。没有倒下去的行业，只有办不下去的企业，企业要发展，与时俱进是很重要的，这是他们的共识。

从1991年至今，30多年了，这是一个家族发迹的30年，也是台州民营企业发展的30年，更是改革开放十年后中国腾飞的30年。

柏思达：BEST

2008年，吴法林决定在玉环法林精锻齿轮厂的基础上，成立一个新的公司。他问当时在澳大利亚留学的女儿吴蕉君，新公司叫什么好？吴蕉君脱口而出说叫"柏思达"。"柏思达"是英文单词Best的谐音，Best意思是最好的。

初中毕业，17岁就开始跑码头，挑着虾皮、紫菜翻山越岭贩卖的父亲马上与喝过洋墨水的女儿达成了一致：新公司就叫柏思达。也许Best也是父女两人心里隐藏的愿望和努力的目标，是公司的宗旨。

2008年，不说整个中国，仅就一个干江镇，大大小小的齿轮企业就已经有了几十家。而且2008年还是一个并不十分友好的年份，世界在金融危机中动荡，许多中小企业的业务，尤其是外贸业务多多少少都受到了冲击。如果在大潮里浑浑噩噩地随波逐流，仅凭着以往的惯性去被动地承受，就算一个大浪承受住了，但两个三个接踵而来，企业终会被拍死在沙滩上。只有做到行业的最好，才可能扎深站稳，才可能承受种种冲撞，继续发展。

Best是父女两人的共识，也是柏思达两代掌门人的共识。但在管理理念上，吴蕉君与父亲吴法林是有所不同的。吴法林出身贫寒，白手起家，筚路蓝缕才有所成，所以采取的往往是情感管理方式。有一些工人，从1991年吴法林与妻舅、连襟合办的一个小厂开始，经历了2001年他独资创办玉环法林精锻齿轮厂，再到2008年成立柏思达，一直跟着，勤勤恳恳，兢兢业业，不说风雨同舟，至少也是共进同退了。虽然没有多少文化，难以跟上企业技术发展的需要，但吴法林对他们有感情。这是一种源于乡村传统的朴素情感。而吴蕉君管理专业出身，大学学的是国际贸易，留学学的是工商管理，她更注重专业性和制度管理，情感变为其次。她办公室后的书架上放着的不少就是管理类的书籍，其中有一本是《狼性管理》。不过这并没有使父女两人产生大的分歧。

企业发展并不是单纯靠讲感情的，吴法林放手给女儿后，他就回到上栈头村，专心当他的村党支部书记，搞共富事业去了，基本不再过问公司的事务。但企业的发展成长又不能不讲感情，这种感情是柏思达与客户、与同行间的感情，换句话说，在销售理念上，两代人又是惊人的一致。

吴法林是个精明而豪爽的人，在多年的生意场上，他把客户、许多同行都处成了朋友。吴蕉君也完美地继承了他的这些为人处世的法则。她说，自己的销售理念之一就是与客户成为朋友，不是纯粹地为工作、为利益，简单地说，是希望撇开利益交朋友。

当然开始并不如她现在说的那么容易。父亲决定带她出去接触客户时，那些客户基本上也是他父亲一般的年纪，他们是父亲的朋友，认可的是她的父亲和他的理念，交流起来就有些年龄上的隔膜。但是父亲可没有耐心和时间给她多么细致的指导，只告诫她要多摸索，不懂就问，尽快找到合适自己的经营方式和思路。他是自己闯过来的，他已经为她铺了路，剩下的路同样需要她自己去闯。

我突然觉得他们父女很像。当我请吴法林谈谈创业经过时，他不觉得那个时期的自己有多么艰苦，反而觉得幸运：是时代给了他们这一代人许多可遇不可求的际遇。而吴蕉君也觉得自己幸运，觉得父亲已为她打下了坚实的基础，现在这些所谓的困难算什么困难呢？入行久了，她感受到的是客户、同行的温暖和善意，还有同龄人之间理念、观念的共鸣与碰撞。汽配行业里，男性是主导，女性并不多，吴蕉君说，自己是直来直去的性格，很幸运都碰到好人，在相处过程中感觉更被照顾一点。说这话时，吴蕉君扬起脸笑了，真诚中竟有一丝腼腆。

从1991年到2008年，再从2008年到2023年，是世界、中国经济发展的两个不同时期，也是柏思达发展的两个关键时期，企业生存发展的环境亦有了巨大差别。如何跟上时代节奏，调整企业定位、产品定位是吴蕉君在反复思考的问题。爆发式的增长期已经过去，不可再来。父亲那个时代的工艺要求、产品标准等，都不再符合当下，只靠工人流水线作业的生产方式也不可再取。吴蕉君更注重引进高端人才。她在甘肃资助了一批本科以上的学子，希望他们毕业后能来玉环工作，但结果并不乐观。

干江镇地处偏僻，小屿门工业园更是偏中之偏，周边没有生活配套设施，不说业余的娱乐休闲生活，就连一些基本生活需求都得去镇上或县城的解决。工人只挣钱不花钱的时代已经过去了，现在的工人，尤其是年轻人，他们挣钱不仅是为了生存，挣了钱以后更需要有丰富的生活。人留不住怎么办？吴蕉君就花大力气去培养公司的老员工，她希望员工能与公司共同进步。每年除了在自动化设备、产品研发上投入大量资金外，对员工培训的投入也很大，在更新设备的同时，也更新员工的知识储备与技能。实行免费培训，鼓励员工考取各种证书，奖励优秀员工。我问她培养的员工跳槽了怎么办？她笑着说："人员流动是很正常的。他们出去也是在这个行业，也算是行业之间的一种交流，并不会对我们产生多大的影响。"我又问："跳槽多吗？"她说："不多，我这里老员工居多，人也是讲感情的。"

看来在管理上，她既讲制度，讲规范，也懂得父亲的情感式管理。除了管理优化，吴蕉君接手公司后，也开始着力于产品结构优化。汽配中低端市场竞争一向激烈，价格战更是频频发生。吴蕉君坚持一点：以质量取胜。与父亲时代单一的做主机配套市场不同，她大力拓宽市场，在原有客户的基础上拓宽海外市场、维修售后市场，产品从原来的重卡、轻卡、农机的配件扩展到叉车配件，更是跨出汽车行业，成功打入民用消防车辆的配套设施市场。

此外，吴蕉君对企业的定位更加清晰，放弃部分中低端产品市场，走高端路线。原先是按客户要求来制造产品，跟随客户发展而发展，但现状倒逼着企业从内到外进行一系列的改变。现在他们主动去提升、提高。吴蕉君说："每接触一位新客户就是一次新的学习机会，与不同的人交流，感受不同的理念、思维，对自己也是很有用的。每一家企业都有存在的优点，中低端企业的成本控制会做得很好，而高端企业，尤其是欧美的企业，产品标准高，会促使我们去努力提高自己、缩小差距。我父亲那一代，他们寻求大批量生产，价格便宜。现在我们是智能化流水线生产，追求高质量。"看到时代的变化，才能看到市场的变化；看到与别人的差距，才能看到提升的空间和前进的动力。寻找更优质的客户，不仅是为企业拓展业务，更是为了提升自己。以更高的标准来生产产品，这也是企业的一个新的增长点。

也许这就是吴蕉君说的倒逼，这种倒逼让柏思达从等待客户的样品图纸来开发生产的被动、盲目，到现在参与客户的研发、设计，共同打造新产品，使产品试验速度更快，配合成功率更高，性能更强，不仅提升了公司研发生产的能力，也掌握了更多的主动权，更可以在前期规避不必要的失败。企业的优势就彰显出来了。"在做好自己的工作基础上再优于他人"，也是一种Best精神吧。

真正的考验才开始。柏思达在稳健增长的基础上，仍在寻找新的机遇、新的客户源，寻求新的增长与发展。

在公司的陈列室里，陈列柜的第一行格子上摆满了奖杯和荣誉证书。第二行格子里摆的是重要客户的主要产品、各种卡车模型。下面第三行、第四行是对应配套的齿轮，每一个齿轮看着都很相似，像黑色的厚实的菊花开在白色的柜板上。褶皱间柔和的线条与坚硬的材质，有一种刚柔并济的美。我随手拿起一个桂花糕大小的齿轮，却感到出乎意料的沉重。

陈列室中间椭圆形展示台上端放满了公司的专利证书，下面一圈是一些成套的齿轮，有些大小并放，有些叠放，有些已经用轴套好。俯视，它们如散落在白地上的各种黑蘑菇，在手机微距镜头下，它们却犹如高大冷峻的黑色树木。不同线条组成的不同纹路，就像一片丛林里生长出的不同树木，冰冷的钢铁也有了一种简洁朴实的美。

吴蕉君蹲下，用两只手抓起一个盘子大小的齿轮，翻过来跟她的弟弟吴佳琪低声说着产品型号和客户的一些情况。吴佳琪有些矮胖，看着少言憨实，穿着工作服似的黑色夹克。在大学学的是营销，毕业后父亲问他要不要回来，他思忖再三后说回来。父亲说，男孩子要去搞技术。在上海请了一个专门的工程师，让他一对一学了两个多月，回来就让他负责管理生产。"嘀嘀咕咕"了好一会儿，姐弟俩大约商量好了，弟弟就出去了，姐姐陪着我去车间转转。

外面下着雨，站在巨大的空间里，地面幽暗、潮湿，金属营造出冷硬的氛围，以机械的形式锻造着钢铁的热和火，在撞击的轰鸣声里展现出坚硬的力量。动与静交替，冷和热交换，沉默与嘶吼交织，人的声音渐渐消弭，人的身影融为金属的一个部分，仿佛只有金属和金属的合作共鸣，被流转的动力从这头传到那头。

车间里最大的锻压机压力有40多吨，小的也有十几吨，好几台排开。一节节五六厘米长的铁柱被自动传送带运到一根管子一样的东西里面，从锻压机的右侧再出来时已变得通红。工人将它夹起来放进模具，机器上下合拢，"哐当"一声，血红的圆柱体就变成了血红的铁花。再夹出来，放到左边的传送带上，送到下一台锻压机的工人那里。他也用夹子夹起，放进模具，锻压另一面。活塞柱向下滑动，砸到砧座，压头与托盘贴合、碰撞，"咣"一声后，活塞抬起，一个双面印花的圆饼，就成功压出。火红的铁饼一样的齿轮被夹出来，放在边上的铁框里，外表的红色迅速褪去，包上一层灰色，灰色随着凉意向铁饼内部渗透。红色一点点变灰，最后变成铅灰。整个过程似乎很简单，像熟悉的师傅用传统的手法制作传统的糕饼，只不过里面充满火，充满光，充满热。而这些让铁柱变成菊花模样齿轮的模具，许多就是他们自己开发的，在火与热之前，是柏思达技术人员的脑力风暴。

热处理、打磨、清洁、上油、打包……所有工序里都有冷硬灰暗的机器，或大或小，吴蕉君站在当中，也像锻压机前那团燃烧的小小的明亮的火。她说："忙碌的日子让人安心开心，因为这意味着厂子有订单，工人有活干，但是危机与机遇也是共存的。我要做的是在危机中抓住新的机遇。"她相信自己能做到Best，她相信她带领下的柏思达也能做到Best。

计之深远

蒋兴金，我得叫叔，是他们家族中我算比较熟悉的一个人。但他是真的很忙。我几年前写《一个村庄里的时代》这本书时，就想采访他，约了三四次都没有成功。甚至有一次，我已经到了他的厂子里，他又因为临时来了客户出去了。今年又约了三次，才终于见上。

走到南氏的大门口，门卫让我做了登记，给了一个访客证，才让进门。他的办公室在三楼，要从车间外面单独的楼梯上去。楼梯台阶是水磨石台面，扶手仿玉石纹，像大理石，又像是仿大理石的材质。楼梯转折处竖着铁皮，与墙面齐平，墙面的下半部分又贴着长方形铁板，交接的四条边缘都有了铁锈，让人感觉这个楼梯原本是在屋外的，后来才包到里面。除了干净，它没有任何装饰，像机器一样线条简洁，功能明确。

在三楼楼梯口对着的白墙上写着"诚信铸就品质，质量赢得市场"，"诚信""品质""质量""市场"的字号一样，比中间的两个字要大一号，而"诚信""质量"却是红色的，下面还有对应的英文单词"Honesty"和"Quality"。然后一个红色破折号后面写着四个小字"台州南氏",黑色字体。墙下左边是三个红色灭火器,然后四盆万年青一字排开,右边是一个银色方形的金属垃圾桶。大理石地板锃亮,所有东西都在上面倒影清晰,连字迹也不例外。

他的办公室大而空,除了办公桌和桌后的柜子,就是窗户前放着的一张茶桌和几把椅子,内外一致的简单直接,功能性很强。

蒋兴金背光坐在窗户边上,窗户宽大,窗户外四月的阳光温暖明亮,房间也显得亮堂。我们至少15年没见了。他胖了一些,脸色泛红,但看起来仍比实际年龄年轻。他穿着白色的T恤,让我想起30年前他穿着满是油污的工作服,匆匆忙忙跑到我家吃早饭的样子。

30年前,当时他与两个兄弟兴敖、兴西,两个姐夫吴法林、詹家旺合办的厂子刚搬回干江不久。更早的时候,他们的工厂是办在清港镇凡塘村兴敖老丈人的菜地里的。在别人厂里打工的二姐夫、三哥,做海鲜生意的大姐夫,加上部队复员的小哥,几个人借了钱就把厂子给办起来了。

第一年做的是铜球阀。但那时的清港、楚门,像他们这样的阀门小厂,已如雨后春笋般冒出,他们实在没有什么优势。第二年决定做齿轮,他与二姐夫詹家旺都已经做了多年的车床,学了多年的技术,基本功厚实。要转行,两个人就去上海学,学了十来天,回来就把齿轮厂给撑起来了。他们管技术,其他三个人跑业务。才一亩多的地方,办了三年,就要面临扩建无门的问题。

蒋兴金提出回干江，但是其他四个人都有点犹豫，凡塘的厂子已经有了底子，周边的设施也更周全。在凡塘如同鱼在水里，而回干江则是在一穷二白的基础上重新建设，而且干江连进出的大路都没有，设备得用船运到码头，然后再让人扛回去。但是蒋兴新觉得还是得回来。僵持之际，商量出一个折中的办法，他先回来买地建厂房，建成了就回来，先把锻打放在干江，精加工放在凡塘，如可行就到时全部搬过去，不行，也还有退路。

他没有说自己当初为什么坚持要回来，我想他决心回来的原因，不仅仅是自己说出的话和家里人的激将，更多的可能就是一种对干江发展前景的直觉。他买下干江老粮站，做了部分扩建，干江工厂的基础就打下了。

1992年，整个厂子搬回了干江。才几年功夫，厂子的规模就已经满足不了业务发展的需要，是继续组合壮大，还是拆分发展？又是一个难题。干江工业的土壤并不肥沃，周边的企业都是同他们类似的起步阶段，没有先例可以给他们参照，他们也并不知道自己到底能做到多大，能走到多远，所以最后选择拆分。两个连襟一起，三个兄弟一起。为了避免内耗和业务倾轧，拆分时根据行业细分情况，对业务也做了相应划分。

在1994年到2000年，他们两个厂子的产值都在以一年一倍的速度递增。到2001年，两个厂子又变成了四个厂子，厂房也越建越大。两个姐夫的公司在2001年又进行了拆分，但是兄弟三人到了2007年才开始拆分。为了避免业务冲撞，蒋兴金还和别人合伙办厂做钢圈，但是三年就亏了近百万元。最后以资抵债，把钢圈厂给卖了，他又不得不把重心转回到齿轮上。错过了三年，他与姐夫、兄弟们的差距有点拉开了。而且在当时资金短缺的情况下，他又贷了800万元，买了现在南氏的土地建厂房。幸而当时政策优惠，为了鼓励企业发展，拍土地允许先欠钱，他才能先交了押金拍下后再贷款买下。这边厂房在建时，看到隔壁的土地挂出来卖，他又跑过去拍了15亩下来，建了他第二家企业盛侯的厂房。现在光这两处地皮、厂房就升值了好几倍。"真是胆大，"他笑着说，"当时感觉不管以后需不需要，先拍下来就是没错的。自己用不到，也可以租给人家。"

厂子刚拆分时，蒋兴金就面临很多问题。他和妻子文化程度都很低，他自己小学都没有毕业，首先财务上就一窍不通，更别说管理之类的。所以妻子蒋雪琴立刻去学了财务。现在公司财务的工作仍然以她为主，而他也开始学习单独管理一个企业。他们都是聪明的人，又刻苦，学得很快，上手也快。那时他就成立了南氏机械有限公司，第二年又成立了盛侯齿轮有限公司。

我问他是怎么赶上来的，他笑着说："做企业没有狼性、野心是难以发展的。我胆子大，也敢冒险，他们的业务在那里了，都是自己家人，我也不可能去抢，我就要做不一样的，就是他们没有的。他们当时主要是轴齿轮，我是搞技术出身的，懂技术开发，所以我就做了直齿轮，然后不断开发，这一块就走在了前头。"他走在前头的还有对市场的了解。当别人都在拼命找外贸单子时，外贸单子找他，但国内市场他也绝不落下。其他人以重卡、轻卡为主，而他专门做农机。这两个决定让他的企业迅速发展壮大。在外，他原来做韩国、日本的生意，后来与韩国的生意停掉后，专做日本主要经营农业机械、小型建筑机械等业务的久保田投资有限公司的业务。

久保田的生意也是他自己找来的，业务总要不断去跑才能有。他说一开始谈得艰难，后来得到人家认可了，生意反倒简单了。两个工厂的产品其实相似，但是南氏主要做外贸单子，盛侯主要做国内市场。现在形势下，外贸单子不好做，但久保田的生意却一直做了下来，而国内的生意原来产值只有两三千万元，现在达到六七千万元，成了新的增长点。所以两个工厂的业务现在也有点混合了，南氏也开始做国内业务。

当然也做过其他的外贸单子，比如德国博世液化系统中的配件，但是做得很艰难。他说："做这些自己文化程度低的弊端就出来了，系统种类都做，明显管理上就差了一点，最后放弃了。"

而疫情三年，却给他带来了新的机遇。农机业务停滞了，口罩机的轴一万多一根，却供不应求。但因为怕影响原有业务，这些过于暴利的东西他并不会多做、常做。做实业的人要做实事，做高科技要专注专业，不能盲目跟风，这是他的原则。也许因为这些原则，他才能步稳行远吧。

我好奇他为什么办两个厂子？他说他的父亲姓南，是上门女婿，他的兄弟姐妹都跟着母亲的姓，他有两个儿子，就一个姓蒋，一个姓南，所以一个企业叫南氏。两个儿子一人一个厂子，避免以后可能存在的财产纠纷。

大儿子因为身体原因没能上大学，高中毕业就跟在他身边学技术，跟了近十年，现在开始入门，可以接手一些业务了。技术开发虽然是小团队，但是公司也很重视。小儿子还在上大学。

近几年因为市场原因，一家企业的生意在萎缩。他开始为小儿子另谋出路，准备到哈尔滨办齿轮超市去，东北都是大农业，是农机重地。他去了很多次，那边有自己的合作伙伴，也考察过市场，应该有可行性。为父母者为子女，计之深远啊，而作为一个十几岁就开始办厂的人，蒋兴金更是要为自己的企业计之深远。

高速发展时期的红利他已经吃到，但现在这红利正在消失。世界经济形势下滑，如何保证企业利润空间继续发展，就应及早考虑未来市场的趋势，明确未来计划。蒋兴金说，一个企业生意下滑了，就可以培养下一个企业，及时捕捉第二轮、第三轮的机会。他说他的企业与他兄弟的、姐夫们的略有不同，他是他们当中产品种类最多、最杂、最齐全的。中高、超高音频（淬火工艺）都有，热处理、热锻打、冷压等也有，工艺更完善。其他人一般以走量为主，而他走量少，靠的是什么都能做，品种多。现在他们又要开发新的产品系列，要做吊机、变速箱中的配件。很快，他的产品目录上又会添加新的品种了吧？

杂，反而利润空间大，尤其是一些小批量、价格高的产品。但因为如此，每年必须投入大量新设备，尤其是自动化设备，量少，也必须保证质量。他认为，对中小企业来说，灵活腾挪更易存活。为了减少工人成本，就必须引进更多的自动化设备。为了降低生产成本，他前年在盛侯投了300多万元，置办了一套太阳能发电设备。厂房顶楼都装置了太阳能板，每日可以发电三四千度，最高可达5000度一个月。工厂一年要用30多万度电，那么利用这个太阳能板可以省下10万多度。2022年3月16日开始到2023年，太阳能板一年多发电101.75万度，他们一下子省下成本 100 多万元，现在南氏的厂房也准备装置起来。

自组太阳能发电，既节省了成本，又可以避开工业停电，有多余的电还可以卖给边上的企业。这些措施都是蒋兴金为了企业发展做的种种努力，一个想得长远的企业家，他的企业也应该走得长远。

善作善成

　　台州中杰股份有限公司的前身是玉环齿轮厂，1992年成立，算得上是干江最早的企业之一。它后来派生了柏思达、振华、南氏等几个干江龙头企业。伴随着中国改革开放的步伐，它们先后成立，然后各自不断发展、壮大。

　　与柏思达完全交给女儿经营，振华基本自己管理，南氏父亲主持、儿子辅助不同，中杰是由儿子南杰负责经营管理，而父亲蒋兴敖一旁辅助，分管业务线。

　　南杰毕业于浙江大学城市学院工商管理专业。在管理、经营、生产的理念上，他与初中毕业的父亲沟通时，几乎没有什么问题。家里的氛围比较民主——只要对公司好，就可以。

　　南杰从2013年进公司，如今也有10多年了，在车间老老实实做了3年，熟悉了各种工种、工序，才逐渐接手生产管理。

　　中杰是比较典型的家族企业，虽然聘请了职业经理人管理团队，但是财务、业务等重要岗位都由自己家里人掌握。南杰把传统的家族企业理念和职业经理人模式融合到企业管理之中，因此中杰着力打造团队文化，非常重视公司制度建设，奉行的是制度管人。南杰自称自己还是比较保守的，业务、财务必须在自己人手里，而自己是参与管理的，包括经营、生产。2018年，外聘了一个副总，然后慢慢磨合，形成管理团队，公司中层都是在公司多年的老员工。用制度管人，也用情感留人。

南杰说老工人是财富。让工人干得舒服，有钱挣，自然就会留下来，很多东西都讲技术，不熟练挣不到钱，干熟练了，工资一般七八千都不成问题。

善待工人，是一种共识。每到节假日，比如中秋、元旦，镇上几乎所有的企业老板都会好好操办，为职工准备相应的福利，请厂里的职工、家属吃一顿，搞点互动活动，发发红包。因此，很多企业都有一些干了十年、八年的员工，中杰也不例外。这算是用一种传统的人情交往方式来善待员工吧。

可能也是因为传统，中杰与镇上多数企业的另一个不同是，业务国内占比更大，达70%左右。疫情几年，都以为冲击很大，但业务反倒上涨。南杰说，因为车辆使用有一个周期性。中杰是以生产工程车的车轴齿轮和农机的直锥齿轮为主，疫情前几年产业下滑，到疫情时期，周期性回转，产业又上升。现在又开始下滑，并且是断崖式下跌，除市场趋向饱和外，受国际市场影响也大，整个行业压价严重。

当然不能坐以待毙，中杰从2022年就开始拓展新的客户源，争取业务延伸、拓展，尝试在卡车、农机齿轮外做设备齿轮，希望在维护老本行的基础上作出突破。

以客户为主，达到共赢，是中杰的核心理念。时代在发展，同样的产品，十年前价格可达100元，现在可能跌到95元了。必须不停研发，增添新设备，跟随客户的需求变化，预判市场，才可以做到快速、高质。中杰的研发投入是相当大的，每年可以有几十种新产品。

高品质的产品，必须配上高效的服务。做生意是人与人的沟通，企业与企业的沟通，故而生意之外，南杰与客户是生意伙伴也是朋友。这一点与柏思达的吴蕉君不谋而合。

我询问中杰有无自己的品牌。南杰说，品牌一定要做，中杰的自主品牌是"正强"，市场认可率也相当高，但是宣传不多，因为自己属三级供应商，主要是以做配套为主，受限制比较大。

这可能也是一个困局，做配套部件，就会受做配套组装厂家的影响。行业细分后，许多中小企业就是神经末梢般的存在。但庆幸的是中杰的设备、技术可以让他们在原有的汽配行业外，做一些其他类型的轴、垫片等产品。危机与时机并存。许多不利的因素让不少企业面临生产、经营的问题，但是它们也在积极寻找新的机遇，生存下去，继续发展。

中杰在干江滨港工业园区的新厂房已建成，新工厂的业务，将是老工厂主业的延伸、拓展。但南杰说他不会轻举妄动，谋定而动，才能行稳致远。可能中杰现在面临业务压缩，新工厂建成后还有资金压力大等问题，但是我更愿意把它所处的这一阶段理解为企业的蛰伏期。在这过程中，中杰一直做好自己的本行，做好自己的一切，等待突破的那一刻。

也许商用车下一个周期性轮回来临时，将是中杰以及与他类似的企业的又一次产业爆发期。在此之前，唯有善作以待善成。

振华百年

　　阿旺家三代都穷，到了他爸这一辈，好不容易熬到阿旺兄弟们长大，他爸的一场大病又让日子回到了解放前。后来阿旺大哥当了船老大，成家后，收入还行，跟老三一起照料着多病的老二，拉扯着两个未成年的弟弟，还把他们送去学技术。

　　1991年，阿旺在楚门、清港、芦浦各种阀门小厂里打工已经好几年了，吃不饱饿不死的状态，让他觉得没有前途。后来温岭的朋友在清港办了一个小厂做齿轮加工，因技术不到位，老是出废品，眼见着要亏得血本无归了。阿旺去帮忙，给他开发了新产品，朋友就叫他入股。干了一年多，朋友不想做了，阿旺就接了这个厂子，一边钻研技术，一边也学着自己对接客户。

　　1992年的时候，他和自己的三个舅子、连襟，五个人合起来在干江镇上的老粮站办了齿轮厂。老粮站也就只有四五间屋子和一个不算开阔的院子。五个人，除了他当兵回来的二舅子、连襟是做生意的，他们其他三个人都是学技术出身的。在粮站门口，经常看到他们穿着一身沾满黑乎乎油渍的粗布工作服进出，分不出谁是老板谁是工人。他的小舅子兴金更是经常蓬头垢面、浑身柴油味地跑到我家吃早饭，吃完就打仗一样地冲回厂里。

那时候的设备是最基础的设备，讲白了就是"落后得很"。但就算买了设备也没办法把它运回来，做齿轮要用到大冲床，又大又重，而进入干江要么走海路，要么走山路。走海路则运到沙岙坑码头，先搭起三角架子，用滑轮把东西从船上卸下，再十几个壮小伙用小臂粗的麻绳，"嘿哟嘿哟"拉纤一样将东西拉起、放到拖拉机上，最后"突突"地运回厂里。若走山路，仅靠镇里那几辆歪歪斜斜的拖拉机，能不能爬上坡都是个问题，即便让外面的卡车运吧，怕爬上了坡，连个弯也没法拐。好不容易运回厂里，怎么安装又是一个让人脑袋疼的事，因为安装设备的工具也运不进来。厂里的小伙子们都得出动，把设备再用滑轮拉起来，一点一点安装，没个一两天，这活是完不成的。

从粮站边上经过，经常可以听到金属冲击的巨响，大人们说冲床在铸压铁柱，几千斤的力道呢，能不响吗？但是有时我们经过，也会看见工人抡着大锤不知在敲打什么，"哐哐"作响。那时我的概念里，做齿轮就是一项力气活、苦活、脏活。

但是阿旺阿叔说，这个时候跟80年代相比，条件已经好太多了。1980年，他在干江农机厂当学徒，镇里还没通电呢，发电机还是手摇的，90年代，至少用电有了保证。但是没有好设备，效率低，模具、刀具技术都达不到要求。订单一张一张接过来，产量却上不去，质量也没法保证。一天最多三五百只，如果一天能做到700只，那就已经是顶天了——做齿轮就像打黄金戒指一样，打一只算一只。

到了1993年的时候，干江的公路通了，虽然还是灰尘漫天的黄泥路，但一下子解决了运输的难题，设备可以运送进来了。设备多了，订单也可以多接一点，那么这点场地就不够用了。

1994年的时候，五个人商量着分厂子。一个厂子分成了两个，三个舅子一个，两个连襟一个，舅子们搬到别的地方，阿旺和连襟阿林继续合租在老粮站。阿旺说自己借了16万元的三分利来顶下这个厂子，置换老旧设备。我听着咂舌，三分利，可不就是高利贷了嘛，这没有破釜沉舟的大决心和必定成功的大信心，一般人还真不敢呢。

五个人一起办的时候，第一年的产值只有几十万元，到第二年就有一百多万了，几乎翻了一倍。分开了，阿旺叔和连襟阿林在粮站里熬过最初的一年，接下来几乎每年产值都是翻倍增长。到2000年，已经达到了400万元。

新世纪开始，国家仿佛坐上了直升机似的快速发展着，阿旺叔的厂子也一样，缩在粮站的厂房里已经没办法再展开拳脚了。他先在小屿门另外买了厂房，分了一部分机器过去，后来把粮站前的厂房买了下来，随后又卖给了小舅子。2000年的时候，阿旺叔在老傲前村买了原来博梦衬衫厂的厂房（90年代初曾红极一时，但在1998年倒闭了），把厂子迁移了进去。搬到博梦厂房后的第一年，他工厂的产值再次翻倍增长，达到了800万，接着就是1600万，3200万，6400万。四亩多地的厂房再次掣肘了他，在2005年他买入了10亩地，建成了现在的厂房，产值达到了7000万元。2012年、2013年两年间，他又把隔壁的厂房买了下来，跟原来的厂房打通，并在一起，建成了一个面积40亩的规范化厂房。最近三年，产值还在上翻，现在产值一亿多了，缴税1000多万元。"我缴的税还是挺多的。"他有些自豪地说。

但是企业大了，成本也跟着上涨，330个工人，光工资一年就要3000万。阿旺叔就卖了小屿门的厂房，把机器都搬到了现在的厂房。"厂房分开，管理成本高，难度也大。"他说。本来盐盘那边还另外买了厂房，和博梦老厂房一起的，他也卖了。

我问他为什么。他说，以前办厂很多人圈地，现在亩产税抑制了圈地行为，土地多了缴税也多，如果亩产税的额度达不到，电费每度增加一角，怎么算都不划算，还不如卖掉。

我又好奇："现在的厂房够用吗？"他说："现在企业不好办了，先稳一稳啊，这么大的地方也就够了，而且现在办一个企业，环保、消防、财税、卫生、食品安全、安保等各方面都需要规范。以前没有这么多部门管，但是现在发展了，就要更规范，管的部门也多了。小厂，在环保等方面会好过关一些，规上企业，必须要有配套的环保设备，就增加了投入、维护的成本。"

"大环境不同了，企业已经从粗放型向规范化发展，以后肯定要求会更高，所以思路、管理都要跟着变化，要跟上形势。"他又起身给我倒了一杯茶，胖胖的脸上露出憨憨的笑。

"那么，怎样节约成本呢？"

"这个讲起来就有点长了。"他喝了一口茶，沉思了一下才说，"首先是人力成本啊。工人现在要求不一样了，最初三五百一年，到2000年，七八百一个月，现在七八千一个月，还不好招，不好管。以前正月初四招工广告都不用打，寻上来的人就无数，现在初十了也不一定有人，来了也不一定能待得长久。你想想，过去工人走路、骑自行车上班，后来有电瓶车也蛮好了，现在都自己开车来的，都小轿车，有些车还蛮好的。"

我听着有点吃惊，但是粗略算算，七八千一个月，和城里的白领比也丝毫不差，而且他们的生活成本还低一些，买车子也正常啊，不由感叹："现在工人的收入真的不错啊——但是为什么还留不住人呢？"

"本地人，现在生活水平高了，家里爹妈房子、车子都准备好，年轻人还奋斗什么啊？外地的工人，现在也不比以前，年纪大的好一些，年轻的也不愿吃苦，难管。万一有什么意外，都是企业买单。再说现在内地企业在崛起，工人都被抢回去了。他们有明显的区域优势，土地成本低，电费便宜，税收返还，人工便宜，只要沿海的二分之一，成本就大大降低了。虽然沿海工资高，但是本地人很多还是留在内地的。我现在想建职工宿舍，以前租房给员工，消防问题很麻烦，留住员工，必须解决他们的住宿。以前玉环本地人口40万，外来人口也有40万，现在哪里还有这么多？整个台州的外来人口都在减少。"

我一时语塞，因为这是数据呈现的事实。这一阶段的采访下来，我以前觉得离我很遥远的有一些字眼，比如"人口红利""政策变化""人力成本"等等，现在是如此真实地体现在见到的一个个中小企业身上，并深深地影响着他们的当下和未来。

"这是一个方面，另一个方面是生产成本高了。"他说着，端起茶杯却没有喝，青瓷茶杯在他肉乎乎的大手里显得异常纤细。过了一会，他才喝了一口，接着说："以前，产品价格高，做工也好做，因为检测设备差，通过率高。而现在，软硬件都提高了，对产品的要求也越来越高，原材料价格也高了，但产品价格反倒低了，竞争也激烈得很。"

"我这个，是低端传统产业，劳动密集型，科技含量低。"他又喝了一口茶，缓缓地说，"如果要走出目前的困境，只能优化管理，机器换人。人力成本高、原材料成本高，就缩短工序，减少人力。这也是我为什么要把老厂房卖掉，把厂房拢在一起的原因——减少管理成本。"

这时有电话进来，他歉意地表示自己要出去接。他出去了，我环视他的办公室，很大，至少有五六十个平方米，东西却不多。进门，门后是一组常见的银灰色铁皮档案柜，对着门口的是一套常规的真皮沙发和一个实木茶几。和沙发对着的是我们坐着的茶桌，桌子上有一套茶具，一边放着烧水壶，另一边放了一些茶叶和小零食，茶叶有大红袍和普洱，零食是透明塑料罐装的花生、油枣、芝麻糖之类。桌后玻璃门的书柜里很整齐地摆放了一些文件夹和书，文件夹背脊都贴了字条，分类放着，书有《曾国藩传记》《邓小平传》之类的，还有吴晓波写的书。我想站起来细看，听见背后的脚步声，就坐了回来，想着等会儿当面问他会看什么。书新旧都有，想来也不是摆设。和书柜成90度角摆放的是一张三四平方米的大办公桌，放着电脑和一些文件。

他进来，笑着说我们继续。我站起来，等他坐好，才坐回去，问他："阿叔，你架子上的书都看吗？""看过一些。"他含糊地回答，"也要学习，不过现在手机更方便。"

我没有追问，回到刚才的话题，他却似乎没话了。他给我倒茶，给自己也倒了一杯，然后很认真地灌水、烧水。我们都坐着，于是喝茶，但是并不尴尬。他做所有的事情，都是带着一种平淡的、微笑的、让人放松的表情。理着平头，似乎就是用推剪推推短的那种，穿着很普通的黑色圆领T恤，皮带也不是玉环许多老板的标配爱马仕，黑色运动鞋看着也普通（当然也可能价格不菲），撇开他的企业，走在街上，似乎就是一个工厂的技术大师傅。我不知道是不是他们这一代从最基础的技术学起到成功创办企业的人，身上多少都会有一些脱离不掉的本色，好像离开写着"董事长""总经理"字牌的办公室，回到车间，立刻就是一个能拿起榔头、锤子干粗活的工人。

喝了几口茶，我随口问他："今年疫情冲击大吗？"

他刚好提起水壶准备倒水，听我这么一问，顿了一顿才说："影响还是挺大的，当然也不仅仅是疫情。我2015年开始开拓国外市场，想把比例提升到产值的二分之一，但是2017年特朗普上台后，国外市场就不稳定了。美国的政策打压、疫情，都影响出口，现在出口只占四分之一——不敢出口了，货款能不能拿到都不好保证。"

"那该怎么应对这样的局面呢？"

"暂时放缓新产品开发啊，不过老客户还是稳定的，所以基本产量变化不大。接下来拜登上台后不知道会怎样，打压是肯定的，但是希望好一些，国际环境、美元汇率不稳定，疫情来往又不便——本来我是想自己出国去考察的，看看有没可能进一步拓展其他国家的市场，现在只能先放一放了。目前也是努力调整，其实我们国家也在调整，企业步骤要跟上，开发内循环。"

他喝着茶，淡淡地说出这些话，似乎对大小一切的变化都接受，都能应对。我对这个才小学毕业的人肃然起敬，也许在近30年的办厂经历中，他面对过不少的危机，在不断的应变中磨炼出泰山崩于前而色不变的淡定和以不变应万变的从容。他有一种老农似的朴实外在，但又有一种通透的、智慧的内在。

我说："在稳定中求发展。"

他说："对，我们先要稳定原有客户。只有办不下去的企业，没有倒下的行业。钢材从两千五一吨涨到五千八，铜价涨到七万一吨了，产品价格却没涨，你想想传统产业受到的冲击有多大。1992年，觉得起步难，摸摸索索挺下来了，1995年觉得竞争太大，办不下去了，咬咬牙也坚持下来了，到现在几十年了，竞争也是很大的，企业也难办，但还是要办。"

"现在企业上规模了，几百人跟着您吃饭呢。"

"这是一个问题，我们办企业要挣钱，也要讲一点社会责任——难办，怎么办？就不断改造、改革、优化。企业也和人一样，要不断进步，跟紧形势，才会持续发展。"

我不断点头，说："阿叔，您对企业有非常清晰的认识和判断，那么现在的互联网经济对你们有什么影响吗？"

"这个其实也没什么，企业销售也是一波一波的，我们这种基础型产品，都需要的。2008年，冲击很大，但是像我们这样的保守型企业，贷款少，稳打稳扎，所以还好。"

"我看过一篇文章，说日本当年的经济泡沫破裂后，现在的日本企业开始减少贷款，保持一定的流动资金，用来增强抗风险能力。"我插了一句。

"对的，企业有存款和人家里有存款一样，万一有个急用，借不到，自己还能扛扛，其实我们中国人的许多做法还是很好的。"他点头，接着说："至于互联网科技产品更新速度快，而传统企业，出新产品也是帮人家代加工，赚加工费，没有设计、销售力，缺少创造力支撑，靠人家生存，办不大。"

"所以我们企业的局限性也大。"

"是啊，像美国，人家有的是创造、设计、科技实力，他们就可以用专利、知识产权来制衡我们啊。"他叹了一口气。

"现在国家提倡创新，其实也是因为这个吧。"

"必须的，否则我们发展的空间就更没有了。你看玉环的产业局限性就很大，玉环企业做不大，五亿元以上的才十几家，多在五千万到二三亿之间。企业一万多家，工业产值才几百个亿，都是帮人家做代工，话语权小，而可取代性强。而且玉环区域优势不明显，没资源，缺水缺电，缺人才，没原材料，这些都是逼着企业自己去想办法。原材料比如讲钢材，都要从外地运进来，加工成成品再发回原地。但是玉环也有自己的优势，起步早，已经形成产业优势，玉环的行业产业链是很完整的，我觉得以后是要走精、新的路线。否则，就和玉环的家具业一样，创新跟不上，成本越来越高，导致国际市场不断萎缩，已经连续六七年以每年20%的比例下降，中东市场现在差不多都被土耳其占据了。现在人家开始仿你的，等产业形成了，他有地域优势、资源优势，你怎么比得过？而国内的中低端市场，现在也被广东和江西占领了。江西就专门做低端家具，2011年、2012年才起步，现在做到产值上千亿元。我们先机抓住了，若后续力量不足，也是危险的。"

我对他竖起了大拇指，说："阿叔，您有危机意识，企业还会发展壮大。"

他"呵呵"笑了一下，说"岁数大了，看眼前的形势也只能稳稳，没有年轻时候的闯劲了"。

"那讲讲年轻时候闯出去的事情呗。"

"好像也没什么啊，就是以前到杭州要12个钟头，到上海18个钟头——以前都是要到上海引进技术的……汽车卧铺到沈阳35个钟头，去住宾馆，七八个人一个房间，又差又臭又脏，没卫生间，半夜还经常被下半夜住进来的人吵醒。1992年、1993年的时候，一次出门带几十块钱，在上海一百元几天也用不完——那时候物价便宜，一次出差一般50元就够了，黄酒才五分钱一斤呢。不过那个时候，钱都要缝在裤腰里，偷钱的很多……"

"我记得我1999年去金华浙师大找同学玩的时候，大客车从盘山公路上去，又陡又凶险，中间停下来吃饭，饭店、猪圈和茅坑是在一个地方的，还有人说这家店的猪脚特别好吃，我看着都要吐。"

"哈哈哈，是的，就是这样的条件。以前坐绿皮火车，热死、冻死、慢死……现在出门一个手机，什么都搞定，动车、飞机多方便，整个时代都不一样了。"过去的艰难都是珍贵的记忆吧，他讲起来竟是两眼放光的。

我听得津津有味，问他："以前都是从哪里找业务，现在的业务主要是哪里的？"

"以前主要是上海，现在安徽、江苏、山东也有，也开始向西南比如四川、重庆这边发展——现在出门方便啊。"他感叹了一句。

讲到这里，我想起他们五个人把一个小厂子发展到五个大厂，那么五个企业之间的关系怎么样呢？这么想着，也就这么问了。

他似乎也不意外我的好奇，说："竞争肯定是有的，但是我们的产品有异同，我们是与全国竞争的，而且现在更是要明白，竞争是世界性的。"

眼光长远，也许就是他们从小工厂，拆分、发展成大工厂的成功原因之一吧。也许他们几个厂子还是互相扶助的呢。

还有一个问题，斟酌了再三，我还是问了出来："阿叔，像你们这样的家族企业，都会面临一个接班人问题，您有没有这样的困扰？孩子有没有参与管理？"

他也没有表现出惊讶，但是皱了一下眉头，说："这确实是个问题。"

"您几个孩子？"

"两个女儿，大的生了二胎，在家带孩子，小的还在读大学。"

"那大女儿有没有参与企业管理？"我知道他的厂子，他的双胞胎弟弟阿度阿叔是有股份，也参与管理的，他大女儿也是股东，他大哥的两个女儿也属于高管，女婿应该是董事。

"不是说她现在在家带孩子嘛。"他皱了一下眉头，大概觉得我怎么又问这个问题。我敏锐地感觉，他的性格应该是不喜欢重复，讲究高效率。

　　我赶紧解释："我看老谢阿叔他们都是孩子接上来了，他们自己带着参与管理、决策，毕竟我们这样的民营企业都是家族性的，像苏泊尔是卖了的，有些可能找职业经理人——继承人问题，应该是避不开的一个问题，关系到企业的前景、走向。"

　　他放下了茶杯，沉思了一会说："是的，接班人是我们面临的一个很重要的问题，像我舅子他们，都已经儿子接上来了。我现在是女婿负责管出口营销——我不懂英语，年轻人懂啊。"

　　"那您有没有考虑找职业经理人？"

　　他沉思了一下说："没有，职业经理人很难找的，搞不好把你企业都吃掉了。我现在再搞几年看看吧，实在不行，像飞环阀门一样，卖了。"

　　说完，他笑了一下，但是这个笑却没有了原来的云淡风轻。这个话题似乎有点沉重，看样子，他也不是没有考虑过，但真的聊起来，似乎也并不是那么轻松。他弟弟阿度自己另外还有一家小企业，他的儿子出国留学回来后，也没有接手的意思。他三哥的儿子倒是在厂里也参与了管理，他大堂哥的大儿子是负责国内销售业务的，但是他会从他们当中挑选接班人吗？

　　从他企业的前景看，还是有提升的空间的，他现在也有五十六七岁了，如果他真的决定退休，那这个在玉环市缴税排名前八十名的企业，何去何从呢？真的要卖掉？

　　阿旺叔似乎不愿意再谈论这个问题，我就没有再问。这时他的一个侄子过来，他起身去招呼，要侄子替他尝尝他趁超市搞活动买的白酒，帮他挑一款好的。

　　我看着他们一起品尝，讨论。他转头对我说："这是元旦打算请工人吃饭用的，本村人才20来个，大部分是外地的，喜欢白酒，太差的他们不要喝，自己也拿不出手。太贵的，也没必要，几百块的应该可以了。"

"厂子都要请工人吃饭的吗？"

"要的，今天隔壁的厂子就办酒席，请工人吃饭，一桌菜都要一两千的。吃饭表示一个态度，除了给他们工资，感情上也要投资，毕竟人都讲感情的。"

我点头，看着他们在三四种白酒里挑选出一种，然后他打电话给超市老板，让他准备一些这种酒。

最后，我问能不能到车间看一下。他拿了衣服，说现在刚好放假，带你去转转。已经下午3点多钟，2021年新年的阳光正好。走进写着"闲人莫入"的钢架车间，映入眼帘的是一侧钢柱、铁棒，以及车间对面墙壁上的一片金黄，阳光从右墙上的玻璃窗透过，成排投影在墙上，尤其明亮，影子中间被一根钢柱隔断，窗影中间折了15度，产生了细微的动感，像一辆进站列车窗外掠过的浮光。

墨绿色的地面上画着黄色的线条，把车间划分成一个一个功能不同的区块。铁棒按粗细不同分类，粗的有小腿大小，细的也有小臂大小，分别用铁丝捆扎着，堆放在一个一个区块里，两边用千斤顶支撑，铁架固定。边上用铁条焊成的箩筐里装着的是已经被切割成几寸长的铁棒，有拳头大，已经打磨过了，发着银灰的冷光。而靠近入口的地方，是铸造成型了的齿轮，放在漆成蓝色的铁条筐里，阳光拂上，明暗强烈，它们像开在昏暗里的金色花朵，有一种冷暖交织、刚柔并济的艺术设计感。我第一次感受到冰冷、坚硬的金属，也可以有难以言说的柔美。

这是一个开放型的车间，没有隔墙。走到底，右边是一个两三米高的锻压机，明蓝色的底座，草绿色的主机，底下地上摆满了灰色、蓝色的铁条框，里面是已经切割成段的铁棒。我细看了一下，不同颜色的筐放置的铁棒粗细是不一样的，但是每一个筐上都有一块铁片，用黄色的油漆刷了"浙江振华"字样。边上的锻压机操作箱上贴了挂钩，挂着各种表格簿，我粗略地瞄了一眼，上面写的是型号、数量、时间、负责人等。绕过去，在最左边一角，是一个近两层楼高的锻压机，还带梯子的。阿旺叔介绍说："那边那个是中型的，这个是大型的，压力更大，这台光锻造机械手就要40万，能够直接把铁棍压成型，用于做汽车方向盘转轮，一年耗电一千万度。今年通过技术改造、工艺优化，员工减少了10%，接下去员工争取控制在200—250人。"我估算了一下，员工减少50人，按照他说的，一个工人除去保险，工资一般在五千到一万，年底另有奖金，那么用工成本一年就可以节省几百万了。

我转了一圈，都是大家伙，而大家伙里面可以触摸到很多细节。穿过这个大车间，到另一幢楼去，阿旺叔说先去二楼。我们坐电梯上去，二楼的光线有些暗，阳光从一侧进入，照在靠窗的白色、蓝色的数控车床上，但是纵深望去，面积似乎更大，更多的车床隐在视线之外。他说楼上楼下一共有500台数控车床。仓库在三楼，我们上去看到，里面整整齐齐放了许多包扎好的纸箱，上面印着公司名称、地址和联系方式，贴着注明图号、名称、数量的白纸，不同型号用不同颜色的包扎带。他说这些成

车间一角

品，元旦后就要发货。在南边窗口的地方，有几排湖蓝色的小机床，和二楼的机床很不一样。他说这是模拟安装用的车床，测试用的。每一个机床上都贴着一些型号说明。

乘电梯回到一楼，门边放着一些粗糙的暗灰色齿轮。我盯着看了一下，阿旺叔说这是粗坯，还要经过精加工、表面处理、热处理、包装、模拟安装等好多道工序。

看着简单的齿轮，原来要经过这么多道工序的加工、打磨。出门，厂门口的黑色大理石上钉着"浙江振华精锻齿轮股份有限公司"几个金属字，下面是同样材质的英文翻译。太阳照在字上，金属反射出耀眼的光，我想从一个几人的小工厂到今日的规模，是要经过道道难关才能成长壮大起来的吧。

据说"振华"两个字，是他们成立那年请玉环的工办主任起的。也许这两个字就暗藏了起名者对他们、对他们企业的期望：振兴中华，企业百强、百年。

走的时候，我没有像对别人一样说"财源广进"，而是说："阿叔，祝你企业越办越大，百年长存。"

德行似海，众行万里

德众零部件制造有限公司原为玉环德众塑胶机械有限公司，虽然创于2001年，但却是在2009年从坎门搬到干江的。20世纪80年代初，坎门的汽配行业发展迅速，门类也多，而干江到90年代初才陆续出现一些齿轮厂和阀门厂。德众从做国内的卡车业务起步，慢慢拓展出乘用车业务，它的第一个大客户是上海桑塔纳，谈下来了，企业才立住脚。到后来中国加入WTO，进入汽车行业大发展时期，德众也如同上了高速公路，开始加速奔跑了。

"初中毕业，18岁出门，捏着站票，到各国各地跑业务。"创始人谢敦峰如此介绍自己。"德行似海，众行万里"，他如此解释"德众"两个字的含义。

在德众办公楼大厅，一眼就可以看到墙上挂着一幅字"先做人　后做事"，字很质朴，意思也直白，大概德众之"德"是于己，亦于员工的共同要求。

谢敦峰说："全公司对员工的道德要求是比较高的，一个人做好人，才能做好事，有能力更应有品德。"

德众企业的文化核心之一便是"以德为先，要感恩"。"德"字反映在他自己身上，就是一种对社会的回馈。谢敦峰在四川有结对扶贫的对象，在干江，捐款资助学校师生也比较积极，他说这是应有的社会责任。这于他个人而言，大概就是对自我品行的一种基本要求；落到公司员工身上，便是一种团队要求。企业是团队一起做的，每一个员工都要参与进来，共同努力，企业才有生命力。能力可以培养，但是如果员工意识涣散，缺乏集体观念，企业是不好管理的。

谢敦峰说以前的员工会主动要求加班，现在都不希望加班，现在的工人不缺物质基础，他们对工作环境、居住环境、闲暇生活都有更高的要求，会追求精神层面的享受。尤其是工作时间长的老员工，生活条件的变化也会给他们带来意识的变化。企业要做的是传递正能量，企业对员工的培训，不仅是技能，还要有各种先进的理念、道德法律意识等的灌输。

因此在工作之余，德众会组织各种文艺活动，组织员工旅游。尤其是在元旦、春节的时候，除了园区企业家家都有的项目——请员工吃饭外，德众有自己的文艺晚会，谢敦峰自己参加排练。而且德众也很重视与员工家属的沟通，为感谢员工家属对企业的支持，德众把福利给到员工父母，每年有1200元钱直接打到员工父母的银行账户里。

德众的老员工很多，这大概就是一种双向奔赴。企业给员工足够的人文关怀，所以留得住员工。

"员工的修养直接影响到企业发展"，简单地说，就是员工之间关系处理得好，工作开心，氛围好，企业便像一个大家庭一样和睦团结。而团结可以让一个企业走得更稳更远。

除了对自己讲德，对员工讲德，在企业发展中更是要"德"字为先，这种德表现为德众的另一个核心价值：做事精益求精。

德众和玉环其他汽配企业的产品略有不同，它生产的主要是用于添加汽车防冻液的膨胀水壶。汽配行业也自有体系，当行业细分后，中小企业大多只生产其中一项。虽然德众只是生产一个小小的膨胀水壶，一个汽车产业链中的一个小环节的产品，算起来只是为大型车企生产配件的二级配套供应商，但德众却是浙江专精特新企业，这是只有做到行业前列才有资格参与评选的。

时代发展，体现在行业的变化中，就是企业从粗放型、劳动密集型向知识型、技术型发展。德众近些年对自动化设备的投入很大，生产自动化程度比较高，随着汽车行业的发展，德众也在不断研发新产品。从创立开始，对产品的精、专的要求就刻在德众员工的脑子里。企业要做强，产品就要精、专，品质就要让客户无可挑剔。谢敦峰觉得这是一个企业的生存之道、发展之道。国外市场占了德众公司业务很大比例，而要出口，德众就只能做代工。许多企业都是这样，它们生产的产品质量过硬，自创品牌在国内也受认可，但是到了国际市场却不被认可，只能做代工。这是许多中国企业，尤其是中小企业的沉疴和痛处。

谢敦峰是希望改变的，所以他希望德众的产品能精益求精，无可挑剔，能真正地走出去。质量是企业之德，有此德，一个企业才能做到对自己负责，对行业负责，对客户负责，才能行稳致远。

在德众办公楼楼梯上去的墙上，挂着六张图片，每张图片都有两个大字和一些小字。"争创"下面是两行小字"争创修身名片，实现产业报国"；"诚信"二字下是"自古修身在信诚，一言为重百舍转"；"合作"二字下是"精诚合作，共谋发展，同创未来"；"细节"下面是"宁可事前检查，不可事后返工"；"团结"下面写着"团结一致，凝聚之冠，共创美好明天"；"努力"下面写的是"一个人的努力是加法，一个团队的努力才是乘法"。

这六幅图，六组词语及其下面的话，是对大厅那幅"先做人后做事"的一个补充，是对德众的"德"的具体阐释。于己是为人诚信，于人是团结、合作，于事是细节，于企业是努力、争创。它涉及个人的修身之德，也关涉与人相处之道，更表明一个企业的信条、宗旨及担当。

办企业并非只是为个人生存、谋生意、图生利，而是"产业报国"，把个人与他人相连，把个企与国家相连，这样德众之德就深了，广了。我相信谢敦峰能带领德众的员工、带领这家企业走远，走久。

"德行似海，众行万里"，这是他对"德众"二字的解释，也是深藏在他心中的坚实信念。

向上的力量

走进凯博的厂房，整个车间可以一眼望到底，右边一叠叠锃亮的铝板像一刀刀巨大的纸张一样码放着，然后是一摞摞的铝圈。顶上是四边环绕的轨道，一个工人拖动着吊钩在轨道上滑动。

走近，发现那些铝板至少有八到十毫米厚，六平方米大小，静止在面前，一潭水一样平静。伸手去摸了一下，冰凉、坚硬且有一种厚重感令之纹丝不动。工人不慌不忙地捡过一个吊钩，放在一角，又拉过一个吊钩，第三个、第四个，直到把四边固定住了，才启动开关，一片闪亮离开一堆闪亮，缓慢地上升，再慢慢地平移，下降，最后落到灰色的运输带上。

一块铝板几百斤，吊机下是不能站人的。我在边上看着它像一团光一样轻盈，又像一块巨石一样沉重，最后像一潭水一样流动，从运输带流转到隔壁的车间。隔壁车间顶上也有同样的吊钩，另一个工人用同样的方法吊起它，把它放到机器上。

机器上有一个床一样的平台，平台上有一个转轴，一端是数控台，另一端是转轮一样的装置。"嗒"一声，开动了，机器"嘎嘎"响着，铝板一边一点一点翘起，渐渐弯曲，上卷，弧度随着轴的转动增大，明明是又厚又重的铝板，机器用了千钧之力将之碾压、滚动，不知道为什么看起来却像一个人在轻轻地、小心翼翼地卷起一张卡张，最后使它成了一个没有封口的圆筒。也许这就是所谓的举重若轻吧。

我伸手想去摸，工人赶紧阻止我说不能摸，很烫的。可是不摸，我总感觉这个圆筒的两条边会不经意地晃动。它给人的直觉就是轻的，软的，随时会被折叠了，揉皱了。但我最终没有摸上去，巨大的机械能转化为巨大的热能，工人说的"很烫"并不是玩笑，他戴着手套，小心地停下机器，要等铝筒冷却一些了，才能用吊钩把它转到旁边的机器上，再做焊接，把它两边焊死，使之成为一个封闭的管道。

在迈入凯博的厂房大门之前，我一直以为高压电气开关就是我们家里墙上的控制灯光电源的开关，现在知道误会大了。竟然是这么大的家伙，铝板压成一人多高、可以让人自由钻进钻出的圆筒，竟还只是其中一个配件。一个完工后的开关，最大可能重达5吨，价格从几千元到几万元不等，而凯博的产品一般都在一万元左右。

章根才指着仪表盘告诉我说，铝筒的大小、形态，都是根据要求先设定了，再压制的。简单得近乎简陋的仪表盘，却控制了巨大的力量。总让我有一种错觉，铝筒是被人千锤万锤才锤出这样的形态。

转身走的时候，工人把筒两端挂上吊钩，准备下一轮的上升、平移、下降了，边上另一个工人在等待，着手下一道工序。

凯博并不是章根才办的第一家企业，他最早办的是一家铜业公司，1999年成立，办了20多年后，注销了，前两年又成立了聚得金属制品有限公司，做的其实还是翻铜[1]，应该是将原有公司的资产整合后重办的吧。

从事翻铜，就绕不开2008年的坎。2008年以前，玉环有多少家阀门企业，一时还不好说，而干江大大小小就有几十家，许多人家，推开家门，堂屋里就摆着十几二十台机器，为那些正儿八经的阀门厂做配件，可能就里面的一个铜圈、一个小杆。机器整天"轰隆隆"地响，铜棒一小车、一小车地拉进来，铜粉在屋子的地面上也能堆上一层。翻铜是个好行业。但2008年，经济危机冲击一来，碰触到末端的小厂子时，首先表现的就是铜价的下跌。

章根才说，他价值4000万元的铜，看着它从每吨8.8万跌到2.5万，许多铜业公司破产、倒闭。他是凭着贷款撑了两年，咬牙坚持到铜价再次上涨，价格与以前基本持平才脱手。

也许是基于这个原因，加上他看到当时国家电力、电网的发展，2009年，他就转型投资成立了浙江凯博特种合金有限公司，开始做高压电气开关的零部件。

2021年与他兄弟章根贵一起重新成立浙江聚得金属制品有限公司，继续从事翻铜业务。聚得是玉环最后一批审批通过的有色金属合金制造类企业。但翻铜业务已不同往昔，以前做外贸市

---

[1] 即有色金属合金制造，干江人俗称"翻铜"。

场，除了国内，他还跑到香港、越南去找原材料，回收黄杂铜、电解铜、铜粉等用于提炼，现在环保要求严格，市场形势严峻，黄杂铜一般都不能用了，就铜粉回收提炼还可以做。

产业在升级，企业也得升级。聚得除了生产高品质紫铜、黄铜外，三条不锈钢流水线也在调试中。章根才是把材料供应的目光从阀门、洁具又转到炊具上。

为什么停了又重启？章根才说："不办吧，厂房一年也能租个百来万，但是不服啊，不愿认输，总觉得不办对不起自己。"

和同时代许多企业家一样，章根才小学毕业，也是一路艰苦闯过来的。12岁就在生产队挣工分，田在山下，房子在山上，担谷子跟大人一样，一日四五担，十三四岁在干江坑盐场晒盐，15岁到石矿打石子，十七八岁跑到江西打工、做生意，后来回来在姐姐家的厂里打工，做了五六年，二十五六岁时办了自己的小厂。从小到大，起起落落也近30年了。

现在儿子开始接班了。虽然儿子只是普通大学毕业，学的是机械专业，比不上章根才的胆魄，但历练了几年也有足够能力去主持生产，维护现有客户了。章根才说他们这一代人吃亏的就是文化水平低，管理不够好，所以他计划聘请管理团队，提升企业的管理水平，而自家人则专心业务，维护、开拓客户，做好销售、资金运行的事情。

现在的两家企业其实都不错，都是干江镇上排得上号的规上企业，但章根才觉得受国外市场影响，要看到未来的风险，所以他也在四处考察调研新项目，希望抓住新的机遇。

新能源的兴起是肉眼可见的，章根才准备着手进入电车的配件市场，他说跟上形势，谁先动谁有优势。看来他不仅觉得不办对不起自己，还觉得不跟形势而动也是"对不起自己"的。

"人要向上走，有一股气，才能有一股力。"也许这是12岁的章根才在担挑着谷子向山上走时就明白了的。

在另一个车间，铝筒从一人多高到一层楼那么高的都有，整齐排开，工人们也进行着不同的工序，翻砂、抛光、喷漆……这只是高压开关的一个组件，做好后还要运到总厂组装。如果有磕碰，轻微的可能还可以修复，严重到无法修复的，只能做原材料"回炉重造"了吧。

经过原先的那个厂房，工人正站在铝板边上看着它缓缓向上移动，背后是空旷的墙壁，看不见吊钩，似乎沉重的铝板正被一股看不见的力量向上拉升——这将做成下一个铝筒。

转身出来时，看着凯博左右、对面的企业，德众、通源、振华、达柏林、环宇……盐盘工业园区是干江镇最早的工业区，也是干江本地优质企业的集聚区。

干江的企业都不是很大，尤其是本地企业，年产值一般都在一两个亿，老板们坦承自己的文化水平都不高，成功是因为时代，因为际遇，因为国家改革开放的政策，还因为自己的吃苦、勤劳、拼搏。他们在创业的浪潮里沉浮，但始终有一种向上的力量，让他们坚持下去，争取更好、更强。

向世界发声

一

　　林海林的名字里有两个林，所以他当时给自己的厂子起名就叫"双林"，译成英文就是"DOUBLE LIN"，音译为"达柏林"。"双林"是个再平常不过的名字，从"双林"到"达柏林"的过程似乎也并无新奇之处，但林海林说，许多世界品牌的企业，比如奔驰，就是用创始人的姓名作品牌名称的。他的这段话突然就让人品出"达柏林"的一点不同来，更体现了林海林浓厚的品牌意识和事业格局。它意味着，林海林要创建自己的品牌，走向世界。所以从它诞生时，林海林就有了做一个自主品牌的理念。这是达柏林的与众不同之处。这种不同是在日后才渐渐显露、凸现出来的。而在20世纪八九十年代，林海林打工、办厂的经历与同时代的人并无不同。

　　1985年，15岁的林海林参加工作，在当时的玉环球阀总厂学习操作机床。他刚工作不久，就攒钱买了一台海鸥牌相机，揣到车间要工友无论如何都要给他拍一张他在车床上劳作的工作照。工友们都不理解，花这么多钱买一个相机有什么用，拍个照片又能干什么用，但还是帮他拍了。于是一个穿着工字背心，站在车床边上，一只手握着开关，一只手抓着模具的瘦弱少年形象就被留了下来。

林海林就这样定格了他的年轻，那个时候他可能还不明确未来要怎样，但凭直觉知道有些事情必须纪念。这种纪念当时可能会更多地被认为是一种心血来潮，要到很多年后，它的意义才会彰显出来，让人记住自己来时的道路。

在玉环球阀总厂的12年里，他几乎学遍了阀门生产的所有工序。后来又做翻铜、翻砂的工作。做了一年多的翻砂工，又去学了装配，再学做包装，再学做仪表车床，然后又做了一段时间钳工，最后从检验岗位上被提拔为车间主任，不久又当了总管（相当于副总）。按这样的轨迹，说不定他有一天就要当厂长了。

可是1997年因体制改革，球阀总厂转制，被卖给了私人。林海林差不多又干了三年，才离开这个干了15年的厂子，自己办厂去了。这时他已30多岁了，办厂不算早，但时候正好。

30多年后的今天，那张照片，在达柏林企业发展陈列馆的橱窗里作为其历史发展开端的见证，被放在最前面。也许就在快门按下的一刹那，有一颗种子正被种下。

所以千禧年来临之际，新的世纪，新的时代，林海林迈出了新的步伐，开始走上自己新的征程。

二

楚门镇塘垟桥阳路第五弄堂的达柏林工厂，有着和玉环许许多多小厂子一样的外表，灰白的水泥墙、铁灰色的卷门、老式的木窗。工厂里面是传统的三角形木梁、木椽架构，木头露着原色，向上承托着黑瓦屋顶，向下挂了日光灯，灯管下是水泥板搭的车床台子，由一个个半透明的挡板隔开。抹了白灰的墙面没有多余的东西，只有黑色的屋顶上面画了几条顶点交汇的笔直的黑线。所有电线都从窗户上方走线，与屋顶上的黑线平行。整个车间高朗开阔、明亮整洁，就像一幅由流畅简洁、整齐又交错的线条构成的素描。

在黑、灰、白中，体现出一种工业的冰冷感与层次感，又展现出一种冷静、克制的美学风格。这又与当时许多小工厂的逼仄、灰暗截然不同。也许，对工厂内部设置的不同态度，也意味着一个管理者对工厂定义的不同。

林海林对自己工厂的定义就是做自主品牌。他在自己写的《达伯林赋》里说："吾不堪累世为洋货作嫁衣，国强盛，吾辈当以自主品牌立身天下。"这句话在当时玉环百分之八九十阀门企业依赖外贸，做贴牌代加工的大背景下，无疑是一个响雷。

代加工挣钱快，又省了研发的力气，不是两全其美吗？林海林一开始也是给人做代加工的，是次一级的供货商，但是他在给厂子挂上牌子的时候，就已经下了做自主品牌的决心。

他在脑海里千万次描摹自己的蓝图，将来要做什么，怎做。从一个点延伸到一条线，从一条线拓展成一条路，最后的目标都指向发展自主品牌。他觉得只有发展自主品牌，才能有牌可打，才有资本与人谈品牌的附加值。

楚门镇塘垟村桥阳路第五弄堂是他的起点，透明的玻璃框里第一次展出的产品，是紧随在起点后面的无数个小点。这一只只镀镍的、装了红色套皮的水龙头，像一块块铺路的石子，引着他一步步走向自己的目标。

林海林在代加工、在模仿中摸索生产，创新工艺，积累经验，也积累资金。2005年，工厂因扩建，搬到了清港镇淡水桥。工厂外观仍然是灰扑扑的水泥色，似乎只有门口的自动伸缩门才表现出一点气派，屋子已从三角形的木梁框架变成了全钢筋水泥结构，工厂面积大了，设备也更先进。看上去，如同一个懵懂的乡下人开始懂得一点打扮，举止也显出一点洋气来。

这是一个新台阶，意味着林海林的资金、技术、管理经验都有了一定的基础，他又要计划在自己创业的道路上画上新的浓墨重彩的一笔了。他开始认真地考虑脱开其他业务，专注于自己的品牌建设。于是，清港淡水桥靠路一侧灰色的厂房顶之上，出现了一块一米多高、几米宽的蓝底白字的广告。所谓广告，就是沿着外墙，焊了一个标准的"L"型钢架，蒙了喷绘的广告布，两边图文都一样，有着原生态的直接和朴素，但是立在四五米高的房顶上，再简单的装饰也显出了气势。红色的双林品牌标识和"双林阀门"四个字似乎是一种昭告，是林海林对玉环所有同行的昭告，也是对整个市场的昭告，更是一种表白，对自己初心的表白，对自己未来的表白。他坚信，这是自己的路，也是中国企业未来的路。

为了这个目标，林海林在厂子建成后，就开启了不停地行走，满世界地走。他去过意大利的布雷西亚，目睹了百年前的阀门之都在20世纪五六十年代，因成本、市场等诸多元素，产业流转到日本和中国台湾，再后是中国大陆。他去日本，见识过人家的工艺技术，去德国见识过他们产品的标准和质量……

在不断的行走中，他见识了世界，见识了高低，见识了差距，在见识了各种各样的差别之后，才知道一定要找到自己的定位，一定要坚持自己的定位。所以，他一定要，也必须要建立自己的品牌，这个品牌是属于自己的、企业的，他希望将来它也是属于民族的、中国的。他在《达柏林赋》中说："夫阀门，小器也，品牌，强国大计也。"达柏林是玉环第一家生产自主品牌阀门的企业。

两年后，2007年，在干江的盐盘工业区，林海林再次建起了自己的厂房。在空旷的工地上耸立起的高大、现代化的厂房，就像在达柏林的前进的道路上竖起的里程碑。

2007年12月31日，达柏林企业发展陈列馆照片墙的一张照片记录了这个时间。2007年的最后一天，是达柏林的又一个崭新开始。这一天，达柏林在国内市场销售的第一批以自己品牌命名的产品下线。金色的阀门上套着蓝色套皮的开关，在墨绿色的生产线上被工人的手拨动着，如同碧绿的山泉流出的黄金之液。这意味着，达柏林开始摆脱对外贴牌、代工订单的依赖，更意味着"DOUBLE LIN"的品牌在市场的确立和被认可。

为了进一步打开市场，林海林开始满世界"摆摊"，在德国法兰克福的展位上，他成功地展示了来自中国的品牌阀门"达柏林"。随后他采取了专卖店模式，代理商遍及世界各国，把产品卖到了130多个国家。在达柏林品牌全球推广图上，世界地图上的每一条写着"Double Lin"的小红条，都代表着一个拥有达柏林品牌代理商的城市。他甚至在相隔500千米的一个地区或城市就设一个代理点，地图上密密麻麻的红条就是他们的成绩。他也不时回访各国的代理商。他把人带出去，让达柏林人去看世界，了解世界各地的阀门产业，也把人请进来，让国外的代理商了解达柏林，了解中国。

三

做自主品牌近20年，企业发展优势渐渐凸显。企业可以自己建立自己的生产体系和标准，自己做到产品尺寸、样式统一，自己策划、设计产品，申请专利，这样企业在开发新产品上更灵活自主，产品质量也更有保障。同时因为产品有统一的尺寸、样式，能够做到通配，售后工作就更便捷，而且也更有利于设备自动化和产业升级。达柏林是玉环阀门企业升级做得最好的企业之一。

在偌大的车间里行走，一部部机器按照工序的先后有序排开，但是工人却并不多。生产线上，除了个别工序，基本使用自动化设备。有一个生产区域更是空无一人，几台车床静默着，像摆设一般。其实这是一道切料工序，自动送料机把铜棒送到切割机里，切割机根据人工设定的数据，自动切割出符合要求的铜节，就像切甘蔗一样。再过去是退火流水线，也空无一人。这些设备不需要人工，只需要按一个启动键，就可以完成以前十多个人才能完成的工作。厂子里有二三十台自动机床，只要启动后就可以昼夜工作，晚上工厂关灯后，工人回家后也可以继续工作，还可以享受错峰用电优惠。

在二楼的装配区，工人相对多一些，主要是产品的包装、整纳需要人工。但有一台产品装配机器比较特别，像用玻璃隔出的一个小工作室，里面足足有12道工序，自动进料、清洗、套圈……包括测试工序，全都在"工作室"里完成，最后成品被传输带送到蓝色塑料筐里。光这台机器就省了"十一个半"人，之所以有"半个人"，是因为人不需要一直站在机器前面，只需把产品放到机器入口处的铁斗里后就可以干别的去了，等下次机器提醒了，再去放料就可以。自动化带来的人工成本的节约肉眼可见，目前达柏林两个厂区所有员工加起来200人左右。林海林说，产业升级，自动化是必须的。

在达柏林生产车间的一块牌子上写着"创新是发展的不竭动力。创新是灵魂，创新使我们与众不同。我们不断创造出新的解决方案来满足市场的需要"。也许满墙的专利证书能证明他们一直以来的努力。

自主品牌，也让达柏林在市场上可以两条腿跑步，可以同时开拓国内、国外市场，六成出口，四成内销。在内，达柏林说他们赶上了一波国内房地产的井喷式发展，使达柏林的品牌很快在国内立足。他全中国跑，能够敏锐地捕捉到市场信息：生活水平的提高，自然而然地会带来生活水准的提升，人们会对自己的生活品质有更高的要求。在满足了基本生活需要的水电设施建设完毕之后，接下来是对舒适性的追求。也许办企业如水上行舟，不知前路风雨如何，考验着掌舵者的智慧、经验、毅力、勇气，对风险的预判，对前程的规划。林海林是决心走在前列的人，他既有非凡的勇气，也有精准的判断力。

在企业开创之初，林海林就意识到，要摸准国际市场的趋势，摸透国内市场的需求。节能降耗、低排放、提高舒适性是大势所趋，所以达柏林生产阀门单件，同时也一直在研究系统功能，提出"恒静、恒风、恒温、恒湿、恒尘"的要求。

国内房地产高速发展时，达柏林就已经在开发房地产行业发展后期的舒适性产业，开展对国内C端客户的精心研究。尤其在独立供暖系统配套的研发和应用上，根据中国南北的地域差异、供暖方式的不同，开展研究和生产。南方更强调独立供暖，除了常见的空调，空气能壁挂炉等迅速兴起，现在又兴起了两联供暖等，达柏林的管道、阀门等暖通产品都能迅速配套，而且产品分类和标准都很清晰。就像买衣服来到专卖店一样，只要你知道自己的需要，你就能挑到合适的、准确的，后续的服务更是方便、快捷。林海林说，在达柏林，你买了产品就是买了服务。

在外，达柏林紧跟国际形势，林海林一年中至少有好几个月在国外回访客户，了解产品生产最新的动态和标准。他经常去的是当地的市场，在琳琅满目的阀门产品中对比价格、材质、质量，了解每种产品的优劣。同时公司每年都派人到德国的法兰克福、意大利的米兰去学习最新的技术、应用系统，回来再综合梳理自己的产品，确定研发方向。

达柏林公司的陈列馆里有一个专门的柜子，用来展示林海林考察全球客户和拜访全球各地工厂收集来的阀门。这些产自世界各地的阀门就像一个个大大的警示标记，提醒着达柏林人，品牌是要面对世界的，如果能把达柏林的品牌阀门也放上去，那么它就是代表中国的。

林海林对欧洲，尤其是德国的建材市场上什么价格的阀门用了什么材料了如指掌，他对欧美不同领域阀门的用材要求也一清二楚，如室外阀门欧标用黄铜，德国用青铜，用铁、钢材质的就是低端产品。以欧美的标准来要求自己的产品质量，是达柏林的自我要求。他们在意大利、澳大利亚等国家申请了DVGW认证、ASA认证等用水、安全、燃气等领域标准证书，达柏林敢在任何一个国家跟最优秀的同行竞争，他们也要成为其中最优秀的一员。

林海林说现在欧洲市场，与铝塑管配套的安装方式主要为卡压式，安装便捷，使用稳定，但国内仍以滑紧式为主。滑紧式铝带断裂风险大，后期一旦管道有问题，就只能更换管道，麻烦且成本高。以前由于工艺、工具、标准等因素，卡压式经常安装不到位，易引起漏水问题。而现在技术成熟，以前的不足都已解决，国内市场对此也要有所认识。达柏林人希望把西方先进的理念带回来，把成熟的产品呈现给国内同行，更希望国内市场接轨国际市场。

林海林以一种坦荡的、真诚的方式呈现企业的产品和文化，分享自己的经验，承担行业的责任。他希望优秀的不仅是达柏林，更是整个玉环乃至全中国的同行们。

四

经过20多年的发展、积累，达柏林现在已经做到了"一个品牌，四个领域"，他们的阀门产品可应用在阀门系统、暖通系统、燃气配送和家用水控上。

在达柏林的产品陈列馆里，有最常见的水控阀门，也有最新的暖通系统的管道走线模型，边上对产品材质、性能都有具体说明，即使对阀门一窍不通的人，只要看着说明，就能明确自己的所需所要。

当然好东西也是要吆喝的，林海林当年的营销思路放在现在也算得上超前。林海林从原来的玉环球阀总厂辞职自己创业时，他没有带走一个客户。他觉得，十几年时间，玉环球阀总厂培养了他，他也要仁义相待，不能挖人家墙脚。那个时候的业务都是自己用脚跑出来的，他跟那些先行者比，一千米的跑道，人家已经跑出了几十米乃至上百米了，必须找机会弯道乃至换道超车才可能超过。于是，当电子商务的概念刚诞生时，他就嗅到了未来的商机。

2002年，阿里巴巴诚信通一推出，林海林就通过它在互联网平台上找生意。他配置了当时最先进的电脑，自己摸索着学习，当同行们在找外贸公司谈生意时，他通过桌子上的电脑来找客户，与他们线上联系。为了让客户更好地了解达柏林的企业和产品，他又配备了数码相机学习拍照，把照片上传电脑，然后自己策划广告，做文案发送给客户。

网络可以把时空无限扩大，电子商务迅速崛起的时代，达柏林的业务也水涨船高般地发展起来。这一步，达柏林又走在许多同行前头，通过网络，达柏林快速打开了走向世界的大门。130多个国家的销售代理离不开他在电子商务兴起之初的布局。

在产品研发上，林海林是专业的，充满前瞻性的。在企业经营上，林海林是开放的，他说，企业是制度管人，而不是用人管人。达柏林的制度透明、严格，又不失人文关怀。这种制度的成功，让他每年在公司待几个月就够，有更多的时间去看世界、看形势、看行业、看朋友。他一本又一本的护照证明了他的行程，一张又一张的飞机票、火车票，一个又一个在机场收集的冰箱贴显示了他的足迹，一张又一张的展会证、客户名片见证了达柏林的努力，还有一个叫安纳什的叙利亚人见证了达柏林的诚信。

安纳什是达柏林最早的国外客户之一。2008年春季的广交会上，背着斜挎包的林海林和长着络腮胡的安纳什兄弟第一次见面。他们分坐在摆满阀门的桌子两旁，通过翻译进行交谈，从此开始了数年的合作。

2011年初，叙利亚开始动荡，安纳什向达柏林订了两货柜的货物，林海林劝他谨慎一点，要么缓一缓，要么少订一点。但安纳什对当时局势还很乐观，坚持要定。他付了全部货款，说货物成品可以先放达柏林仓库，看情况再联系。

货物很快上线、下线，检验合格，包装入库。但是两年过去了，叙利亚战火四起，林海林四处打听，安纳什却音讯全无。许多叙利亚周边国家的客户都跟他说，安纳什可能已经遇难了。

安纳什这个名字和达柏林库仓库里的两货柜货物，成了林海林心头沉甸甸的牵挂。当又一位客户告诉他安纳什应该是遭遇了不测时，他订了飞往约旦的机票，亲自去打听消息。他用最笨的方法寻找，走过一个又一个市集，一次又一次询问当地的同行，再把得到的消息反馈到公司国际业务部门进行汇总分析，最后终于得知，安纳什作为难民逃到了离约旦首都安曼很远的一个偏僻小镇。

当林海林出现在安纳什面前时的那一刻，颠沛流离的安纳什吃惊多过了欢喜，他甚至不理解林海林为什么要如此费尽周折地寻找他这样一个在许多人看来已经没有商业价值的难民。林海林说："你的祖国现在发生战乱，你成了难民。我们虽然不属于同一个国家，同一个民族，但是我们是朋友，是忠实的合作伙伴。如果你真的有困难，我们也会帮助你渡过难关。"最真实的人品往往在最朴素的言行上体现。这一刻，安纳什忍不住流下了眼泪。他不知道说些什么才能更好地表达自己的激动和感激，只是喃喃地说着："没想到在遥远的中国，有你这么一个好人，像林海林这样有诚信的中国商人，我们会永远合作下去。"林海林倒实在，很客观地说："每个民族都有好的人和坏的人，我们不能一概而论。"也许他做这么多，并不是为了安纳什的感激或者博取一个好名声，就是基于一个简单的想法——人家付了钱，货就必须给人家。也许这样一件在他看来非做不可的小事，同当年他离开玉环球阀总厂时不带走一个客户的道理一样，事情无关大小，只关乎他做人的底线原则，关乎道义。但这足够让世界看到一个中国朋友的可靠和情义，一个中国商人的诚信和仁义。

因为重仁重义，林海林挣了钱，想的是回报社会。他组织公司的员工一起去云南、贵州做慈善，捐助孤寡老人、贫困儿童，在干江捐助教育，一做就是十几年。也许就是因为懂得真，懂得善，达柏林才能打开格局吧。

在达柏林存放了三年的货物成了安纳什东山再起的资本，达柏林成了他公司永远的合作伙伴。而那些贫困山区的孤寡老人、失学儿童，也因为他们多年坚持的公益慈善，摆脱了困境。达柏林企业陈列馆墙上那些受助者密密麻麻的签名，再一次证明了达柏林的责任和担当。

疫情三年，达柏林的业务也不例外地遭受了冲击。疫情后世界局势的发展更是让许多中小企业承受了巨大的冲击，尤其是一些主要业务是为欧美企业进行贴牌代工的企业。在他们在考虑外迁规避危机时，林海林说自己不搬。他的达柏林是独立品牌，市场自由。他对外迁的企业并不抱乐观态度，他担心玉环的阀门会走上玉环家具的老路，只有代工，没有自主品牌，没有自己的技术、工艺，很容易被别人取代。但是他也担心许多企业外迁后，玉环完整的阀门产业链会断裂，到时候就是达柏林还能不能继续生产、拼柜，能不能成功生存的问题了。为此，达柏林开始着手部署上下游产业，因为林海林的内心是不希望走的。

世界充满不可控的风险，天灾不说，战争、国际形势、金融危机等等，企业的命运在时代中跌宕，风险永远存在。从成立发展到现在，林海林在别人的危机里意识到自己潜在的危机，当他决心摆脱达柏林代工的命运时，他其实也在摆脱对单一市场的依赖。他要向世界证明中国的产品是质优价廉的代名词，他要"向世界发声，为国货代言"，这是达柏林公司外墙上的宣传词，也是林海林的初心和决心。

归 乡

那时干销售，郑增定跑得真远。

从干江到玉环要走上半天，从玉环到上海要坐20多个小时的汽车，从上海到西安再到天水，要40多个小时。扛着三个包，一个装衣服，一个装高压开关柜里面绝缘体的样品，一个装鱼干、虾干、紫菜等玉环土特产。挤在火车站售票窗前，两只脚各踩一个包，一只手拎一个包，另一只手捏着钱买票。

经常买不到票，更别说坐票。捏一张站票，瞻前顾后地护着三个包，爬上绿皮火车，开始了"咣当咣当"的行程。站上几个小时对20来岁的小伙子来说是小意思，但从早上站到晚上再到半夜，铁人也有点吃不消，四肢、脑袋都罩在困倦里，睡意跟水里的铁疙瘩一样直直往下沉，沉到手脚都挣扎不了，就胡乱扯一张报纸铺着，搂着包钻到人家座位底下蜷着，顾不上有没有垃圾、灰尘，任周边的汗味、脚气织成蚊帐般的一个安睡空间，合上眼就能沉沉睡去。

"太累了，站着都能睡着，何况还能躺一下呢？到了天水，先打开衣服包，换身装束，再去工厂打开第二个包，上交样品，随手也把第三个包里的土特产附上。"郑增定说。

"样品合格，揣着业务单子回来。回程的路都能感觉短一半。可是绝大多数时候，样品在对方的工厂里测内压，一测就坏，对方只能抱歉地说不合格。高压开关柜里的绝缘体可不是靠什么人抬抬手就可以通融的，万一出事故，谁能兜得住呢？

六月的天气，没有风都能察觉出心里的那股子凉气。对方也体谅这一路的不易，第三个包裹里的鱼、干虾米也没有白送。于是，他们说："你们可以再送一次。"

当然可以再送一次，来来回回这么多趟，人也总讲点交情的。回程变得漫长又萧索。厂里没有检测设备，产品里面如有气泡，一测就会被击穿，就不是合格品。可是郑增定知道即使再送一次，十有八九也逃不了同样的结果。做生意难道只能靠交情吗？一来一回，至少七八天时间，谁会一直等着你的产品呢？

年轻的郑增定不断思索怎么办，怎么办，怎么去解决这些问题。最好的办法自然是买一套检测设备，股东们也都知道这个道理，但是钱呢？一个厂子38股，每股500元，而一个500元可能又是好几个人凑的。38股其实有七八十个股东，钱还没挣到就又要投钱，谁能接受？

"样品第二次送到天水还是不合格，即使去别的地方，也逃不了这个结局。"几十年后说起来，郑增定依然是满腹的无奈。他拼命奔跑在去往全国各地的路上，但也救不了厂子。在无望的奔波中，眼睁睁看着厂子倒闭了。

站在倒闭的工厂里，他的思绪飘得很远。1990年，郑增定自己借了高利贷办厂，仍做高压输电配件中的绝缘体。他把钱大量地投到设备上，一定要买当时中国最好的设备，一定要配置检测设备。他不怕几日几夜的火车，不怕累得站着也能睡过去，他怕的是走了那么长、那么远的路，尽头是一再的失败。

只有自己满意的产品才能交付到客户手里。一步一步走，一道坎一道坎地迈，难题一项一项攻克。就这样走了十年，郑增定走得很稳，小厂子变成了像模像样的企业。

千禧年来了。新世纪对每一个人都露出更美好的笑容，一家接一家的企业上马，市场就这么点，很快就出现相互压价的局面。郑增定看着，再次把目光投向了远方。大家还穿着雨靴淌水时，他穿上了轻便的跑鞋。他飞奔起来，又开始一趟一趟地奔跑。这次不是坐绿皮火车，是飞机。

他去找瑞士工业电气巨头ABB公司。与最强的人做朋友，能让自己变得更强。郑增定说他一定要把专业技术、管理水平做到全行业最好。三年里，他不断尝试超越，超越自己，超越同行。他相信机会只留给有准备的人。三年后，他与瑞士ABB公司达成合作，开始走入行业国际领先行列，走向全球化。

站在山顶，环顾四周，他爱这片土地。但是这片土地太狭窄了，2000年以前的干江镇，这个位于浙江玉环东南一角的小镇，出入只有一条勉强可以双向会车的公路。所以他不得不把厂子连根拔到交通更为便捷、配套设施更齐全的楚门镇。可是全球化浪潮来袭，不说楚门，整个玉环都还处于一个没有铁路、没有高速、没有国道的三无状态。这种状态再次掣肘了企业发展。

郑增定看到了未来的广阔，也再次无奈于眼前的逼仄带来的一个最严重的问题——人才留不住，所以他决定到上海去。2004年，他成立了上海雷博司电气股份有限公司。

去天水是为了生存，去上海是为了发展、壮大。他走得远，看得多，想得更多。他在上海安家，国际化的都市，有他对企业所设想的一切。可是他的心却时常落回到东海那偏僻的一角上。

2000年郑增定开始回乡做慈善，扶助家乡教育。他回来，离开，又回来，又离开，再回来……干江那条并不宽阔却蜿蜒曲折的沿海公路，像一条剪不断的纽带，总能不时地扯回他在外行走的双脚。

他归来的脚步也丈量了家乡的变化。玉环有了高速，有了国道，铁路正在建设，干江开始建造勾连玉环南部坎门镇的南北大道，开始建造联通玉环北门户沙门镇的跨海大桥西沙门大桥。一路一桥一开通，干江就将从孤独的一角成为连接玉环南北的交通中心。而干江新建的滨江工业城，像一块磁铁，吸引了一家又一家的企业入驻。随着企业的到来，人才也像流水一样汇聚过来。

郑增定的眼睛亮了。玉环是他眼中高压配电产业的发源地，而干江则是发源地里的源头。干江还有许多同行，他们做着高压输电配件流程中的各种配件，产业链非常完整。

2018年，郑增定回乡担任干江乡贤会第一任会长。这是他奔跑30年后首次把心安放回干江这块他不断离开的土地上。

2023年，郑增定当选为干江乡贤会第二任会长。他在任职发言中说："当我看到师生们感恩的眼神，我觉得那是来自别人对自己的尊重。人除了挣钱，更要活出价值。一个企业除了要考虑客户、员工、股东的利益，还要思考回馈社会。捐100万对我们生活质量、企业有没有影响？没有。后代没用，钱给他，只能花完；有用，他不差这一点。但钱拿出来帮助乡人会怎样？做一点事，帮一个人的价值更大。"他还说，"办好企业是前提，回馈家乡是情怀、责任。企业以后能交给儿子了，我就专心慈善，把家乡更好发展"。

郑增定不仅联合了57位干江企业家，捐资1000万元，用于家乡的教育、医疗、乡村振兴，还计划回干江办企业，新的厂房正在建设中。

2023年7月，由郑增定牵头，干江乡贤联谊会组织了干江镇三所公立学校的38名优秀骨干教师到上海进行为期四天的专项研修活动。"小乡镇办大教育"是所有干江人的梦想，郑增定回来牵头组织，他觉得自己是有义务出钱出力的。10月7日，在玉环市干江镇乡贤联谊会会长座谈会上，通过了教育发展资金使用和医疗、文化发展2023年资金预算，将乡贤会会员分为教育、医疗、文化、慈善四个小组进行分项管理，加强对乡贤资金使用的监督。

10月8日上午，在干江镇卫生院举行了"干江镇乡贤联谊会定向捐赠仪式"。郑增定代表干江乡贤联谊会向卫生院捐赠622400元，用于医疗设备采购、邀请名医等方面工作，下一阶段乡贤会还将开展医疗小组调研，对干江镇公共医疗卫生事业发展进行更详细的了解，以便医疗发展基金能够真正地落到实处，为改善干江镇百姓的就医条件尽一份力。

2024年4月5日，干江镇乡贤联谊会第二届第二次会员大会上，干江公立幼儿园、干江小学、干江初级中学、干江卫生院、镇文化站的负责人们都用PPT对2023年度乡贤会教育、医疗、文化发展资金使用情况做了一个详细的说明，每一笔费用的使用都明确，金额精准到角分。捐得实实在在，用得也实实在在。

助力干江教育、文化、公共医疗卫生事业发展，"造福干江百姓"，郑增定不是说说的，他就是这么做的。走过高山远路，走得远了的郑增定真真切切地回乡了。这是一个有责任的企业家的担当，这是一个有情怀的企业家的乡情。

我们期待更多的企业家归国，归乡。

未来在前

东南塑胶机电有限公司和浙江时森电气科技有限公司其实属于同一个老板。

东南塑胶机电是周以庆在1998年成立的。而时森电气科技有限公司是周以庆的大儿子周超在2015年成立的。周以庆在原来的干江乡乡办农机厂上过班，后来厂子改制，他出来后办了东南塑胶机电。一同出来的还有郑增安和汪善道，也都办了电气机械的厂子。汪善道最早，1991年成立了台州通源电器开关有限公司，郑增定在1995年成立了台州德力道智能设备有限公司。

父亲周以庆成立东南塑胶机电时，周超还在读初中，但对父亲创业的艰难与拼搏已有了深刻的感受。初中毕业考了台州农校（中专，后来函授了一个大专文凭），毕业后就自己在外面闯荡。

周超说父亲从小教育他，一定得吃苦，做事不能怕脏、累，一定要努力进取。在楚门开过超市，在干江办过幼儿园，也办过好几次小厂，后来又做过工业制冷系统。干了十几年，也算自己在外面闯过，闯得也不算差。后来几年，父亲开始带着他参与到东南塑胶机电的业务中来。行业干得多、杂，钱挣了，经验也积累了，但是自己做得不错的工业制冷系统的工厂在2008年金融危机来临时，撑不下去了，而此时父亲掌舵的东南塑胶机电也出现了危机，周超就回到东南塑胶机电来了。

周超刚到公司，两代人经营理念的不同就体现出来，父亲这辈人讲的是情感，要与职工同甘共苦，而周超更注重制度。

2009年的东南塑胶机电，面临着财务制度不规范、整体产能落后、管理秩序混乱等诸多问题。周超一回来，父亲就把担子压到了他身上。他上任的第一件事就是着手整改公司里的无序的状态，明确分工、经营理念，制定规范和制度。

周超自己分管销售，弟弟周越管理财务、采购，运营交给按底薪加业绩提成的合伙人模式聘请的职业经理人。这在干江的企业中是很少见的。许多企业面临"后继无人"的问题，老一辈多还在主持局面，二代接班的不多；但不管老一辈，还是二代掌门人一般不太认同聘请职业经理人的做法。周超算是比较大胆的，也许是接手后一直在上海办公的缘故，他的思想更为开放。他强调自己的企业是合伙人式的，那意味着对方将拥有一定的股份。他说希望企业长远，有些不足是需要别人来补的，经营的短板经理人补上了，企业自身产能发展的短板需要自己来解决。东南塑胶机电的产品以小件为主，产品多配合中低压电器开关使用。现在企业在国内同行中也算拔尖有名，但在创始之时，和同时代的大多数企业一样，做外贸是做贴牌的，父亲周以庆并没有意识到创立自己的品牌，等想要注册"东南"商标时，发现已被东南汽车注册了。

为企业的后续发力考虑，2015年，周超成立了时森电气科技有限公司，注册了"时森"商标，"时森"是"东南"的升级版，产品以大件为主，配合高压、超高压电器开关，产品更高、精、尖，同时东南生产的零部件可以组装到时森生产的配件上。

东南塑胶机电和时森电气科技仅一墙之隔。周超穿着白色的工作服，胸口有"时森"字样的Logo。他带我去车间，我看好多工人也穿着一样的衣服，他说只要在工厂，他都要穿工作服。

东南机电的车间里，各种粗细的铝管整齐地放着，细如小臂，粗同小腿，边上还有一堆堆铝圈，大的如乡下人常用的大不锈钢盆，小的如小婴儿用的小脸盆，5—15厘米高，厚有两三厘米。

大型设备在一楼，有一台机器看着似乎并不大，却很长，机器上面架着轨道、吊钩，穿着蓝色工作服的工人戴着手套按着仪表盘上的数据。四五米长的铝管在机器上转动，我不知道这是到了哪一道工序。周超说这个可以加工最长8米的铝筒。

50台大型机器，依次排开，车间就显得有些局促。机器的仪表盘闪烁，白色的机身上都挂着蓝色的文件夹，少则一个，多则三个，是记录生产情况用的，型号、数量、工时等一目了然。这些机器涉及钻孔、焊接、翻砂、喷漆等不同工序，产品都比较大件，需要工人在边上操作。小件的产品基本靠自动车床制作，二楼有200多台车床，列阵一样排开，工人反而相对少了。一楼车间尽头的白墙上写着八个大字："安全生产　质量第一"。

在东南塑胶机电，看到的是杯口、碗口大小的铝管一排排堆放着，边上有一摞摞水桶、面盆大小的铝圈、铝管至少都有2米长，铝圈高20厘米左右，厚七八厘米，上面都钻了螺丝孔。另一个车间里摆了好几推车的大水杯一样的东西，还有一些推车上放了紫铜色的圆环，是已经完成喷漆的产品。

隔行如隔山，周超向我解释这些零部件最终会组成一个完整的高压电气开关，但我实在想象不出它们将如何被组装，组装完成后会是什么样子。

到了时森电气，这里的铝管就变成一根根像下水道管一样粗细的铝筒了，只是更长、更厚，车间上方的轨道吊机也更粗，还有叉车在一旁随时待命的样子。这些铝筒和凯博特殊金属处理公司的铝筒基本一样。

周超介绍他们的业务是有交叉的，但是凯博更重零部件，时森已做组装配件。拐到隔壁的车间，看到一个人正戴着焊接镜，举着焊接枪，一个两三米长的铝筒两端已接上了一大一小两个铝圈。黄色的火花四射，银色的铝像一条被正在烘烤的大鱼一样安静、稳重。在略显沉闷、色调暗沉的车间里，顶上橘红色的吊机轨道更像一道光横亘了整个车间。

几台暗绿的机器像几辆小火车似的排着，长长短短已焊好两端铝圈的铝筒一个挨一个地摆放着，等待着下一道工序。

有些已成雏形的开关竖立在边上，像一只只巨大的章鱼脚，铝圈是章鱼的一个个吸盘，均匀焊在柴油桶粗的铝筒两侧，像眼睛，又像耳朵，都还没上漆，灰扑扑的，张着大口，面对面交谈似的。有两个铝筒，一侧的三个铝圈刚好相互对着，像两个巨人同时张开三张嘴说话，车间"刺刺啦啦"的喧闹也压不下它们的声音。这些巨大的冰冷的金属物件，在生硬的工业背景中显出一点灵动和风趣来。再过去一点是一些圆盘，封圈用的，边沿满是圆孔和螺丝，配上对应的铝圈，螺丝就会一个个被拧上去。

转了一圈，最后看见两个工人拿了一个匣子压在一个潜水器一样的东西上面，匣子一边上端的一条带子连着吊钩，另一端插着一根圆管通向一个红色的机器，机器上面有很多开关和四个圆表盘。周超说这是在做气密检测。也就是说那个"潜水器"就是组装完成后的高压气开关。它的一个基本要求是不能有气体进入高压电气设备，有一点不达标就是不合格产品，因为任何小问题都是涉及安全的大问题。

从东南塑胶机电的零部件生产到时森的装配、组装，是企业的一次升级，也是周超向未来品牌建设迈出的重要一步。

公司外地员工很多，员工宿舍就在厂子里面，沿楼梯上去，墙上基本是员工的各种照片，他办公室外的走廊上也是，有公司组织活动的照片，也有员工工作照，年会合影等。公司注重对长工龄员工的奖励，20年、15年、10年、5年的员工都有不同激励。看来他们的企业文化建设，很重视员工的认同感和归属感。高压电气设备技术要求高，专业性强，这些员工也是东南、时森能制造庞大的高压电气设备开关中的一股巨大的力量。

周超说现在生意难，外单骤减，他们也大力地拓展国内市场，先求生存下去，同时也再次提升自己。干江滨港工业园区的新厂房已基本完成建设，争取2023年10月份搬过去。新厂房一楼有800平方米的无尘车间，用以研发产品，提升产品质量。新厂房建成后，将尝试完成高压电气设备开关的整件组装。

周超说中国不是没有好产品，但是电气设备在国外市场并不被认可，国外市场基本被欧美品牌垄断，国内品牌挤不进去。时森的配件已获得相当高的认可度，但是整件就难以被认可，如做整件，可能还是得给人家代工。但周超希望在自己的新厂房里，能走出代工的阴影，做出自己的品牌，做出被国内外市场认可的产品品牌。那才是企业更长远的未来。

在东南塑胶机电办公楼的台阶上贴了许多标语，其中有一句写着"品牌，企业未来的决战场和永恒的主题"。

也许许许多多的中国企业都曾走过代工、贴牌的道路，但当越来越多的企业家意识到品牌的重要性时，中国制造就是中国质造、中国智造。

未来在前，并不遥远。

附　录

《玉环县志》关于干江乡、栈台乡的摘引

干江乡

位于楚门半岛南部。距县城13.5千米。东临披山洋，南连栈台乡，西濒漩门湾，北接密溪乡，西北毗邻龙岩乡。辖地面积约22.92平方千米，为沿海半山区。乡人民政府驻下岸官。

其地东南与西北两列排山略呈同心弧形，古时夹海港而立，狭长20余里，成坑谷状，故初名"洋坑"（后亦作"阳坑"、"杨坑"或"垟坑"）。后因港内涂泥涨淤，潮水落浅而成江状，逐又名"干江"，而"洋坑"则转为村名。筑玉文塘后，干江山遂与大陆垟坑山一带连成一片。

境内西北为纱帽山、梅岙岭阻隔，陆上交通不便。中部平原区，东西滨海，河渠短浅，水源不足，抗旱能力约35天。建国后，陆续兴建垟岭、狮坑、九青岙、官后山等水库。70年代后

期，又于西端筑一面积115亩的海涂水库，抗旱能力有所提高。1988年全乡耕地面积6263亩，其中水田3086亩。主要种植水稻、番薯等作物。稻谷亩产：1949年350斤，1966年跨《全国农业发展纲要》指标，1988年为1556斤。全年粮食总产量734.8万斤。又1983年有集体民营盐田1105亩，年产原盐1963吨。东渔、断呑等村从事渔业生产，以近海捕捞为主。木杓头村以蛏业闻名。畜牧业以养猪为主，1988年饲养量为4092头，另有牛114头、羊360只，家禽2.72万只。70年代开始出现乡村工业企业，至1988年计有21家企业，主要生产断路器配件、触座、压圈、塑料制品等产品，年产值412万元。

1988年有居民4122户，1.26万人（其中男6691人，女5893人；非农业人口469人）。自然村45个，分13个行政村。

栈台乡

位于楚门半岛最南端。北接干江乡，余皆滨海。跨海东南洋屿、大小鹿、披山、洞正诸岛，正南鸡山岛，西南与解放塘农场、西台乡、坎门镇遥遥相对，构成漩门湾之东南门户；西向与环城乡、城关镇隔水相望，西北彼岸沙鳝乡。距县城15千米。辖地面积4.4平方千米，为沿海小山区。乡人民政府驻沙角头。

其地原位于干江山南部，上有旧寨、殿、教场、炮台，故旧名"寨头"，亦作"寨台"。清雍正间筑玉文塘后，遂与楚门半岛相连。陆上交通不便。南部沙头为一海港，北上椒江、舟山、上海，南下坎门、温州、福建，海道通达，海运称便，有定期航船可达漩门大坝和鸡山岛、洋屿岛。生产半渔半农，渔业有远洋和近海捕鱼（定筐张网）。1988年有下海渔民1410人，大小渔船203艘，计4205吨位，年产鱼货6562吨，常捕到大鲨鱼。1988年耕地面积1632亩，其中水田472亩。主要种植番薯、水稻。80年代出现乡、村、个体工业企业，至1988年计有16家企业，主要就地取材生产鱼粉饲料，以及柱塞阀、五金、机械等，年产值868万元。

1988年有居民2234户，8049人（其中男4103人，女3946人；非农业人口67人）。自然村4个，分6个行政村。

（选自《玉环县志》，汉语大词典出版社1994年版，第39—40页）

《玉环县志（1989—2016）》关于干江镇的摘引

干江镇

所在地原是两山隔着一片浅海，辖区内有1条10余千米东西贯通的海港，因年久淤塞，水流干涸，与陆地连，旧名"幹港"，后写作"干江"。

政区沿革　1992年5月，干江乡、栈台乡合并组成干江镇。

地情概况　处楚门半岛南部。东、南濒东海，西临漩门湾，北接龙溪镇。辖区面积29.37平方千米，地势南北高，中间低。北有梅岙岭、盐盘岭、垟坑岭等，南有十江山、栈台山、白马山、礁门山等，中间为干江平原，属沿海半山区，三面临海，海岸线长，多为基岩。镇政府驻育才路66号，距县城13.5千米。

2016年，辖19个村；户籍人口7368户、21795人，其中男11194人、女10601人；出生人口231人，死亡人口125人，人口自然增长率4.86‰。除汉族外，有苗族、布依族、土家族、壮族、蒙古族、彝族、傣族等少数民族7个，64人。登记外来暂住人口4410人。

1989—2016年，先后获评全国环境优美乡镇、国家级生态乡镇、省东海文化明珠镇、省教育强镇、省生态镇、省体育强镇、省森林城镇等称号。

城建 1989年，辖区下岸官老街，建有干江供销社、邮电所等。1995年，建成繁江路及两侧联建房；在上礁门村建成干江镇综合贸易市场。1996年，梅岭村、垟岭村启动高山移民。1997年，干江电信支局大楼投用。1998年，镇政府从干江村三角塘迁入育才路综合办公大楼。1999年，干江、上礁门、炮台、桔场村按照城区框架建设村民住宅。2001年始，木杓头、白马岙、东渔、断岙、垟坑等村相继建设居民小区。2003年，编制干江镇城镇总体规划。2007年，启动麦莎大道亮化、绿化工程。2011年，建成区面积1.5平方千米。2014—2016年，建设公寓式农房集聚区，建成老傲前、甸山头、垟坑、盐盘小康型住宅小区。2016年，完成建成区控制性详规编制和村级规划修编；建成农房集聚区干江学苑安置小区，住房180套。

基础设施

交通 1989年，交通主要依靠海路。1992年，楚栈公路通车。1995—2011年，上礁门、白马岙、上栈头、炮台盘山公路相继通车。2003年，完成台江路路基回填和路面浇筑。2006年，麦莎大道、盐盘至垟坑的延长路面硬化。2013年，实现村村通公路；下栈头新码头及其接线工程竣工。2016年，有客运中心1个，公交班次从辖区始发或途经3条，海上客运航线1条。

水利　1993年，新建栈头水塔1座，解决上栈头、下栈头等村的村民用水问题。1995年，完成建成区自来水工程。2007年，完成5个村改水。2016年，有垟岭小型水库1座，山塘水库12座，总库容25.22万立方米。

电力　2016年，有35千伏垟坑变、110千伏九清变等变电所2座。供电量9645.15万千瓦时，售电量9300.15万千瓦时。

电信　电视　2016年，光纤覆盖率100%，宽带用户数3733户，固定电话用户1823户；有广播电视站1个，有线电视用户4595户。

生态　2007年，建成镇垃圾中转站。2015年，完成7个村的农村生活污水治理，建成配套污水处理终端7个。2016年，铺设污水管网4万多米，建成干江3号污水泵站。

经济建设

盐业　1989年，有国营玉环盐场、镇办干江盐场和村办盐盘再发塘3处盐场，生产面积374.14公顷。1997年8月，村办盐场废转为农业开发园区。1998年8月，玉环盐场转制，更名为台州玉燕制盐有限公司。2013年，镇办盐场废转为上栈头、下栈头村民住宅小区。

农业　1989年，以水稻和甘薯种植为主，农作物种植面积6260亩，其中西瓜、盘菜等蔬果种植500多亩，农业总产值556.69万元，农民人均纯收入497元，被省蔬菜协会评为"盘菜之乡"。1992年，采用农膜覆盖瓜畦技术，实行反季栽培。1993年，葡萄产业兴起。2000年，农业总产值1.34亿元，农民人均纯收入3942元。2004年，扶持农户改造低产田，干江盘菜远销俄罗斯、法国、意大利等国家。2007年，建成省级蔬菜示范园、精品果园和县农业科技推广示范基地。2011年，"甸山"牌干江盘菜获省农博会优质奖，"神农"牌葡萄被评为国家绿色食品A级产品。2016年，盘菜出口约40吨，从业500多人，种植面积4800多亩；有省级高效农业示范区2个，农业龙头企业6家，农民专业合作社68家，省级示范性农民专业合作社1个。

渔业 1989年，有大小渔船196艘，从事对网、鲆鱼罾、拖网等捕捞作业。1990—2000年，引进帆式张网、深水流刺、拖虾等作业，形成一船多网、多业、按季轮作、远近洋结合的生产格局。2007年，流刺网作业渔船发展至20多艘。2011年，灯光敷网作业兴起。2014—2016年，整顿涉渔"三无"及违反伏休规定船只，拆解船只142艘。2016年，登记在册渔船27艘，其中灯光敷网作业1艘、帆式张网作业1艘、流刺网作业25艘，渔业产量16512吨，总产值13746万元。

工业 1989年，主要产业有柱塞阀、高压电器配件等，工业总产值805万元。1990年，水龙头、农用车齿轮等产业兴起。1995年，始建小屿门、盐盘2个工业区，玉环万利达铜业有限公司等20多家企业陆续搬迁至园区。1996年，增加鞋革、制衣、汽配等行业，年产值1.55亿元。2001年，启动干江工业区建设，入园企业6家。2005年，铜阀门、洁具产业兴起。2013年，6000亩玉环盐场废转，规划为干江滨港工业城。2014年，组建干江滨港工业城，成立干江滨港工业城管理委员会、干江滨港工业城开发有限公司，规划面积5483.55亩。2016年，有工业企业259

家，从业3000余人，工业总产值22.52亿元，其中规模以上企业19家、产值12.20亿元；年产值超亿元的代表性企业有浙江凯博特种合金有限公司、浙江达柏林阀门有限公司、玉环县环宇光学仪器有限公司。

三产　2013年，以"海韵农趣"为主题的休闲游逐渐壮大，农家乐、水果采摘等特色观光项目发展；创成市"美丽乡村"先进乡镇；垟岭、上栈头、梅岭成为县第一批"美丽乡村"精品村。此后，逐步建成漩栈线10千米绿色长廊、梅岭山体公园、上礁门休闲广场、上栈头望海楼、栈头生态旅游区游步道等景观，形成以白马岙"黄金沙滩"为核心的"干江滨海景观带"。2016年，游客中心投入使用，旅游产品开发建设和基础设施逐步完善；11月，举办首届"美丽玉环·寻美干江"旅游摄影大赛和跨山越海徒步活动。白马岙景区被评为国家AAA级旅游景区。

社会事业

教育　1994年，实施九年制义务教育，栈台中学并入干江镇中学。1998年，干江技校成立。2001年，获评市教育明星乡镇。2016年，镇首届教育发展大会召开，出台加快干江教育改革发展的若干意见，成立教育发展基金；组建干江镇中心小学教育集团，干江公立幼儿园于9月开学并创成省二级幼儿园；通过市学前教育合格乡镇验收；有幼儿园5所，小学1所，初级中学1所。

文化　2000年，获评东海文化明珠乡镇。2003年，干江村获评县文化示范村。2016年，有综合文化站1个，农村文化礼堂6个、村级文化俱乐部19个。

卫生 1999年，干江镇卫生院迁址，2013年完成扩建。2016年，有卫生院1家，并与台州恩泽医疗集团建立战略合作关系；社区卫生服务站1个、村卫生室10个。

体育 2009年8月，首届农民运动会举行。2016年，有省级农村体育俱乐部1个、省小康体育村9个。

（选自《玉环县志（1989—2016年）》，中华书局2021年版，第1269—1272页）